U0083664

中國語言文字研究輯刊

二一編

許學仁 主編

第10冊

里耶秦簡（壹）文字研究（上）

葉書珊 著

花木蘭文化事業有限公司

國家圖書館出版品預行編目資料

里耶秦簡(壹)文字研究(上)／葉書珊 著 -- 初版 -- 新北市：
花木蘭文化事業有限公司，2021〔民 110〕
序 2+ 目 4+198 面；21×29.7 公分
(中國語言文字研究輯刊　二一編；第 10 冊)
ISBN 978-986-518-663-0（精裝）
1. 簡牘文字 2. 研究考訂
802.08　110012604

ISBN-978-986-518-663-0
9789865186630

中國語言文字研究輯刊
二一編　第十冊　ISBN：978-986-518-663-0

里耶秦簡(壹)文字研究(上)

作　者　葉書珊
主　編　許學仁
總編輯　杜潔祥
副總編輯　楊嘉樂
編　輯　許郁翎、張雅淋、潘玟靜　美術編輯　陳逸婷
出　版　花木蘭文化事業有限公司
發行人　高小娟
聯絡地址　235 新北市中和區中安街七二號十三樓
電話：02-2923-1455／傳真：02-2923-1452
網　址　http://www.huamulan.tw 信箱 service@huamulans.com
印　刷　普羅文化出版廣告事業
初　版　2021 年 9 月
全書字數　165831 字
定　價　二一編 18 冊（精裝）　台幣 54,000 元　

里耶秦簡（壹）文字研究（上）

葉書珊 著

作者簡介

葉書珊，女，臺灣臺南市人。2020 年畢業於國立中正大學中國文學系，獲文學博士學位。曾任教於樹人醫護管理專科學校，現任國立臺南大學通識國文兼任助理教授、國立嘉義大學通識國文兼任助理教授、國立中正大學通識國文兼任助理教授。從事文字學、訓詁學、出土文獻的研究；講授通識國文、應用文等課程。著有《里耶秦簡（壹）文字研究》、《秦簡書體文字研究》、〈嶽麓秦簡「傷」字辨析〉、〈秦簡訛變字「鄉」辨析〉、〈古器物——豆、籩、登之研究〉、〈先秦宦官起源考察〉、〈里耶秦簡「當論＝」釋義〉、〈從出土文獻探討高本漢《漢語詞類》的同源詞〉、〈嶽麓秦簡「君子＝」釋義〉、〈浙江大學藏戰國楚簡真偽研究〉、〈不其簋器蓋組合研究〉、〈商周圖形文字研究——以職官聯係為討論核心〉等學術著作。並且榮獲中研院歷史語言研究所 2018、2019 年「文字學門獎助博士生計畫」。

提　要

秦簡文字包含書寫在竹簡與木牘上的文字，自 1975 年起簡牘陸續出土，數量約 3100 枚，至 2002 年湖南龍山縣里耶古城出土約 37000 枚簡，遠超過前面秦簡出土的總數，成為戰國文字的重要材料。

本文主要討論文字的「筆勢」、「結體」、「文字的比較」，根據書寫文字的字形風格變化，可見里耶秦簡的文字書寫筆勢。再結體演變透過與甲骨文、金文、戰國文字、小篆比較，可見歷時性的文字演化。最後，由里耶秦簡第五、六、八層文字比較，可察各層位的字形體系；與其他秦文字比較，以察秦文字歷時與共時的演變情形。

序

大學時期文字學課程講授內容主要為小篆，相較於小說、詩、詞等課程筆者私心認為文字學內容活潑有趣，最能引起自己的興趣；而面臨每次的考試，最有把握的科目也是文字學，筆者總將考試範圍內的小篆等古文字形都摹寫過幾遍，字形深深刻印在腦海之中，久久難忘。進入到碩士班階段面臨選定研究方向，初時在思想與文字學二者之間游移擺盪不定。直到修完 黃師靜吟開設的簡帛文字課程，進一步接觸到甲骨文、金文、簡帛文字等古文字，這些都是大學時期未能深入認識的；而與同學、學長姐們一同上課、討論，發現自己對此領域認知的不足，猶有很大空間等著自己去耕耘、探索，因此確定選擇研究文字學的意念。

「里耶秦簡」是一批因為戰亂，被緊急丟入井中的一批簡牘，直到西元 2002 年才挖掘出土重現世人眼前；至今「里耶秦簡」的文字尚未有學位論文研究問世，引發筆者研究的動機，想進一步探究這批簡牘被丟棄的真正原因，以及文字運用的情況。

碩一及碩二積極蒐羅、閱讀里耶秦簡相關研究資料，碩三開始動手撰寫論文。前半年一邊整理字形表，一邊撰寫論文，進度緩慢龜速，常懷疑四萬多字的字形表材料真能有編輯完成的一天嗎？但靜吟老師堅定的說：「一定會的」，我才提起勇氣快馬加鞭完成字形表，之後便專注寫作。經過老師的諄諄教導、循循善誘，一字一句的仔細批閱、修改論文，筆者才明瞭文章應該是要讓即使非文字學領域者也能理解才行，將這項原則謹記心中莫敢或忘，文筆則日漸進善，文意愈加通曉，最終得以順利完成整本論文，此皆要歸功於指導教授的辛苦付出。

在與論文奮戰期間，也承蒙許多師長、學長姐、同學、學弟妹精神上的支持鼓勵，也要感謝系上助理瑄葦、秀娟、秋如小姐在行政作業上的協助；同門厚任學長，在當兵的期間猶不吝惜提供我寫作的方向、建議，與日後口考時需注意的小細節；而同學宇辰、忠德、青皇、康寧、易儒、思帆、維軒、慧芸、蕙瑄等則共同為論文努力，激發我堅持完成的動能。

感謝兩位口試委員提供的許多修改意見，洪燕梅老師建議將論文題目修成「里耶秦簡（壹）的文字研究」，陳立老師對《說文解字》一書有深入的研究，提出許多精闢的見解，更提供研究資料的資訊與寫作的小秘訣，兩位老師也給予更多的未來展望與期許，筆者可謂受益匪淺。

在碩士班求學期間，家人雖然口頭上未多言語，但我知道他們都在背後默默支持我。除了感謝父母親的養育之恩，我的生活費用則多仰賴二姐支援，甚至在我發生車禍時，她當日立馬從台南搭火車急奔到嘉義協助我處理，都令我感念不已。這一路上來陪著我成長的師長、朋友和家人，你們都是滋潤我的養分，引領我學習成長的方向，謹獻上最誠摯的敬意。

葉書珊 民國 104 年 12 月　冬

目次

上冊

下　冊

表格目次

第一章　緒　論

秦代簡牘自 1975 年起，陸續在湖北、四川、甘肅等地出土，數量約 3100 枚。〔註 1〕至 2002 年湖南龍山縣里耶古城出土約 37000 枚簡，遠超過前面秦簡出土的總數，可彌補秦代歷史的許多空缺。沈頌金曾說：

> 進入 20 世紀以來，特別是大量簡帛佚籍的發現，使我們對秦代的歷史地位有了新的認識，達成共識。即：秦代雖是中國歷史上最短暫的統一朝代，然而不管從社會、政治而言，還是從學術、文化來說，都是一個重要的轉折點。〔註 2〕

進入 20 世紀後，大量簡帛佚籍的發現，使我們對秦代的歷史瞭解更深入，雖然秦代統一僅短短十幾年，但在社會、政治、學術、文化等方面，皆展現其高度的價值，故本文以秦代簡牘做為探討的主題。本章共分為三小節，第一節為研究目的與方法，說明研究里耶秦簡文字的動機、目的，與研究的步驟、方法；第二節為秦簡研究的近況，將前人針對秦簡的研究作一統整、概述；第三節為里耶秦簡的出土，介紹里耶秦簡的出土物與發掘過程。

〔註 1〕秦代簡牘數量參考中國社會科學院考古研究所等：《里耶古城．秦簡與秦文化研究——中國里耶古城．秦簡與秦文化國際學術研討會論文集》（北京：科學出版社，2009 年），頁 6。

〔註 2〕沈頌金：《二十世紀簡帛學研究》（北京：學苑出版社，2003 年），頁 149～150。

第一節　研究目的與方法

一、研究目的

里耶秦簡為秦朝洞庭郡遷陵縣遺留的公文檔案，年代為秦始皇二十五年（前二二二年）至秦二世二年（前二〇八年）。〔註 3〕針對此時期的文字，袁仲一《秦文字類編》云：

> 秦人本是偏居西垂的一個落後部族，後逐漸向東發展，以至占有西周故地，成為春秋時的一個奴隸制大國。在這種急劇的社會變化和各種社會交往迅疾發展的情況下，秦人大量吸收先進的周文化，繼承周文字，是時代的需求。到戰國時代，由於經濟的迅速發展和社會制度的巨大變革，文字使用範圍和頻率亦隨之進一步擴大和提高，而原來使用的大篆，筆畫太繁書寫不便，因而比較約易的小篆、隸書先後應運而生。統一全國後，文字如不統一勢必影響政治、經濟、文化的交往，「書同文字」也是勢之必然。所以文字發展變化，也是社會交往關係發展的鑒證。〔註 4〕

說明春秋時期，秦人由原本落後部族發展成為一個奴隸制大國，吸收先進的周文化，並繼承周文字。至戰國時代，由於經濟的迅速發展和社會制度的巨大變革，原本使用的大篆，筆畫太過繁複且書寫不便，書寫較簡便的小篆、隸書則先後趁勢而起。秦統一全國後，文字統一同樣影響著政治、經濟、文化的交往，故此時文字統一成為必然的發展變化。由此可見，秦文字與社會、政治、經濟、文化等多方面影響，文字發展變化也成為秦代的重要代表。袁氏又云：

> 從本書收錄的秦王朝時期的文字資料觀察，雖經過有組織有計劃地整理，而使文字進一步的規範化、定形化。但是，仍有一些異體字，有的字還存在偏旁移易、筆數隨意增減。一切事物的發展演化都不可能一刀切，文字也是如此。舊的書寫習慣不可能一下子去掉，上

〔註 3〕湖南省文物考古研究所：《里耶秦簡（壹）》（北京：文物出版社，2012 年），前言頁 4。引言的年代「前二二二年」、「前二〇八年」為西元前。

〔註 4〕袁仲一：《秦文字類編》（西安：陝西人民教育出版社，1993 年），前言頁 5。

述現象的存在是必然的。〔註5〕

秦人建立秦王朝後，試圖統一全國文字，但是文字的規範化、定形化並非一朝一夕能夠完全改變，猶存在偏旁移易、筆數隨意增減等現象，從當時秦代行政機關的簡牘文書即可見一斑，故從秦簡以觀文字演變的過程，是不錯的切入點。《里耶發掘報告》一書記載：

> 秦漢是中國封建社會奠基的時代，後代的許多制度都淵源於秦漢，里耶秦簡的大量出土，印證、補充了本來十分匱乏的秦代史料，對於洞燭若明若暗的秦代歷史具有重要的意義。對於里耶秦簡的意義，學術界給予了極高的評價，認為它是秦代考古繼兵馬俑以後的又一重大發現，它的研究成果將大大填補史料的缺失。〔註6〕

2002 年里耶秦簡出土約 36000～38000 支的簡牘，數量較睡虎地等其他秦簡為多，必然提供學者更多的文字材料作研究，以補充秦代匱乏的史料。然而，學者多據里耶秦簡以補正秦代的行政、律法制度，或地理位置、鄉里結構等，對於秦文字的發展變化鮮少著墨，甚為可惜。故本文研究目的分為以下二點：

（一）解明秦文書制度管理：里耶秦簡為公文書，與其他非公文書的秦簡用途不同，文字是否也有差異，是值得討論的課題。

（二）考文字的演變過程：從文字學的觀點，希望憑藉里耶秦簡上推周文化文字，下接小篆、隸書，為秦文字的變化理出個規律，有助於連結中國文字演變的過程，並歸納出秦簡文字的特色。

綜上所述，了解秦代文書制度的處理、流轉，能夠更真實反映當時行政文書制度的風貌。繼而考文字的筆勢、結體，並與戰國時期文字一同比較，以及自身各層文字比較，則能對秦代文字有更豐富的認識。

二、研究方法

事前準備工作先藉由蒐集前人對於秦簡研究的資料，統整出目前的研究近況。並同時著手據《里耶秦簡（壹）》收錄的圖版，擇取字形相異大的字例成檔案庫。

〔註5〕袁仲一：《秦文字類編》（西安：陝西人民教育出版社，1993 年），前言頁 5。

〔註6〕湖南省文物考古研究所：《里耶發掘報告》（長沙：岳麓書社，2006 年），頁 234。

里耶遺址出土的文物豐富，所以本文先簡略介紹文物發掘經過，與出土物品的種類、分布狀況，而針對簡牘的材質、形制作詳細的說明，並統整已公布文字材料的字數，以了解簡牘以及文字材料的出土概況。

由事前的蒐集的資料得知里耶秦簡有大量的木牘，部分木牘的正背面皆寫有文字，正、背的文字則成為學者討論的重點，其中又牽涉書手身分問題，故本文透過里耶秦簡字形的比較，釐清兩者問題。

問題釐清後，則可探討文字的變化。再依收集的字例分為書寫筆勢、結體演變兩章做字形分析，輔以《說文解字》小篆及甲骨文、金文，以及戰國時代的楚系、秦系、晉系、齊系等古文字作對照，以歸納里耶秦簡文字的演化規則與書寫特色。

最後，以《里耶秦簡（壹）》收錄的五、六、八不同層位，同一地出土的簡牘與睡虎地秦簡比較，檢視同年代不同地點出土的秦簡，兩者的文字差異。又與其他的秦代的文字比較，有助於了解里耶秦簡與其他秦代簡牘文字，與非簡牘文字的差異。試圖從縱向、橫向的聯繫併同做檢視，以期對里耶秦簡文字有更全面的理解、分析。並於結論，對於本論文力有未逮之處說明，以成為未來的展望。

附錄將字例檔案整理成字形表，依筆畫多寡分類，同筆畫的字例則依許慎《說文解字注》一書內容排列，並附上字形表筆畫的頁碼檢索。本文參考資料使用的簡稱，也另製引用書目簡稱對照表。

研究的方法分為四小項，說明如下：

（一）偏旁分析法：討論文字的結體時，里耶秦簡並非所有字皆有古文字或小篆可對照，但字的偏旁保有其書寫的特性，將字拆解開，同偏旁可一同比較，字例運用則更靈活且有系統，由偏旁延伸的字例範圍也更寬廣。

（二）歷史比較法：文字的變化是循序漸進的，無法一刀劃分，故參酌甲骨文、金文、小篆，則能從相近的形構，理出字體演變的規律。又同時期不同區域的文字，形構並非完全相同，將這些文字皆一同羅列做對照，則能從各系文字中推尋各自的差異，故本文參酌戰國時期、秦代的文字，理出里耶秦簡文字的書寫特色。

（三）文例校勘法：卜辭文例，在甲骨學上的約定意義，為占卜文辭與占卜載體相結合關係之表象，專指書刻在卜用甲骨上的卜辭行文形式、位置、次序、分部規律、行款走向的常制與特例，包括字體寫刻習慣等等。〔註7〕甲骨文刻寫於龜甲、獸骨上，簡文則蘸墨書寫於處理過的竹片、木片上，同為文辭與載體相結合的關係，簡牘的書寫習慣也自成一格，故探討書手身分與簡牘正反面的關係，可以依里耶秦簡的文例作校對、勘驗，圖版釋文有誤之處，本文也依此方法加以訂正。

（四）統計歸納法：里耶秦簡的字數多，如果無適當的整理，則難以條理性的比較字例差異，也容易有疏漏的情形。故本文擷取《里耶秦簡（壹）》一書圖版為字例，依筆畫多寡整理於表格的形式，並分成筆勢、結體二大類來討論。在整理資料的過程中，可以同時找出里耶秦簡書寫的通則，並訂定本文大綱的細項。

希望藉助以上偏旁分析法、歷史比較法、文例校勘法、統計歸納法四種研究方法的適當運用，能對本文內容討論達到相輔相成的效果。

第二節　秦簡研究的近況

秦簡研究相關的文獻不在少數，涵蓋範疇遍及專書與單篇論文，專書依題材又可分為「出土類專書」、「綜論類專書」兩類。出土類專書指墓葬發掘報告或是秦簡出土記錄，其他非關出土發掘報告者則歸於綜論類專書。里耶秦簡內容為地方政府機構的公文書，故同屬公文書相關的秦簡，本文皆納入研究的參考範疇。另外，「綜論類專書」依內容又可分為「公文類」、「字形類」、「工具書」三類。「公文類」所收專書內容介紹簡牘文書兼涉及秦、漢兩時代，本文討論範疇僅限於秦代的簡牘文書，故僅取書中關於秦代簡牘文書作參考；「字形類」書中內容牽涉字形結構、書寫筆勢的文字觀點論說；「工具書」此類基本上為秦文字編的專書，書中藉由表格整理秦文字以供讀者方便檢索的書籍版面，是深具實用價值的工具書，然目前公布的秦簡公文書當中，僅睡虎地秦簡有出版文字編的專書。單篇論文部分，又可分為「綜論類的單篇論文」、「字形類的學位論文」兩類。因為中國方面的期刊論文龐雜且散亂，有些論文題目或與里耶秦簡公文書相關，但篇幅簡短，且論說觀點重複性高，

〔註7〕李旼姈：《甲骨文例研究》（臺北：台灣古籍出版社，2002年），序頁1。

故這些中國期刊論文，本文皆未採錄。本文中收錄的大部分秦簡單篇論文來自「簡帛網」，此網站集中收錄中國文字學研究論文，由武漢大學簡帛研究中心管理。「字形類的學位論文」則從「臺灣博碩士論文知識加值系統網」〔註 8〕檢索而來，研究秦簡的學位論文數量有 17 件，其中聚焦於研究秦簡字形的有 3 件，然 17 件論文的內容與公文書皆無關。由此看來臺灣學位論文與秦簡公文書相關者較少數，關於秦簡字形的學位論文較多，故將其歸類為「字形類的學位論文」。

一、出土類專書

目前已經公布出土報告的秦簡內容屬於公文書包含專書與期刊論文兩種。秦簡出土報告與簡牘專書依出版時間先後順序為 1978 年《睡虎地秦墓竹簡》〔註 9〕、1981 年《雲夢睡虎地秦墓》〔註 10〕、1981 年〈青川縣出土秦更修田律木牘——四川青川縣戰國墓發掘報告〉〔註 11〕、1997 年《雲夢龍岡秦簡》〔註 12〕、2001 年《龍岡秦簡》〔註 13〕、2001 年《關沮秦漢墓簡牘》〔註 14〕、2006 年《里耶發掘報告》〔註 15〕、2009 年《天水放馬灘秦簡》〔註 16〕、2010 年《嶽麓書院藏秦簡（壹）》〔註 17〕、2011 年《嶽麓書院藏秦簡（貳）》〔註 18〕、2012 年《里耶秦簡（壹）》〔註 19〕、2013 年《嶽麓書院藏秦簡（叁）》〔註 20〕。其中〈青川縣出土秦更修田律木牘——四川青川縣戰國墓發掘報告〉一文收錄於

〔註 8〕臺灣博碩士論文知識加值系統網 http://ndltd.ncl.edu.tw/cgi-bin/gs32/gsweb.cgi/ccd=52gr9W/search#result

〔註 9〕睡虎地秦墓竹簡整理小組：《睡虎地秦墓竹簡》（北京：文物出版社，1978 年）。

〔註 10〕《雲夢睡虎地秦墓》編寫組：《雲夢睡虎地秦墓》（北京：文物出版社，1981 年）。

〔註 11〕四川省博物館、青川縣文物館：〈青川縣出土秦更修田律木牘——四川青川縣戰國墓發掘報告〉，《文物》1982 年第 1 期，頁 1～21。

〔註 12〕劉信芳，梁柱：《雲夢龍岡秦簡》（北京：科學出版社，1997 年）。

〔註 13〕中國文物研究所、湖北省文物考古研究所編：《龍岡秦簡》（北京：中華書局，2001 年 8 月）。

〔註 14〕湖北省荊州市周梁玉橋遺址博物館：《關沮秦漢墓簡牘》（北京：中華書局，2001 年 8 月）。

〔註 15〕湖南省文物考古研究所：《里耶發掘報告》（長沙：岳麓書社，2006 年）。

〔註 16〕甘肅省文物考古研究所編：《天水放馬灘秦簡》（北京：中華書局，2009 年）。

〔註 17〕朱漢民、陳松長主編：《嶽麓書院藏秦簡（壹）》（上海：上海辭書出版社，2010 年）。

〔註 18〕朱漢民、陳松長主編：《嶽麓書院藏秦簡（貳）》（上海：上海辭書出版社，2011 年）。

〔註 19〕湖南省文物考古研究所：《里耶秦簡（壹）》（北京：文物出版社，2012 年）。

〔註 20〕朱漢民、陳松長主編：《嶽麓書院藏秦簡（叁）》（上海：上海辭書出版社，2013 年）。

1982 年《文物》期刊第一期，因出土文物不多又出土木牘僅兩支，故未成專書出版，木牘僅公布於《文物》期刊。秦簡的出版專書，大部分涵蓋出土報告說明以及簡牘圖版與釋文兩個部分，如：1997 年《雲夢龍岡秦簡》、2001 年《關沮秦漢墓簡牘》、2009 年《天水放馬灘秦簡》三本秦簡專書。其他的秦簡則是出土發掘報告額外專書出版，例如：1978 年《睡虎地秦墓竹簡》、1981 年《雲夢睡虎地秦墓》、2012 年《里耶秦簡（壹）》與 2006 年《里耶發掘報告》，兩本發掘報告書與簡牘專書先後出版時間不一，如里耶秦簡是先有發掘報告書後才有簡牘專書出版，而睡虎地秦簡則是先有簡牘專書才有發掘報告書。《嶽麓書院藏秦簡（壹）》是湖南大學嶽麓書院從香港購入的秦簡，書中針對取得竹簡的狀況說明：「嶽麓書院藏秦簡入藏時，已經人為地被分成了大小不等八捆和一小束殘簡，分別用塑料薄膜帶水包裹」，可知此批秦簡非經考古工作者的發掘與整理，故《嶽麓書院藏秦簡（壹）》書中僅有竹簡的圖版與釋文等說明，並無其他非竹簡出土物的發掘報告說明。1997 年《雲夢龍岡秦簡》及 2001 年《龍岡秦簡》兩書收錄的簡牘皆為龍岡秦簡，出版年份有先後。《龍岡秦簡》一書前言云：「龍岡簡牘保存狀況欠佳，殘斷嚴重，在十分困難的條件下整理者竭盡努力，在考釋方面與研究方面取得了一定的成果。」因龍岡秦簡保存狀況未達良善，增添簡上文字內容分析研究的困難性，在整理小組努力之下而再次整理，於 2001 年出版《龍岡秦簡》一書，補添《雲夢龍岡秦簡》一書內容說明的不足。下文則依時間順序排列，概述這些秦簡公文專書的內容：

1978 年睡虎地秦墓竹簡整理小組《睡虎地秦墓竹簡》〔註 21〕一書收錄秦簡，1975 年 12 月於湖北省雲夢縣孝感地區的睡虎地秦墓十一號出土，總計 1155 支竹簡，是第一次發現的秦代簡牘。考證顯示年代在戰國晚期至秦代，文字是秦代流行的隸書。此書中依簡上書寫的文字內容，將秦簡分為十類，分別為〈編年紀〉、〈語書〉、〈秦律十八種〉、〈效律〉、〈秦律雜抄〉、〈法律答問〉、〈封診式〉、〈為吏之道〉、〈日書〉甲種、〈日書〉乙種十種。此書提道：「睡虎地秦簡的性質，大部分是法律、文書，不僅有秦律，而且有解釋律文的問答和有關治獄的文書程式。」〔註 22〕可知睡虎地秦簡中保留豐富的秦代法律文書制度內容，對

〔註 21〕睡虎地秦墓竹簡整理小組：《睡虎地秦墓竹簡》（北京：文物出版社，1978 年）。

〔註 22〕睡虎地秦墓竹簡整理小組：《睡虎地秦墓竹簡》（北京：文物出版社，1978 年），前

於同屬公文書的里耶秦簡而言，提供重要的相關研究價值。

1981 年四川省博物館青川縣文物館〈青川縣出土秦更修田律木牘——四川青川縣戰國墓發掘報告〉〔註 23〕文中提到，1979 年 2 月至 1980 年 8 月於四川青川縣郝家坪戰國墓群出土兩枚木牘，其中一枚文字漶慢不清，無法辨識。另一枚木牘的文字記載內容時期大約在秦武王二年（前 309 年），記載事務主要為新法律律令頒行的內容、時間、過程，木牘背面亦有文字，為：「四年十二月不除道者……」〔註 24〕等四行話，背面文字與正面頒行的律令內容頗有關聯。青川木牘內容與公文書相關，故亦可與里耶秦簡併同作進一步比較。

1997 年劉信芳、梁柱《雲夢龍岡秦簡》〔註 25〕書中講述 1989 年自雲夢縣龍岡區秦墓六號出土一批秦代簡牘，根據出土的器物與簡牘內容判斷，墓的時代大約在秦末，發掘的秦簡主要為竹簡，總計約 150 餘枚。竹簡有上、中、下的三道編聯，考古學者推測此批出土竹簡原始是完整的一冊。又竹簡上文字內容為秦代法律文書，簡上文字書寫風格、章法、結構統一，可能出自同一人之手所書寫。而里耶秦簡中也有五支出自第八層的簡 755～759，其文字書寫風格、章法、結構統一，似為同一人書寫，雖然此五支簡牘沒有編聯的痕跡，然而與雲夢龍岡簡類似度極高。

2001 年中國文物研究所、湖北省文物考古研究所《龍岡秦簡》〔註 26〕此書蓋依據劉信芳、梁柱《雲夢龍岡秦簡》一書再整理，雖然書中內容簡省其他出土文物如陶、鐵、漆、竹器等的介紹說明，但於秦簡摹本的文字則是更加清晰，如此助益於後人的研究深入性，故本文一併納入參酌研究。

2001 年湖北省荊州市周梁玉橋遺址博物館《關沮秦漢墓簡牘》〔註 27〕一書收錄 1992 年岳橋村蕭家草場二六號漢墓及 1993 年湖北省荊州市沙市區關沮鄉

言頁 2。

〔註 23〕四川省博物館、青川縣文物館：〈青川縣出土秦更修田律木牘——四川青川縣戰國墓發掘報告〉，《文物》1982 年第 1 期，頁 1～21。

〔註 24〕四川省博物館、青川縣文物館：〈青川縣出土秦更修田律木牘——四川青川縣戰國墓發掘報告〉，《文物》1982 年第 1 期，頁 1～21。

〔註 25〕劉信芳，梁柱：《雲夢龍岡秦簡》（北京：科學出版社，1997 年）。

〔註 26〕中國文物研究所，湖北省文物考古研究所編：《龍岡秦簡》（北京：中華書局，2001 年 8 月）。

〔註 27〕湖北省荊州市周梁玉橋遺址博物館：《關沮秦漢墓簡牘》（北京：中華書局，2001 年 8 月）。

清河村發掘的周家臺三〇號秦墓，兩地出土的竹簡各一批，漢墓不在本文討論範疇之中，故略而不論。周家臺三〇號秦墓出土竹簡包含空白無字簡，總計共381 枚，尚有出土一方木牘，依據此墓中簡牘文字材料的內容記載時期大約在秦末。此書的編輯者依據竹簡內容分為甲、乙、丙三組，甲組文字內容為「歷譜」，簡依照干支時間先後順序排列，並於干支下面做簡短的記事，述明此簡為墓主人在世時任職公務所做的日記，故周家臺三〇號秦墓中竹簡甲組的「歷譜」當歸屬於公文書一類。然而「歷譜」是墓主人所作的公務記錄，與里耶秦簡公文書上書寫有收、發件時間的文字記錄有顯著的差異。

2009 年甘肅省文物考古研究所編《天水放馬灘秦簡》〔註 28〕一書，秦簡時代為戰國末期，總計出土竹簡共 461 枚。依據竹簡內容分為甲、乙兩種「日書」與〈志怪故事〉，又甲種可以分八章，乙種分三十九章。其中乙種中的〈吏聽〉、〈亡盜〉、〈雜忌〉等篇與公務較相關，可視為公文書。第三種為〈志怪故事〉僅出土 7 枚，雖然名為志怪故事似非真實的史事，但是文字內容記載有紀年、職官、事由的上呈公文書文件，顯然與墓主人生前息息相關，故不容僅視為志怪故事而排除與公文書的聯繫因素。

2010 年朱漢民，陳松長《嶽麓書院藏秦簡（壹）》〔註 29〕一書僅收錄〈質日〉、〈為吏治及黔首〉、〈占夢書〉三篇竹簡。書中說明湖南大學嶽麓書院所收藏的秦簡總共有〈質日〉、〈為吏治及黔首〉、〈占夢書〉、〈數〉書、〈奏讞書〉、〈秦律雜抄〉、〈秦令雜抄〉七篇，但《嶽麓書院藏秦簡（壹）》僅收錄前三篇，其餘未收錄的四類，則由《嶽麓書院藏秦簡（貳）》〔註 30〕收錄〈數〉書一類，以及《嶽麓書院藏秦簡（叁）》〔註 31〕收錄〈奏讞書〉一類，而〈秦律雜抄〉、〈秦令雜抄〉兩類目前尚未有實體書出版，故本文暫且略而不論。《嶽麓書院藏秦簡（壹）》書中的〈質日〉其內容類似於《關沮秦漢墓簡牘》周家臺三〇號秦墓甲組竹簡的「歷譜」，兩批簡特點在於皆依照干支時間先後順序排列，干支下面則做簡短的政事記錄，故嶽麓秦簡中的〈質日〉可歸屬於公文書。又《嶽麓書院藏秦簡（壹）》書中的〈為吏治及黔首〉內容主要記載為官道理

〔註 28〕甘肅省文物考古研究所編：《天水放馬灘秦簡》（北京：中華書局，2009 年）。
〔註 29〕朱漢民，陳松長：《嶽麓書院藏秦簡（壹）》（上海：上海辭書出版社，2010 年）。
〔註 30〕朱漢民，陳松長：《嶽麓書院藏秦簡（貳）》（上海：上海辭書出版社，2011 年）。
〔註 31〕朱漢民，陳松長：《嶽麓書院藏秦簡（叁）》（上海：上海辭書出版社，2013 年）。

與治理百官、人民的準則法度，類似於《睡虎地秦墓竹簡》書中〈為吏之道〉，皆言身為官吏治理人民需遵守的道理、準則，類似統治國家的行政作業守則的文書，故可歸屬於公文書。《嶽麓書院藏秦簡（叁）》收錄〈奏讞書〉，而依據文字內容又分為《為獄等狀四類》四種標題，皆為向上進奏的司法文書，故同屬於秦簡的公文書。

2006 年湖南省文物考古研究所《里耶發掘報告》〔註 32〕一書第一章主要從整個里耶古城遺址地理、歷史沿革、發掘過程開始概略介紹，以下則依照遺址存在的時代共分成六章，分別為里耶古城、麥茶戰國墓地、清水坪西漢墓地、大板漢代墓地、魏家寨西漢城址、大板東漢遺址。其中里耶古城遺址一章底下分四小節，第一節為城牆與城壕，分北城牆、南城牆、城壕、西城門與西門道、南城門六項；第二節為城內文化堆積，係針對城內地層間的關係與文化堆積物進行描述；第三節為城址布局與城內遺跡，城內遺跡則分井、塘、路、房子、灶、溝、灰坑、坑、保坎九處介紹；第四節出土遺物分陶器、青銅器、鐵器、簡牘、其他陶、泥、石、玉、木、瓷器五大類，其中陶器可以分三個時期，每一期之下又分陶瓦、陶器兩類；第四章末附錄猶有秦代曆法和顓頊曆，係考古學者以周家臺關沮秦簡與里耶秦簡中的曆日，兩相對照考查以求還原秦代曆法制度。以上由考古學者所作的考古發掘成果報告與收穫，為本文研究里耶秦簡中文字提供充足的科學依據。

2012 年湖南省文物考古研究所《里耶秦簡（壹）》〔註 33〕一書收錄了戰國時代的里耶古城遺址，現位於湖南省里耶鎮湘西土家族苗族自治州龍山縣內。2002 年一號井出土簡牘，此書收錄出土簡牘第五、六、八層。前言的部分講述秦簡出土概況、簡牘材質和形制、簡牘自題名稱、內容概述。其中出土概況包含里耶古城建創的時代、出土的簡數、非簡牘類的出土物。而簡牘材質說明簡牘的材料、書寫工具、簡牘保存狀況，簡牘形制係將削製成不同形體的簡牘區分的類別名稱、規格，可分為斛、簿籍類、券書（校券）、楬、檢、封檢、束七類。而簡牘自題名稱則依簡牘公文書內容做形式種類的區分，共分為書傳、律令、錄課、簿籍、符券、檢楬、曆譜、九九數與藥方、里程書、習字簡十類。內容概述則針對簡牘上的文字內容作概括的描述、解釋。

〔註 32〕湖南省文物考古研究所：《里耶發掘報告》（長沙：岳麓書社，2006 年）。
〔註 33〕湖南省文物考古研究所：《里耶秦簡（壹）》（北京：文物出版社，2012 年）。

另外，前言後的凡例，則先針對簡牘圖版照片與釋文稍作排版的說明，接續著即為本文探討的核心重點內容，是里耶秦簡第五、六、八層的簡牘照片與釋文。書末則附上簡牘的綴合表與後記，綴合表針對第五、六、八層屬於同支簡的殘斷簡牘再次作整理，後記則為考古學者發掘過程的回顧與收穫的簡略敘述。

二、綜論類專書

（一）公文類

李均明《秦漢簡牘文書分類輯解》〔註34〕一書將秦漢文書分類，內容分為書、律令、簿籍、錄課、符券、檢楬六大類，底下又細分各小類，並說明文書使用的方式與時機，可作為秦簡文書記錄、傳遞研究的基石。

高恒《秦漢簡牘中法制文書輯考》〔註35〕共分十八章，前八章敘述秦簡牘中法制文書，後十章則為漢簡牘中法制文書。前八章內容分別為秦簡牘中的官職、「嗇夫」辨正、秦律中的「隸臣妾」、秦簡牘中的私人奴婢、秦律中的刑徒及其刑期、秦漢地方管理的制度和官職和措施、秦漢地方警察機構——亭、秦律中的徭和戍問題的探討等，內容與秦簡公文書相關。但僅參考睡虎地秦簡，並搭配《史記》、《漢書》、《後漢書》等文獻，至於其他已公布的秦簡公文書如：青川戰國木牘、雲夢龍岡秦簡、關沮秦簡等皆未引用，引用範疇稍嫌不夠全面。

（二）字形類

郝茂《秦簡文字系統之研究》〔註36〕一書將秦簡文字的結體分為獨素、合素、更素、加素、省素五種造字方式，次由字素的合體、更換、增加、省簡等角度來分析秦代的新文字構成，並統計各類文字所佔的比例，具相當程度的科學性。

孫鶴《秦簡牘書研究》〔註37〕先針對秦簡牘與西周、秦小篆、楚文字作關係比較，其次提到書寫材料、工具、用筆姿勢與執筆方法等因素都會對秦簡牘書字體造成的影響，並指出於桌子尚未發明之前，古人書寫的姿勢是一手持筆，

〔註34〕李均明《秦漢簡牘文書分類輯解》（北京：文物出版社，2009年）。
〔註35〕高恒：《秦漢簡牘中法制文書輯考》（北京：社會科學文獻出版社，2008年9月）。
〔註36〕郝茂：《秦簡文字系統之研究》（烏魯木齊：新疆大學出版社2001年8月）。
〔註37〕孫鶴：《秦簡牘書研究》（北京：北京大學出版社，2009年）。

一手持簡牘，此姿勢關係著握筆的方式，連帶牽動影響書寫的字體。雖然一手持筆一手持簡牘此事已有許多前人研究提及，如《簡牘檢署考校注》云：「古人寫簡並不是趴在几桌上的，而是一手持簡，一手秉筆，懸空而書。」〔註 38〕並且附上長沙出土的寫簡俑以書寫的姿勢作對證，然而本書猶能以文字、書法的觀點綜合分析，也算是珍貴的參考資料。

陳昭容《秦系文字研究：從漢字史的角度考察》〔註 39〕一書透過戰國至秦代出土的簡牘，包含睡虎地秦簡〔註 40〕、青川木牘、放馬灘秦簡、龍岡秦簡、關沮秦簡，共六批秦簡，針對簡牘文字特性與差異作綜合討論，來應證前人對於秦簡為尚未成熟隸書文字的說法。又因為文字書寫時的嚴謹與草率，影響著秦篆字體隸變的過程，故作者藉由文中大量穿插表格的排版方式，讓讀者對於秦文字隸變過程能夠一覽無疑。

（三）工具書

袁仲一《秦文字類編》〔註 41〕一書，收錄的秦代的文字材料包括金文、陶文、簡牘、刻石，其中簡牘文字則採用青川木牘、放馬灘秦簡、睡虎地秦簡三者，以表格將金文、陶文、簡牘、刻石四者的文字字形一同作比較。雖然部分同一字的四種文字收集並不完整，大大減弱不同文物字形的比較性，但此書仍是便於讀者檢索秦文字字形的工具書。

張守中《睡虎地秦簡文字編》〔註 42〕一書選錄的睡虎地秦簡皆有加注簡號，表明竹簡的的出處。文字整理編排的部分主要分為單字、合文兩類，單字分十四章，而合文僅一章共 12 則字例，每章後則加注說明入選的文字及重文各有多少字，並於書末添附依筆劃檢字表，以方便讀者檢索。惟書中文字乃以毛筆沾墨書寫，序言、凡例、後記中參雜了部分的非正體字，造成少數幾個文字難以辨識閱讀，日後或許可以電腦文書軟體打字，重新整理出版。

〔註 38〕王國維作，胡平生、馬月華校注：《簡牘檢署考校注》（上海：上海古籍出版社，2009 年 4 月）。

〔註 39〕陳昭容：《秦系文字研究——從漢字史的角度考察》（臺北：中央研究院歷史語言研究所，2003 年 7 月）。

〔註 40〕睡虎地秦簡分十一、四號墓不同兩地出土的簡牘。

〔註 41〕袁仲一：《秦文字類編》（西安：陝西人民教育出版社，1993 年 11 月）。

〔註 42〕張守中：《睡虎地秦簡文字編》（北京：文物出版社，1994 年）。

三、綜論類的單篇論文

陳劍〈讀秦漢簡札記三篇〉一文針對秦漢的文書簡牘作字形解釋，其中里耶秦簡的字形解釋，係據出版的文字考校專書如：王煥林《里耶秦簡校詁》〔註 43〕，以及馬怡〈里耶秦簡選校〉〔註 44〕一文等加以說明。本文將過去書中誤釋的文字與標點校正過來，如：半與手、逮與歸、日與白、以與巳（已）等字例，如此改釋、校字的撰寫討論方式，便於釐清文字與文書內容的關係。

邢義田〈湖南龍山里耶 J1（8）157 和 J1（9）1－12 號秦牘的文書構成、筆跡和原檔存放形式〉〔註 45〕一文共分四章討論，其中第三章筆跡與文書構成的部分，將簡 J1（9）1－12 此 12 支有署名的簡牘依發文的年月日順序列表出來，透過筆跡的比較分析，藉以澄清書手的身分與秦漢時代文書處理流程的原則。此文是參閱引用〈湖南龍山里耶戰國——秦代古城一號井發掘簡報〉〔註 46〕文中公布的約 56 支里耶簡牘，以及《2002 中國重要考古發現》〔註 47〕一書刊布的 14 支里耶簡牘。雖然目前發掘出土 38000 支簡牘中有一半是空白的無字簡，然而邢文參引的簡數仍是過少，猶待更多里耶簡牘的公布，以作更進一步全面的討論。

邢義田〈『手、半』、『曰啎曰荊』與『遷陵公』〉〔註 48〕一文參閱《里耶秦簡（壹）》一書內的簡牘，將署名「慼」字的字形以表格羅列出來，邢義田認為慼字的筆跡皆相似，據以考證書寫文字的書手為同一人。本文美中不足之處在於缺少從字形筆畫分析討論「慼」字筆跡是如何的相似，且邢義田並未羅列出所有慼字，有三例慼字被排除不錄，而僅以原簡字形筆畫不夠清晰一句簡單帶過，顯見關於字形說解的方面不夠據實以言。

〔註 43〕王煥林：《里耶秦簡校詁》（北京：中國文聯出版社，2007 年）。

〔註 44〕馬怡：〈里耶秦簡選校〉，《中國社會科學院歷史研究所學刊》第 4 集（上海：商務印書館，2007 年），頁 133～186。

〔註 45〕邢義田：〈湖南龍山里耶 J1(8)157 和 J1(9)1－12 號秦牘的文書構成、筆跡和原檔存放形式〉，《簡帛》第 1 輯（上海：上海古籍出版社，2006 年 10 月），頁 275～296。

〔註 46〕湖南省文物考古研究所、湘西土家族苗族自治州文物處、龍山縣文物管理所：〈湖南龍山里耶戰國——秦代古城一號井發掘簡報〉，《文物》2003 年第 1 期，頁 4～35。

〔註 47〕國家文物局主編：《2002 中國重要考古發現》（北京：文物出版社，2003 年 6 月），頁 62～69。

〔註 48〕邢義田：〈「手、半」、「曰啎曰荊」與「遷陵公」〉（武漢大學簡帛網發文，2012 年 05 月 07 日）。http://www.bsm.org.cn/show_article.php?id=1685

陳治國〈從里耶秦簡看秦的公文制度〉〔註 49〕一文以里耶秦簡為出發點，對公文書的書寫規範作介紹，包含公文開頭標明的年月日與當月朔日，以及公文固定的書寫用語，如：上行文書使用「敢言之」，平行文書使用「敢告」，下行文書使用「下某某」、「卻之某某」、「謂某某」、「告某某」等字辭。其中也提到公文的存檔與保管，文云：

> 在出土的秦簡中，不但有其它機構發送給遷陵縣的文書，還有許多是遷陵縣向其它機構發送的文書。這些外發文書的原件應該已經送走，出土的應該是當時抄寫的備份。這說明當時各級政府不但將收到的文書收藏存檔，而且已經有了將外發文書抄寫備份作為檔案存留的做法。〔註 50〕

表明我們目前看到的里耶秦簡是用作文書留存的抄寫備份，相較於部分學者認為里耶秦簡作為文件是發送出的流轉文書，此見解是具有獨到之處。雖然刑義田於〈湖南龍山里耶 J1（8）157 和 J1（9）1－12 號秦牘的文書構成、筆跡和原檔存放形式〉一文，由簡文內容以證推測里耶秦簡為抄本而非存檔備份文書，但刑義田僅止於初步的推論，尚未提出完整說法以證，陳治國則已給予適當歸納的結論。

呂靜〈秦代行政文書管理形態之考察——以里耶秦牘性質的討論為中心〉〔註 51〕一文依里耶簡牘文書上記載的內容事項，數量一件或一件以上的分成兩類。其一為「一事一文一牘」，蓋呂靜從簡牘上的文書格式中，符合文書本體、發信人、收信人三大要素的簡牘，以斷定此類文書為確實進入行政傳遞流程的原始文書。其二則為「一事多文一牘」，因文書處理過程產生變化，由原始正本文書轉變為存檔的副本文書，而斷定此類文書為存檔副本文書。此說將里耶簡牘區分「一事一文一牘」的原始文書，與「一事多文一牘」存檔的副本文書，相較於陳治國〈從里耶秦簡看秦的公文制度〉文中認為里耶秦簡為抄寫的存檔備份文書，呂靜此一分類說法對於文書的分類更為謹嚴。

〔註 49〕陳治國：〈從里耶秦簡看秦的公文制度〉，《中國歷史文物》2007 年第 1 期，頁 61～69。

〔註 50〕陳治國：〈從里耶秦簡看秦的公文制度〉，《中國歷史文物》2007 年第 1 期，頁 61～69。

〔註 51〕呂靜：〈秦代行政文書管理形態之考察——以里耶秦牘性質的討論為中心〉（武漢大學簡帛網發文，2010 年 02 月 22 日）。http://www.bsm.org.cn/show_article.php?id=1225

魏曉豔，鄭振鋒〈睡虎地秦簡字體風格論析〉〔註 52〕一文依據睡虎地秦簡討論文字的整體風格、體勢變化、章法結字、筆畫軌跡、筆勢筆態五章。其中章法結字一章，提及章法關乎字與字、行與行而有大小章法之分，蓋睡虎地秦簡的文書為了簡省行政的流程，行文大多潦草且隨意，因此簡的章法字與行距大小不均，此文書章法特點恰可與里耶秦簡公文作對照。另外，筆勢筆態一章，內容中提及掠、波挑、起筆、折筆、出鋒、藏鋒等的筆勢用語，部分筆勢用語似出自永字八法，筆勢用語概括不同運筆技法的八字而來，如：側、勒、弩（又作努）、趯、策、掠、啄、磔。然而文中並未加以說明各種筆勢語法所代表的運筆技法，因此未熟永字八法或專業筆勢用語的讀者可能難以理解閱讀，故本文不將採用此專業筆勢用語部分，而改以直、豎、勾畫等簡明的字辭，以方便讀者理解、閱讀筆勢的說明。

其他與里耶秦簡文書相關的單篇論文，猶有如：支強〈秦簡中所見的「別書」——讀里耶秦簡劄記〉〔註 53〕、單育辰〈談談里耶秦公文書的流轉〉〔註 54〕、張樂〈里耶簡牘「某手」考——從告地策入手考察〉〔註 55〕、徐暢〈簡牘所見刑徒之行書工作——兼論里耶簡中的女行書人〉〔註 56〕、李超〈由里耶幾條秦簡看秦代的法律文書程式〉〔註 57〕、陳偉〈里耶秦簡中公文傳遞記錄的初步分析〉〔註 58〕、吳榮政〈里耶秦簡文書檔案初探〉〔註 59〕、林進忠〈里耶秦簡「貲贖文書」的書手探析〉〔註 60〕等等，蓋本文篇幅有限，且其他論文與本文題目

〔註 52〕魏曉豔，鄭振鋒：〈睡虎地秦簡字體風格論析〉，《河北大學學報（哲學社會科學版）》第 34 卷第 4 期，2011 年，頁 105～110。

〔註 53〕支強：〈秦簡中所見的「別書」——讀里耶秦簡劄記〉（武漢大學簡帛網發文，2012 年 09 月 10 日）http://www.bsm.org.cn/show_article.php?id=1733

〔註 54〕單育辰：〈談談里耶秦公文書的流轉〉（武漢大學簡帛網發文，2012 年 05 月 25 日）http://www.bsm.org.cn/show_article.php?id=1703

〔註 55〕張樂：〈里耶簡牘「某手」考——從告地策入手考察〉（武漢大學簡帛網發文，2011 年 04 月 18 日）http://www.bsm.org.cn/show_article.php?id=1461

〔註 56〕徐暢：〈簡牘所見刑徒之行書工作——兼論里耶簡中的女行書人〉（武漢大學簡帛網發文，2010 年 12 月 10 日）http://www.bsm.org.cn/show_article.php?id=1346

〔註 57〕李超：〈由里耶幾條秦簡看秦代的法律文書程式〉（武漢大學簡帛網發文，2008 年 11 月 29 日）http://www.bsm.org.cn/show_article.php?id=903

〔註 58〕陳偉：〈里耶秦簡中公文傳遞記錄的初步分析〉（武漢大學簡帛網發文，2008 年 05 月 20 日）http://www.bsm.org.cn/show_article.php?id=829

〔註 59〕吳榮政：〈里耶秦簡文書檔案初探〉，《湖潭大學學報（哲學社會科學版）》2013 年第 37 卷第 6 期，頁 141～146。

〔註 60〕林進忠：〈里耶秦簡「貲贖文書」的書手探析〉，《湖南大學學報（社會科學版）》

相關度低，故不一一列舉，僅放置入參考書目供參閱。

另外，關於睡虎地秦簡文字的單篇論文如下：

黃文杰〈睡虎地秦簡文字形體的特點〉〔註 61〕一文舉出睡虎地秦簡文字形體的特色共分四章介紹，分別為用筆方折平直化、筆畫簡省化、同一偏旁寫法存在多種細微的差別、偏旁位置相對穩定但尚未定型，以上四章。其中用筆方折平直化一章，將秦簡文字用筆筆勢，由部分篆體圓轉線條變為隸體平直線條特點的字形舉出，其中將篆體字形分為圓轉、迂曲、分立、相連的四種線條細分論說，使得文中用筆分類的筆畫變化表現更為顯出。另外，偏旁寫法的變異、移位一章，以及偏旁位置同化、分化一章於文中皆加以適當分類論說，對秦文字由篆體到隸體的字形筆畫變化現象，皆有深入淺出的分類與討論。

四、關於秦簡字形的學位論文

黃靜吟師《秦簡隸變研究》〔註 62〕一書關於秦簡文字形構的演化一章，分為更易、簡化、繁化三類。而簡化又分省略部分筆畫、省略部分形體、省略偏旁、偏旁代換、訛變五類；繁化則分增加部分筆畫、增加偏旁、偏旁代換、訛變四類，對於秦簡文字形構的演化作詳盡的討論。並從文字演化表現於結構、筆畫兩方面，做隸分、隸合、隸變的歸納整理，能一覽隸楷文字演變發展的樣貌。

洪燕梅《睡虎地秦簡文字研究》〔註 63〕一書針對睡虎地秦簡作文字的分析，書中一節為簡文字體分析，分為筆勢、筆意、形構、風格四類主題，而形構此一主題，又分簡省、復增、別異、方位互異五類。然各別主題以表格將睡虎地秦簡書寫字體與小篆作差異比較，並無與甲骨文、金文作比較，對於秦字體演化表現方面的論述稍嫌不足。此書名為文字研究，而其主題重點在於睡虎地秦簡的異體字、假借字、同源字的釋義，以及睡虎地秦簡簡文的考釋，對於睡虎地秦簡文字的字形鮮少著墨。

2010 年第 4 期，頁 28～35。

〔註 61〕黃文杰：〈睡虎地秦簡文字形體的特點〉，《中山大學學報（社會科學版）》1994 年第 2 期，頁 123～131。

〔註 62〕黃靜吟師：《秦簡隸變研究》（嘉義：國立中正大學，中國文學系所碩士論文，1993 年）

〔註 63〕洪燕梅：《睡虎地秦簡文字研究》（臺北：國立政治大學，中國文學系碩士論文，1993 年）

李晶《睡虎地秦簡字體風格研究》〔註 64〕一書介紹睡虎地秦簡中字體的風格特色、演變，其中文字形體的演變分為書寫因素對睡虎地秦簡字形的影響方式一節，又分為線條平直化、筆畫添加、筆畫簡省、橫向取勢、改斷為連、字形訛變、其他以上七類，並舉出例字從筆勢與筆態作說明，然而例字列舉多於描述說明，反而說明難以跟文字連結起來。另外，睡虎地秦簡文字形體變異對構形理據的影響一節，則分為部件增減、部件移位、部件變形、部件替換四類，以篆體字形與睡虎地秦簡文字字形相比，而提出睡虎地秦簡文字象形性降低、筆畫化特點增強的結論。

綜合以上所述，關於里耶秦簡的研究專書，有 2006 年《里耶發掘報告》的出土報告專書，與 2012 年《里耶秦簡（壹）》的簡牘專書，出土物資料內容公布的時間皆晚於睡虎地秦簡、青川木牘等其他秦簡牘，故里耶秦簡相關研究專書數量不算太多。而前人關於秦簡牘文字研究的學位論文，因學位論文篇章格局大、字數量多所需寫作耗費時間漫長，故多聚焦於雲夢睡虎地秦簡等時代較早出土的秦代簡牘。反觀期刊單篇論文篇幅短小、字數量要求不需多，學者大多能夠針對新出土的秦簡作時效性的研究，故目前所見單篇期刊論文針對里耶秦簡所作關於文字、文書的研究論文篇數佔據比例為多。目前的研究狀況，缺乏里耶秦簡文字研究的專書，此即本文研究原因之一，故本文試圖從里耶秦簡中文字的書寫筆勢、結體演變、整體風格以及比較其他秦簡文字當作研究的對象，期望對里耶秦簡文字能有更全面的認識。

第三節　里耶秦簡的出土

自 1989 年以來，由於碗米坡水電站的建設工程計畫，預估將影響湖南省龍山縣里耶鎮此處的地下文物保存。因此由湘西自治州、龍山縣文物工作者帶領團隊赴里耶鎮此地，經過評估可能淹沒的範圍廣闊，於是考古團隊針對麥茶村內大批重要的遺址、古墓開始進行搶救性的考古發掘。由於淹沒遺址位在里耶鎮內，是零落分散四處的並且不獨限於一處，遺址包括里耶古城、麥茶墓地、大板墓地、清水坪西漢墓地、魏家寨西漢城址五處，故考古工作者依遺址、古墓分批進行挖掘工作。由於建設工程淹沒範圍涉及廣闊，連帶

〔註 64〕李晶：《睡虎地秦簡字体風格研究》（石家莊：河北師範大學碩士論文，2010 年）

考古發掘的調查工作規模龐大，且伴隨出土的物品數量多。1989 年當時基於文化遺產保護的觀念，而經過考古團隊的再次調查里耶遺址，確認里耶古城、麥茶墓地等其他古墓地遺址的分布範圍，故遲至 2002 年 4 月里耶遺址第一階段發掘工作才開始。又同年 6 月 3 日在里耶遺址中一號井內發現第一支簡，6 月 27 日才完成一號井內整體的發掘工作，出土並整理總共約 36000～38000 支的簡牘。此發掘工作至 2003 年已宣告完成，後續整理的工作則持續至 2006 年才大功告成，從遺址發現至整理工作完結，1989 至 2006 年前後花費約 17 年的時間。以上提及的考古工作時間從開始至結束，與相關工作確實時間月日記載，皆依據《里耶發掘報告》一書說明。

後續整理工作再編輯成書的過程仍然需耗日廢時，但是短時間內湖南文物考古研究所在 2012 年出版《里耶秦簡（壹）》一書，書中收錄有第五、六、八層出土的簡牘。另外，一號井內除了第五、六、八層，目前由其他地層出土的簡牘後續整理工作仍進行中尚未整裝出版。預估出版的里耶秦簡書，《里耶秦簡（壹）》前言有提及係依據簡牘所屬層級分輯出版，粗估第二輯收錄第九層，第三輯收錄第七、十、十一、十三層，第四輯收錄第十二、十四層，第五輯收錄第十五、十六、十七層與 2005 年 12 月護城濠第十一號坑出土的簡牘。〔註 65〕由於里耶秦簡中含有文字的簡牘尚未全數公布，僅公布第一輯五、六、八層的簡牘，另外預計出版的第二、三、四輯書中的第七、九、十、十一、十二、十三、十四、十五、十六、十七層與第十一號坑出土簡牘皆尚未公布出版，所以本文僅就《里耶秦簡（壹）》一書所收五、六、八層全數的簡牘列入研究的範疇，其他目前未公布或較零散的簡牘，本文則暫時略過不探討。

自 2002 年 4 月間，里耶古城遺址發掘工作啓動，發掘工作持續至同年的 11 月大致結束。發掘的地點位於里耶鎮東北方附近城址，城址內有北、西、南面的城牆各一座，城牆外圍北、西、南面有護城濠圍繞，現今所見城址的東面雖無城牆與護城濠圍繞卻有河流酉水經過，而出土大量簡牘之一號井 J1 則位於酉水西面附近。

這期間的 5 月，一號井 J1 發掘工作也正在進行，至 2002 年 6 月 27 日終完成一號井內整體的發掘工作。考古工作者依據井裡土壤的地層堆積與堆積物品

〔註 65〕湖南省文物考古研究所：《里耶發掘報告》（長沙：岳麓書社，2006 年），凡例頁 1。

簡牘中文字記載的內容，其中一點，如第五層出土的簡牘書寫特點屬於楚國的文字，加以判斷里耶古城建立的年代在戰國晚期的楚國時代。由地質堆積的自然作用，基本上地層堆積的順序，下層較早堆積，上層為後期再逐漸往上覆蓋堆積，大致上地層堆積下層時代較上層早，故考古工作者依據地層堆積的年代早晚，將井裡堆積物品由上而下依阿拉伯數字 1～18 分層標誌，並於阿拉伯數字前再加上一號井的代號 J1，完成確認 18 層堆積物的分層標誌工作。

由於每層堆積的物品種類、數量繁多，另有部分受地層擠壓所致堆積器物破壞的情形，如陶器本身質地脆弱，經過地層擠壓而損毀成四散碎片，碎片經過拼湊重組仍無法完成器物的原貌，關於這部分非完整器物的碎片實是難以一一統計，故本文暫時略而不論。因為目前里耶古城遺址中，僅一號井 J1 有完整的考古報告，又此井為大批里耶簡牘發掘所在之地，故堆積物出土範疇皆限定在一號井 J1。

湖南省文物考古研究所《里耶發掘報告》一書對出土物品的分類，依序為陶器、青銅器、鐵器、簡牘與其他陶、泥、石、玉、木、瓷器，因本文題目為《里耶秦簡（壹）文字研究》乃針對簡牘文字做研究，故出土物品分類順序將簡牘挪至第一位，其他出土物的介紹順序排列如下。《里耶發掘報告》一書中，其他類又分陶、泥、石、玉、木、瓷器類，其他類中的陶器，本文刪除此項目以免與獨立分類出來的陶器重覆；瓷器類有青瓷器、青花瓷器兩種，數量各為 75 與 78 件，數量雖多但大多殘毀，且出土位址皆不在一號井 J1 故本文將之刪減去除；其他類書中所言的泥，即為封泥，本文將再加上封字使名稱較完整清楚。其餘的陶器、青銅器、鐵器則維持固定原始順序，另外書中所言的青銅器即銅器，而本文簡而稱之銅器。如此以下介紹出土物品依使用功能不同分成五類，依序為簡牘、陶器、銅器、鐵器、其他，其他則包含泥、石、玉、木器。

以上所列五類出土物品數量的總數，係根據湖南省文物考古研究所《里耶發掘報告》一書說明。然而書中的出土物統計數據參雜非一號井 J1 的出土物，而且並非一一列舉介紹所有出土物與其所在的遺址代號，故出土物統計的總數數據於此暫略不論。又《里耶發掘報告》一書說明，出土物品出土的所在地也參雜非一號井 J1 的出土物，本文僅揀擇一號井 J1 的出土物，介紹一號井 J1 的出土物出土的地層。惟簡牘的統計總數，湖南文物考古研究所出版《里耶秦簡（壹）》一書皆有說明可供參考，並且於簡牘出土遺址、地層皆有明確標示，故於簡牘方面本文參酌使用此書的數據。以下則依序介紹出土物簡牘、陶器、銅器、鐵器、其他五類文物的出土狀況：

一、簡　牘

簡牘共出土 38000 餘枚，〔註 66〕出自第 5、6、7、8、9、10、11、12、13、14、15、16 層。

第 6、8、9、10、12、15、16 層埋藏的簡牘相對多量、集中。多數簡牘文字內容記載的時代在秦國統一天下後，但是在第 5 層有少量戰國時代的楚國簡牘，字體相較於 6、8 層明顯不同。雖然出土總簡數 38000 餘枚，但是有超過一半的簡是空白沒有寫字的。簡牘的長度是 23 公分，寬度是 1.4～5 公分。另有編號 J1⑧455 木牘長度是 12.5 公分，寬度是 27.4 公分。

簡牘依形狀可分觚、簿籍類、卷書、楬、檢、封檢、束。觚，正面削出五至六個坡面，背面平整〔註 67〕。簡 J1⑧159 可見正面、兩側面都寫上字，背面沒有寫字，正面明顯可見編繩的痕跡，長 23 公分。簿籍類，記載遷陵縣的人口、戶籍、器物等數量資料，長 46 公分，寬 1.8～4.8 公分。

卷書，記載錢糧物的數量，其上有與數量相符的刻齒，〔註 68〕不同的刻形，代表的數字意義也不同，推測有避免遭人改動的作用，長 37 公分，寬 1.2～2 公分。

楬，整體形狀多較為方正，一端兩角削磨為圓弧形，並以筆墨塗黑，另一端則較平直。楬上或鑽二或四個小孔，推測據有可以穿繩以吊掛的功用，

〔註 66〕由於里耶遺址出土物品位於中國湖南省，物品數量、尺寸數據由當地相關考古工作者做第一手統計與測量，非一般民眾能親眼所見與碰觸，故本節僅就出版書標示的出土物品數據作引用的方式。下文出土物的介紹，金屬器、非簡牘類數據依《里耶發掘報告》一書說明，簡牘數據則依《里耶秦簡（壹）》一書說明。中國的測量單位名稱為釐米，臺灣則稱為公分，兩地使用測量單位名稱僅名稱的不同，本文為方便臺灣讀者閱讀，故將中國書籍慣用的釐米皆更改為公分。以下即針對已出土的文物做簡略的介紹。

〔註 67〕湖南省文物考古研究所：《里耶秦簡（壹）》（北京：文物出版社，2012 年），前言頁 1。

〔註 68〕湖南省文物考古研究所：《里耶秦簡（壹）》（北京：文物出版社，2012 年），前言頁 2。

長 7.1～14.3 公分，寬 4.8～10.8 公分。楬又有另外的名稱笥牌，笥牌此出土物名稱，來自《里耶發掘報告》一書說明云：「一端弧形，一端平直，有個別作長方形的。近弧頂處有兩孔或四孔以便系聯，一般寬 6～7、長 10 公分，頂弧部以墨塗黑。」〔註 69〕所言笥牌，與《里耶秦簡（壹）》一書所言楬的形制、規格皆類似，故本文判斷出土物楬即為笥牌。

檢，大多數下端削尖，〔註 70〕有的上端以墨液塗黑，長 8～23 公分。

封檢，在長方體木塊的一面挖去一部分形成泥槽，形如小板凳。〔註 71〕封檢一般綑綁於公文上，刻製成具有鋸齒的形體便於綑綁牢固。如 J1⑧2550 寫有「遷陵以郵行覆曹發．洞庭」十字，長 4.6～11.28 公分，寬 1.8～3.3，厚 1.3～1.8，泥槽長 3.5～4.5 公分，深 0.7～0.8 公分。

出土物封檢的名稱，根據湖南省文物考古研究所《里耶發掘報告》一書於里耶城址中木器出土物介紹云：「里耶城址木器主要出土於 J1 中，其中涉及大量文字材料的木器（封泥匣、封檢、笥牌等）以及一些木器的殘片均未作統計和整理，有待下一步的整理與發表。這裡僅對部分標本作一介紹。」《里耶發掘報告》一書於 2006 年出版，將文字材料木器分為封泥匣、封檢、笥牌等，此書的說明對於文字材料木器與木器的殘片，統計和整理工作尚未完成以發表，僅針對部分非文字材料的木器與較完整的木器標本作介紹。而書中並非完整介紹所有的木器包含封泥匣、封檢、笥牌等，於封泥匣的介紹僅言：「二百多枚，一般長 4～5、厚 1.3、寬 2～3 釐米的木塊挖去一面中間的大部，封緘時方便繩索通過和敷設膠泥。也有個體較大和削成楔形的封泥匣。」此處引言的單位釐米等同於公分。故讀者仍無從確認封泥匣、封檢兩出土文物的出土層位、編號、文字內容等資料，以及兩者形體的差異特點。

然而張春龍〈里耶一號井的封檢和束〉一文，針對里耶一號井出土的封檢和束有作介紹。考古工作者整理完封檢共 197 枚，封檢上面有文字內容的有 55 枚，而這全數 55 枚封檢於文中皆明確標示出形制規格、出土的整理編號、文字內容。封檢的規格長 4.6～11.8 公分，寬 1.8～3.3 公分，泥槽 3～4

〔註 69〕湖南省文物考古研究所：《里耶發掘報告》（長沙：岳麓書社，2006 年），頁 180。

〔註 70〕湖南省文物考古研究所：《里耶秦簡（壹）》（北京：文物出版社，2012 年），前言頁 2。

〔註 71〕湖南省文物考古研究所：《里耶秦簡（壹）》（北京：文物出版社，2012 年），前言頁 1。

公分，形制為「在長方形木塊的一面挖去一部分形成泥槽，形如小板凳。絕大多數兩端整齊，只有少數幾枚一端削成坡狀，側面如楔形。」〔註 72〕其形制說明與《里耶發掘報告》一書的描述大致相同。另外，文中言封檢編號的整理原則在於「因為封檢的形制特殊，為免於擠壓受損，沒有與其他簡牘一起裝箱，而是以封檢自成一系並編號包裝，序號前標明地層號」〔註 73〕，可知序號加上地層號兩種阿拉伯數字編號，即為封檢的完整編號。而於〈里耶一號井的封檢和束〉一文中，此 55 枚封檢當中整理公布屬於封檢的為 5-3、5-4、8-21、8-23 四枚，其中編號跳過 8-22，原因蓋文中云：「束，共 3 枚，包括原歸入封檢的 8-22」〔註 74〕，所以經過鑑定後將 8-22 歸屬於束，但仍然保留原始封檢編號，不作更動編號的手續。故第八層中的 2 枚封檢編號分別為 8-21、8-23，去除 1 枚屬於束的 8-22。〈里耶一號井的封檢和束〉一文整理公布的這四枚封檢 5-3、5-4、8-21、8-23 文字內容分別如下：

酉陽以郵行

洞庭（5-3）

遷陵洞庭

以郵行（5-4）

遷陵以郵行

覆曹發洞庭（8-21）

遷陵以

□□□（8-23）〔註 75〕

文中是以封檢裝塞封泥的那面作為正面，較平整那面則為背面，而四枚封檢 5-3、5-4、8-21、8-23 文字內容皆書寫於背面，有字跡漶漫不清的使用「□」號表示。另外，文中原本屬於封檢，最後歸類為束的 8-22 一枚，形制為「正面

〔註 72〕張春龍：〈里耶一號井的封檢和束〉，《湖南考古輯刊》（長沙：嶽麓書社，2009 年 12 月）第 8 集，頁 65～70。

〔註 73〕張春龍：〈里耶一號井的封檢和束〉，《湖南考古輯刊》（長沙：嶽麓書社，2009 年 12 月）第 8 集，頁 65～70。

〔註 74〕張春龍：〈里耶一號井的封檢和束〉，《湖南考古輯刊》（長沙：嶽麓書社，2009 年 12 月）第 8 集，頁 65～70。

〔註 75〕張春龍：〈里耶一號井的封檢和束〉，《湖南考古輯刊》（長沙：嶽麓書社，2009 年 12 月）第 8 集，頁 65～70。

削成梯級狀，背面平整，側剖面恰如一條鋸條」，規格卻未作說明介紹，至於文字內容則如下：

爵它（8-22）〔註 76〕

張文說明束的正面是削成階梯狀的一面，較平整那面作為背面，而束 8-22「爵它」兩字即書寫於階梯狀的正面。《里耶發掘報告》一書出版時間晚約 3 年，故能補足《里耶發掘報告》一書缺少的部分。如《里耶發掘報告》書中於里耶一號井中涉及大量文字材料的木器（封泥匣、封檢、笥牌等）以及一些木器的殘片的部分，均未作統計和整理的說明；而〈里耶一號井的封檢和束〉一文，明確標示出里耶一號井中封檢、束的形制規格、出土整理編號、文字內容，但文中並未標示束的規格。此外，張文並將封檢另加序號以便做書籍版面的整理，如：分屬序號 1 的 5-3、序號 2 的 5-4、序號 6 的 8-21、序號 7 的 8-23 四枚，以及屬於束的 8-22 一枚。以上五枚封檢 5-3、5-4、8-21、8-23，與束 8-23 皆收錄 2012 年湖南文物考古研究所《里耶秦簡（壹）》一書中。

《里耶秦簡（壹）》一書中對簡牘的介紹，依材質和形制分為觚、簿籍類、券書（校券）、楬、檢、封檢、束八類，其中封檢的形制說明為「在長方形木塊的一面挖去一部分形成泥槽，形如小板凳。絕大多數兩端整齊，只有少數幾枚一端削成坡狀，側面如楔形。」〔註 77〕此封檢形制說明，與張文完全吻合，表示《里耶秦簡（壹）》一書與〈里耶一號井的封檢和束〉一文，兩文所言封檢同為一物。另外，《里耶秦簡（壹）》對封檢的規格說明如下：長 4.6～11.8 公分，寬 1.8～3.3 公分，厚 1.3～1.8 公分，泥槽長 3.5～4.5 公分，深 0.7～0.8 公分，較之張文的長 4.6～11.8 公分，寬 1.8～3.3 公分，泥槽 3～4 公分，更加詳謹與精準，除將泥槽分為長度、深度兩種，且單位公分更精準到小數點第一位。雖然兩者於厚度、泥槽規格存在些微差距，然大致可將兩文中所言封檢視為同一物。

《里耶秦簡（壹）》一書簡牘編號的原則說明云：「出土登記號是按照層位號加序號編排。封泥匣出土時自為系列編號，編號方式是在層位號和序號

〔註 76〕張春龍：〈里耶一號井的封檢和束〉，《湖南考古輯刊》（長沙：嶽麓書社，2009 年 12 月）第 8 集，頁 65～70。

〔註 77〕湖南省文物考古研究所：《里耶秦簡（壹）》（北京：文物出版社，2012 年），前言頁 2。

後加『封』字。」〔註 78〕本文尋查有『封』字的簡牘，共有五支，如下：為第五層序號 34 的 5-3 封、序號 35 的 5-4 封二支簡，以及第八層序號 2550 的 8-21 封、序號 2551 的 8-22 封、序號 2552 的 8-23 封三支簡，對照《里耶秦簡（壹）》一書釋文說明以上五支簡 5-3 封、5-4 封、8-21 封、8-22 封、8-23 封，與〈里耶一號井的封檢和束〉一文封檢與束的 5-3、5-4、8-21、8-22、8-23，文字內容完全吻合；又《里耶秦簡（壹）》一書所言的封泥匣即為〈里耶一號井的封檢和束〉一文所言的封檢、束，惟《里耶秦簡（壹）》將封泥匣囊括了封檢與束，故可知《里耶秦簡（壹）》一書中所言的封檢即封泥匣，而封檢又可名為封泥匣。

束，正面削成梯級狀，背面大致平整，側視洽如一條鋸條，文字書寫於束正面的各個小坡面上，〔註 79〕長 23 公分，寬 1.8～2.2 公分。湖南省文物考古研究所《里耶秦簡（壹）》一書內容並未針對束另作一系列的編號，也未於書中簡牘另加說明屬於束的編號；且書中圖版僅拍攝簡牘有書寫文字的一面，大多為正面與反面，鮮少以側面角度拍攝的圖版，束的形制雖然側面檢視如一條鋸條，但因書中鮮少附上簡牘側面角度的圖版，故讀者難以確切辨識此圖版究竟為簡牘或當為束，如此，只能藉由文字內容是否標「束」一字，以判斷。而此書中簡牘文字內容有「束」一字者，是第八層簡牘序號 282、419、1242、1728、1842，故可推測這 5 支簡牘屬於束。而此簡牘序號為《里耶秦簡（壹）》一書方便排版所另外作的編號，並非為出土登記號按簡牘的層位加序號編排。

書中簡牘序號 2551 出土登記號 8-22 封此枚簡牘，文字內容中無「束」字，但是〈里耶一號井的封檢和束〉一文鑑定 8-22 封此枚屬於束，並附上正、側、背面三個面向的圖版，簡牘側面形體確實像一條鋸條，形制類似於束。然而，於《里耶秦簡（壹）》一書卻是將 8-22 封此枚簡牘，依照封泥匣（封檢）一系列的編號，於層位與序號後加「封」字，此出土登記號於圖版下面標明。為了行文敘述方便，本文依據《里耶秦簡（壹）》一書編號，而不另做

〔註 78〕湖南省文物考古研究所：《里耶秦簡（壹）》（北京：文物出版社，2012 年），凡例頁 1。

〔註 79〕湖南省文物考古研究所：《里耶秦簡（壹）》（北京：文物出版社，2012 年），前言頁 2。

編號修訂，暫將簡牘序號 2551 出土登記號 8-22 封此支簡牘歸於封泥匣，也就是封檢。

二、陶　器

出自第 2、3、4、7、10、11、12、13、14、15、16 層。

陶器有瓮、甑、罐、高領罐、盆、釜、器耳、簋、豆、鬲、鉢、量等，主要成分是泥質陶，或夾少量砂、灰、黑皮、澄黃、褐、紅陶。依器形時代可分三期，第一期戰國中期到末期，第二期秦代，第三期西漢。〔註 80〕第一期到第三期相對火候提高，並且技術提升，而形制則大致規則。

三、銅　器

出自第 4、8、9、10、11、12、13、14、16、17 層。

銅兵器有矛、矛鐓、鐓、劍格、弩機構件、箭鏃、箭尾羽。銅箭鏃的數量多，共有 36 件，形狀都是三個稜角，通長 8.5 公分，寬約 1.1～1.3 公分。其他銅器有銅鏡 1 件、天平盤 2 件、車馬器 2 件、錢幣 191 枚等。其中銅鏡是十二個葉紋排成十字形，四個山紋填滿分隔的四格，四個竹葉紋連接十字形的四個端點，直徑 14 公分，邊厚 0.5 公分，製作的手法細緻，而形式典雅。錢幣則都寫有「半兩」的文字，可見是秦代通用的，形狀外圓內方，直徑 2.9～3.4 公分，內徑 1.1～0.8 公分。

四、鐵　器

出自第 4、8、9、10、11、12、13、14、16、17 層。

鐵器有劍、刮刀、斧、鍤、刀、鑿、錐、針、鈎、環、構件、條、絲、釜、鼎足等。鐵斧 13 件，依斧身窄度、寬度分為兩種類型，數量各為 9 件與 4 件，寬類型斧身呈現梯形，出土時猶有一小片陶片附著於上。

五、其　他

包含封泥、石、玉、木器等類。

封泥出自第 10、11、12、13 層；石器出自第 6、9、10、12 層；玉器僅 1

〔註 80〕湖南省文物考古研究所：《里耶發掘報告》（長沙：岳麓書社，2006 年），頁 228。

件，出自第 17 層；木器出自第 4、5、7、10、11、12、13、14 層。

封泥大多殘碎僅 10 件可清楚辨識，其中一件出於第 12 層，殘存正面刻印陽文小篆「庭馬」二字，字外有陽線方格，全文應為「洞庭司馬」〔註 81〕。

石器中有石范 1 件，為具有鑄造器具功能的物品，長 10 公分，寬 8.4 公分，石范形體並非緊密扎實，中間猶留存空間鑄造物品，故厚度以約略之數表示為 2.8～4.8 公分。

玉器，玦形環狀且扁平，顏色淡青且半透明，外徑 4.7 公分，內徑 2.5 公分，厚 0.15 公分。

木器中有關文字書寫材料的有封泥匣、封檢、笥牌等，其他木器則有钁、鏟、匕、梭、線繞、梳、構件、漆刷、麻鞋等。其中一件木漆刷，柄的前端是動物的鬃毛，握柄部分塗上漆，作為刷具使用，通長 19.2 公分，寬約 2～3.2 公分，刷毛長 2.9 公分。封泥匣、封檢、笥牌三類為木器，因為器物上書寫有文字又可以歸屬於簡牘類，故於此不再贅述，可參照前面簡牘類說明。

由發掘報告顯示部分出土文物，例如銅器類錢幣以及封泥雖然並非屬於簡牘這類文書物品，然而上面卻刻或寫有文字。此非簡牘類出土物上的文字可供學者專家、考古研究團隊判斷確切的物品年代，且非簡牘類文字也可與簡牘文字互做對照、補充，雖然此類文字不在本文討論範疇內，但其文字材料仍有其重要性。

目前已經整理公布的出土文物中有文字材料者，除了簡牘之外猶有屬於銅器類的錢幣以及陶土封泥，其上皆刻或寫有文字內容。《里耶秦簡（壹）》一書說明，簡牘類出土文物的特點在於文字是書寫於加工過的杉木、松木、竹片，往往具有通信往返、傳達訊息、記載事項的文書作用，包含觚、簿籍類、卷書等。

湖南省文物考古研究所出版的《里耶發掘報告》、《里耶秦簡（壹）》兩書皆先後公布所收錄的簡牘，其中於五、六、八層的簡牘出現少許重覆收錄的狀況，故本文於統計簡牘文字計算總數時，將重覆收錄的簡牘文字數量扣除。因為《發掘》一書提及的簡牘釋文與說明並未全數附上圖版，致讀者難以將釋文、說明與圖版上的文字相互對照，故本文於統計文字總數時，以書中附

〔註 81〕湖南省文物考古研究所：《里耶發掘報告》（長沙：岳麓書社，2006 年），頁 220。

錄的彩色圖版為計數標準，暫且排除無圖板的簡牘。《里耶發掘報告》公布一號井簡牘「編號是以地層為單位按出土時井中的位置和時間順序編排的」〔註 82〕，簡牘編號的前面為地層位後面為序號。為了版面清楚與簡省空間，本文以「第 0 層編號 0」加上國字表示層位號與序號，另外有序號連號的簡牘則改以「~」表示。而有圖版的簡牘為第五層編號 7，第六層編號 2，第七層編號 1、4、5、169，第八層編號 133、134、147、151~2、154、155~9、774、775，第九層編號 1~12、981、984、2318~9，第十二層編號 10，第十六層編號 1、5、6、8、9、12、52，第十七層編號 14，以及北護城壕十一號坑出土的簡牘編號 1~25，以上共 70 件簡牘，扣掉與《里耶秦簡（壹)》一書重覆收錄的 15 支五、六、八層簡牘，實得 55 支簡牘，總計《里耶發掘報告》一書共收錄簡牘字數約 3500 個字。以上有文字簡牘，除了五、六、八層於《里耶秦簡（壹)》一書有完整的圖版，其他七、九、十二、十六、十七層簡牘，以及北護城壕十一號坑出土的簡牘，於書中卻僅收錄零散的幾支，並非出土的全數，雖然本文於計算文字材料時有將之納入計算，但於文字討論的部分是暫行忽略的。另外，《里耶秦簡（壹)》一書，收錄五層簡牘 35 支、六層簡牘 40 支、八層簡牘 2552 支，書末釋文說明共 100 頁，而每一頁包含漶漫不清的字，約 450 個字，總計《里耶秦簡（壹)》第一輯大約收錄 45000 個字。《里耶發掘報告》收錄 3500 字，二書合計約 48500 個字，也就是說目前已經整理公布的簡牘文字材料，大約 48500 個字。

非簡牘類文字材料有封泥與錢幣。湖南省文物考古研究所《里耶發掘報告》揀擇 10 件封泥作介紹，此 10 件封泥皆出土於里耶城址一號井內，分屬於不同的層位，包含第十層編號 8，第十一層編號 11、12。封泥於第十二層編號為 14、15、36、37、38，第十三層編號為 18、17，地層與編號中間加上橫畫「-」簡稱。10 件封泥中有文字的為 12-36 上有「洞庭司馬」四字，12-38 上有「酉丞」二字，13-17 上有「丞」一字，11-11、10-8 兩件封泥上皆各自有兩字，其中一字為「印」，而另一字不可辨識，12-37 上有一字而不可辨識，13-18、11-12 兩件封泥上各自有二字而皆不可辨識，至於 12-14、12-15 兩件封泥則皆殘損無字。包含殘損難以辨識的字，總計目前已經整理公布的封泥

〔註 82〕湖南省文物考古研究所：《里耶發掘報告》（長沙：岳麓書社，2006 年），頁 180。

文字，共 16 個字。銅錢幣依據《里耶發掘報告》一書說明，共出土 191 枚，出土分布地層少數來自一號井 J1 第十七層，大部分則來自遺址 T9 號第九層、T22 號第九層。此書中並未全數標明 191 枚銅錢幣各自出土之層位，也無編號標明出土的順序。本文仍將這 191 枚銅幣，歸入目前已公布的出土有文字材料的範疇。這批銅幣上皆有「半兩」兩字，故總計目前已經整理公布的銅幣文字，共 282 個字。

上述文字材料，簡牘類共 48500 個字，封泥共 16 個字，銅幣共 282 個字，總計目前已經整理公布的文字材料共有 48798 個字。

第二章　里耶秦簡的簡牘

里耶秦簡包含簡與牘，由於文書內容與使用功能不同，於是時人選擇適切材質和形制的簡牘來書寫。牘大多為木頭材質所製成，可以稱之為木牘。木牘有正背面之分，而其兩面的材質大抵滑順便於書寫文字，故里耶秦簡中的木牘正背面都可看見書寫文字。簡大多為竹子材質所製成，可以稱之為竹簡。竹簡的外層則是光滑不易著墨，需經過殺青的動作才能書寫上文字，漢．劉向《別錄》云：「殺青者，直治竹作簡書之耳。新竹有汗，善朽蠹；凡作簡者，皆於火上炙乾之。陳、楚間謂之汗。汗者，亦去其汁也。」〔註 1〕可知殺青的動作即以火烤竹簡使其乾燥，而出汗取出汁液，如此竹簡的內、外兩層則皆容易書寫上文字。因此，里耶秦簡的書寫的文字涵蓋正、背兩面，故本文研究的範圍不限於簡牘的正面文字，背面文字亦一併納入。里耶簡牘上的文字，除了書寫在簡牘正、背面，猶有少部分寫在簡牘的左、右位置上，例如第八層簡編號 1587 的觚。本章第一節將討論里耶秦簡中簡牘正背面書寫關係，但其中亦涵蓋書寫於簡的左、右兩側位置文字的簡在內。由於里耶秦簡普遍有斷殘的狀況，伴隨文字渙漫、不連續完整的情形，因此造成本文分析字形時的困難，故本文優先揀擇簡牘保存狀況良善，且簡中文字結體完整的簡牘作為討論對象。

里耶秦簡大部分為機關與機關之間往來的公文書，主要為存檔的副本文

〔註 1〕漢．劉向：《百部叢書集成．別錄》卷十二（臺北：藝文印書館，1968 年），頁 4。

件，經手者多為專門負責文書處理工作的小吏，由簡中出現的某手字樣可以推估，一個機關的書吏當不只一位，最多有三位。依同一簡牘謄寫的書吏不同來推測，可看出不同字跡的書寫特色，而這還牽涉到簡牘正背面書吏的身分、名字、職稱、隸屬的行政機關等問題，此藉由觀察同一書手的字跡或能見出端倪，故本章第二節將討論里耶秦簡中同書手的字形風格。

第一節　簡牘的正背面書寫關係

里耶秦簡有正、背面的書寫方式差異，大抵正面是正文的內容，記錄當時的年月日期，再記錄要傳達、存檔、分類的事情；背面則是簡牘發送的日期與發、收的人，其上會注明「某發」、「半」等書信用語。經過統計，部分簡牘的正、背面出現數量一至三個的「手」字，《說文解字》云：「手，拳也。象形。，古文手。」〔註2〕「手」字象人的手掌與五指，作握屈動作之形，引申意謂著某人親筆簽字、署名後遺留的筆跡等意思；同一簡出現一至三個的「手」字，反映了是經過多人簽字、署名。故這些有「手」字的簡，依據「手」字的數量多寡，便產生簡牘正背面不同書寫關係的情況，此即本節所欲討論的。

《里耶秦簡（壹）》一書將第八層中 63、133、135、657、1515、1524、1562、1563 等簡背面上方的「半」字釋為「手」字，如簡 8.133  釋為「手」字，作為某手意思解釋。考里耶秦簡中「手」、「半」兩字的字形是有所區別的，如「手」字在簡 8.76 作，一豎畫加上四點畫，象人的手掌與五指；而「半」字在簡 8.626 則作，「牛」字上方再加上形符「八」，意指將牛剖成二半，即「判」字初文。「手」、「半」兩字字形顯著的差異在於上頭形符八的有無，《里耶秦簡（壹）》一書卻混淆兩字，誤將簡 8.133  釋為「手」字。又陳劍云：「『某半』之『半』應該是一個表示打開此文書、跟『發』義近之詞。从『半』得聲的字很多都有『分開』意，即『使之成爲兩半』。」〔註3〕其說由簡中相同位置的「某半」、「某發」文字分析，認為過去里耶簡中被釋

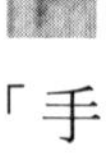

〔註2〕漢．許慎撰、清．段玉裁著：《說文解字注》（臺北：藝文印書館，1992 年），頁 599。

〔註3〕陳劍：〈讀秦漢簡札記三篇〉（上海：復旦大學出土文獻學古文字言究中心，2011 年 6 月 4 日）。http://www.gwz.fudan.edu.cn/SrcShow.asp?Src_ID=1518

為「手」字者應該改釋為「半」字為是，所以本文認為簡的背面上方的「手」字應改釋為「半」字。

《里耶秦簡（壹）》一書依據簡中的記載內容與名稱，將部分簡歸類為「書傳類」，而這些書寫有「手」字的簡即屬於此類。書傳類的細類則如下：一、往來書：真書、謄書、寫移書、別書、制書；二、司法文書：爰書、劾書、辟書、診書、病書、讞書；三、傳、致（傳食致）；四、私書〔註4〕。書傳類意謂文字具有通信、傳輸往來的功能，而歸屬於書傳類的這些簡，其構成通信功能的文書形式，基本上包含記載者、日期，與發信者、日期，以及文書用語等內容；文書用語則包含文件的發送用語，如「發」、「行」、「以來」等，以及文書稱謂用語，如「敢言之」、「敢告」、「告」、「謂」等。惟里耶秦簡殘缺嚴重，並非每支簡均能夠保留完整文書形式項目，只要有保留一項，即能推測此簡屬於具有通信功能的書傳類簡。

由無論正、背面簡文中「某手」兩字以觀，筆者可以暫且定義「某手」兩字，屬於記載者所署名，而「某手」兩字依簡中文字分布位置猶有不同的意義，於下一節對於「某手」的身分將進一步考察，故於此暫略不論。本節為釐清簡牘正背面的書寫關係，於計算簡中「手」字的數目時，前文已確認了簡背面上方的「手」字應該改釋為「半」字，也就排除在外，不納入「手」字計算的行列。經過計算，同支簡「手」字最多出現三次，故可以將簡中「手」字分成數目一、二、三個來討論。只有一個「手」字例者，如簡1559，釋文如下：〔註5〕

卅一年五月壬子朔辛巳將捕爰叚倉兹敢—

〔註4〕湖南省文物考古研究所：《里耶秦簡（壹）》（北京：文物出版社，2012年），前言頁2。

〔註5〕下文釋文引用，係出自湖南省文物考古研究所：《里耶秦簡（壹）》（北京：文物出版社，2012年）一書。引用釋文的簡號隨文附注，頁碼則以注腳標明，釋文中的符號也採用其書之說明，例如原本簡中標示的符號「·」、「ノ」、「乚」、「|」、「＝」等，均為分隔上下文字的符號，《里耶秦簡(壹)》書中皆保留這些符號；釋文中標示的符號「□」表示簡文漫漶無法辨識，一字以一個符號「□」來表示，字數無法確定的則以「……」表示；符號「☒」表示簡文被消除；符號「▨」表示簡文殘斷，但若簡文雖殘斷文意卻完整則不以符號「▨」表示；存疑的字則於外框加符號「□」表示；符號「—」則表示簡文轉行處，雖然書中已標有轉行符號，然因容易與文字繁多簡中其他符號混雜，故本文採取保留轉行符號「—」，並輔以電腦鍵盤「ENTER」強制為釋文分行。

言之上五月作徒薄及冣卅牒敢言—

之（正）

五月辛巳旦佐居以來　氣發　居手（背）（簡 1559）〔註 6〕

簡 1559 其「手」字位於簡的背面下方。依簡中文字的書寫分布位置，可以區分成三個區塊，第一區塊位於簡正面，第二區塊位於簡背面上方，第三區塊位於簡背面下方。而簡 1559 正面、背面上方分別有一個「巳」字，正面作，背面上方作。《說文解字》云：「巳，四月陽气巳出，陰气巳藏，萬物見，成彣彰，故巳為它。象形。凡巳之屬皆从巳。」〔註 7〕說明「巳」字象一種生物「它」，而《玉篇．它部》云：「它，蛇也。」〔註 8〕故「巳」即為「蛇」。簡 1559 此兩個「巳」字，在蛇的頭部書寫成右半圓形，再連接其身軀、尾部，而身軀、尾部則像一個打勾符號，近 90 度的轉折，以一連續筆畫完成。此二「巳」字的書寫筆畫相似，故由此推測第一區塊的簡正面文字，以及第二區塊的簡背面上方文字，皆出自同一書手。簡 1559 背面有兩個「居」字，第一個「居」字作，墨跡有些磨損了，但大致字形輪廓保存下來，依稀可以看見；下一個「居」字作，字形則清楚的保存下來。《說文解字》云：「居，蹲也。从尸，古者居从古。」〔註 9〕簡中的兩個「居」字，偏旁「尸」分別作、，字形微微向右下傾斜，象人屈背往後傾躺的姿勢，人的重心移往後，與原本蹲的姿勢多重心前傾有所不同；又偏旁「尸」象人形的軀幹線條，原本當連貫，在此卻分三畫書寫；偏旁「古」下半部的「口」旁，小篆作之形，卻改作、形，分三筆才完成書寫。簡 1559 背面此二「居」字書寫筆畫相似，故由此推測第二、三區塊，即簡的背面上方、下方文字皆出自同一書手。總結「巳」字和「居」字的論證，可以得知 1559 整支簡的文字皆出自同一書手。

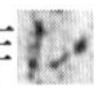

又如簡 62，釋文如下：

卅二年三月丁丑朔＝日遷陵丞昌敢言之令曰上—

葆繕牛車薄恒會四月朔日泰守府．問之遷陵毋—

〔註 6〕湖南省文物考古研究所：《里耶秦簡（壹）》（北京：文物出版社，2012 年），頁 204。

〔註 7〕漢．許慎撰、清．段玉裁著：《說文解字注》（臺北：藝文印書館，1992 年），頁 752。

〔註 8〕南朝．顧野王撰，宋．孫強增訂：《大廣益會玉篇．它部》卷二十四（北京：中華書局，1985 年），頁 5。

〔註 9〕漢．許慎撰、清．段玉裁著：《說文解字注》（臺北：藝文印書館，1992 年），頁 403。

當令者敢言之（正）

三月丁丑水十一刻＝下二都郵人□塵行　尚手（背）（簡 62）〔註 10〕

其「手」字位於簡的背面下方。簡 62 依文字的書寫分布位置，同樣可以區分成三個區塊，第一區塊為簡正面，第二區塊為簡背面上方，第三區塊為簡背面下方。正面第一區塊的第一行，以及背面上方第二區塊，分別有一個「月」字，字形作 、 。「月」字甲骨文作 （甲 3941），金文作 （獻簋），象闕月之形。簡 62 中的兩個「月」字仍保留月亮不圓滿之形，但是原本中間豎畫皆改為兩點橫畫 、 ，兩橫畫接近平行，且下半部出現缺口 、 。由「月」字書寫筆畫相似，推測第一區塊及第二區塊文字皆出自同一書手。又簡 62 的第二區塊有「牛」字作 ，第三區塊有「手」字作 ，「牛」、「手」兩字的豎畫尾巴 、 皆延長並向左延伸，書寫風格相似，故推測第二區塊以及第三區塊的文字亦出自同一書手。總結以上說明，第一、二區塊文字出自同一書手，而第二、三區塊文字也自同一書手，故得知整支簡 62 中的文字皆出自同一書手。

簡中標有二個「手」字者如簡 1563，釋文如下：

廿八年七月戊戌朔癸卯尉守竊敢之洞庭尉遣巫居貸公卒—

安成徐署遷陵今徐以壬寅事謁令倉貣食移尉以展約日敢言之—

七月癸卯遷陵守丞膻之告倉主以律令從事ノ逐手即徐入□（正）

癸卯朐忍宜利錡以來ノ敞手　齮手（背）（簡 1563）〔註 11〕

二個「手」字分別位於簡背面上、下方兩處。簡中「癸」字共有三個，分布於第一區塊的第一、三行，字形分別作 、 ，以及第二區塊作 。「癸」字的甲骨文作 （佚 545），金文作 （此簋），象古代武器之形，四方皆有尖銳的刺，可以一手掌握拋擲出去攻擊對方。簡中三個「癸」字上部 、 、 尚保留銳刺的形狀，「癸」字下部 、 、 則像三個人字。三個「癸」字書寫字形如此相似，可證於第一、二區塊文字當出自同一書手。又位於第二、三

〔註 10〕湖南省文物考古研究所：《里耶秦簡（壹）》（北京：文物出版社，2012 年），頁 21。
〔註 11〕湖南省文物考古研究所：《里耶秦簡（壹）》（北京：文物出版社，2012 年），頁 205。

區塊有「錡」字作、「齮」字作。兩字都有「奇」這個偏旁，而最後一筆畫、皆帶有弧度向左延伸，可見第二、三區塊文字出自同一書手。總結以上說明，第一、二區塊文字皆出自同一書手，第二、三區塊文字也自同一書手，故得知整支簡 1563 中的文字皆出自同一書手。

另外，簡 157「手」字亦有二個，釋文如下：

> 卅二年正月戊寅朔甲午啓陵鄉夫敢言之成里典└啓陵─┘
>
> 郵人缺除士五成里匄└成＝為典匄為郵人謁令─┘
>
> 尉以從事敢言之（正）
>
> 正月戊寅朔丁酉遷陵丞昌郤之啓陵廿七戶已有一典今有除成為典何律令─┘
>
> 應尉已除成└匄為啟陵郵人其以律令ノ氣手ノ正月戊戌日中守府快行─┘
>
> 正月丁酉旦食時隸妾冉以來ノ欣發　壬手（背）（簡 157）〔註12〕

此簡依書寫文字的分布位置，可以區分成四個區塊，第一區塊位於簡正面，第二區塊位於簡背面右方，第三區塊位於簡背面上方，第四區塊位於簡背面下方。兩個「手」字位於簡的背面右側第二行，以及簡背面下方。此簡中的第一、二、三區塊中皆有「以」字，分別作、、之形。《毛詩正義》一書云：「目音以，古以字本作以。」〔註13〕「以」字甲骨文作（甲 393），金文作（者姛方尊），簡 157 三個以字，左側、、，筆畫書寫皆為一豎畫再加上半圓，右側、、分兩筆畫書寫，筆順為先左撇再右撇。三個以字字形如此相似，可見第一、二、三區塊文字皆出自同一書手。又簡 157 第一、二、三、四區塊內的文字，筆畫明顯一致向右下角傾斜，例如：第一區塊「言」字作，二區塊「朔」字作，三區塊「妾」字作，四區塊「壬」字作，以上四個字橫畫似平行排列，且明顯向右下角傾斜；「言」、「朔」、「妾」、「壬」四個字書寫筆勢如此相似，可見位於第一、二、三、四

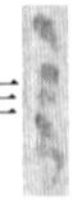

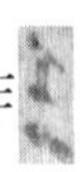

〔註12〕湖南省文物考古研究所：《里耶秦簡（壹）》（北京：文物出版社，2012 年），頁 37。

〔註13〕清・阮元：《十三經注疏・毛詩正義》（上海：上海古籍出版社，1995 年），頁 428 上。

區塊簡的文字可能出自同一書手。總結以上說明，推測得知 157 整支簡中的文字皆出自同一書手。

標有三個「手」字的如簡 63，釋文如下：

廿六年三月壬午朔癸卯左公田丁敢言之佐州里煩故為公田吏徙屬事荅不備分∟

負各十五石少半斗直錢三百一十四煩冗佐署遷陵∟今上責校券二謁告遷陵∟

令官計者定以錢三百一十四受旬陽左公田錢計問可計付署計年為報敢言之∟

三月辛亥旬陽丞滂敢告遷陵丞主寫移＝券可為報敢告主ノ兼手∟

廿七年十月庚子遷陵守丞敬告司空主以律令從事言ノ懭手　即走申行司空（正）

十月辛卯旦朐忍〈索〉秦士五狀以來ノ慶手　兵手（背）（簡 63）〔註 14〕

三個「手」字分別位於簡正面第四、五行，以及簡背面下方。本節前文提及，里耶秦簡背面上方文字，記載簡牘發送日期與發、收文書者的文字，其「手」字應該改釋為「半」字，故此處將背面上方的「慶手」釋為「慶半」，而未將之納入「手」字的計算範圍之內，故簡 63 的「手」字實際只有三個。

簡 63 文字書寫分布可分為四個區塊，第一區塊位於簡正面「兼手」兩字以前的文字，第二區塊位於簡正面「即走申行司空」六字以前的文字，第三區塊位於簡背面上方，第四區塊位於簡背面下方。簡正面共有兩個「事」字，分別位於第一、二區塊的簡正面第一、末行，分別作[illegible]、[illegible]。「事」字甲骨文作[illegible]（乙 2766），金文作[illegible]（毛公鼎），字形象手中拿著一細長物品，其末梢分叉處似裝飾品。《說文解字》云：「職也。从史，之省聲。[illegible]，古文事。」〔註 15〕說明「事」字意謂著記載從事文字、史料事務的工作者。然從簡 63 中兩個「事」字以觀，字形象手中拿著末梢分叉的物品，還有從事文字、史料

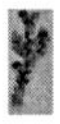

〔註 14〕湖南省文物考古研究所：《里耶秦簡（壹）》（北京：文物出版社，2012 年），頁 21。
〔註 15〕漢・許慎撰、清・段玉裁著：《說文解字注》（臺北：藝文印書館，1992 年），頁 117。

事務的工作的意思，推測此手中拿的細長物品，蓋古代的書寫用具，且「事」字的豎畫皆由上至下貫穿部件手，又部件「手」、書寫筆畫較方直，曲線不明顯。反映此兩個「事」字書寫筆畫相似度高，可見第一、二區塊簡正面的「兼手」兩字，與「即走申行司空」六字以前的文字，兩區塊文字係出自同一書手。又第二區塊的簡正面「即走申行司空」六字以前的文字，以及第三區塊背面上方文字，以上兩區塊中前者有一「懭」字，後者有一「忍」字，「懭」、「忍」字兩字皆有部件「心」；簡正面的「懭」字作，簡背面上方「忍」字作。關於「心」字的解釋，《說文解字》云：「人心。土藏，在身之中。象形。博士說以為火藏。凡心之屬皆从心。」〔註16〕「心」字即象人內臟的心之形。「心」字甲骨文作（甲3510），金文作（史墻盤），隱約可見二心室、二心房，象人的器官心臟之形。簡63中「懭」、「忍」兩字的「心」旁，分別作、，皆為一豎畫的右邊加上兩點，而左邊加上一點。比較兩字過後發現書寫筆畫大致相同，可見位於第二、三區塊的簡正面、背面上方文字，係出自同一書手。另外，簡63中有兩個「手」字，分別位於第三區塊的簡背面上方，以及第四區塊的簡背面下方，「手」字分別作、。「手」字的解釋，《說文解字》云：「手，拳也。象形。，古文手。」〔註17〕象人的手捲握之形。又「手」字的字形，金文作（習壺蓋），象人的手掌與五指之形。而簡63中兩個「手」字，皆為一豎畫加上兩短橫畫。雖然簡63中兩個「手」字筆畫趨向直線不似金文手字線條彎曲，但其書寫筆畫仍大致相同，可見於第三、四區塊的簡背面上、下方文字，係出自同一書手。總結以上說明，可知位於第一、二區塊的簡正面「兼手」兩字，與「即走申行司空」六字以前的文字，兩區塊文字係出自同一書手；又第二、三區塊的簡正面、背面上方文字，係出自同一書手；又第三、四區塊的簡背面上、下方文字，係出自同一書手。由此歸納得知簡63整支簡正背文字，係同一位書手所書寫。

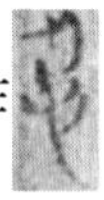

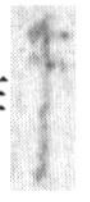

另外，簡140釋文如下：

〔註16〕漢・許慎撰、清・段玉裁著：《說文解字注》（臺北：藝文印書館，1992年），頁506。
〔註17〕漢・許慎撰、清・段玉裁著：《說文解字注》（臺北：藝文印書館，1992年），頁599。

☐朔甲午尉守傰敢言之遷陵丞昌曰屯戍士五桑唐趙歸┘

☐日已以迺十一月戊寅遣之署遷陵曰趙不到具為報・問審以卅┘

☐……署不智趙不到故謁告遷陵以從事敢言之╱六月甲午┘

臨沮丞禿敢告遷陵丞主令史可以律令從事敢告主╱胥手┘

九月庚戌朔丁卯遷陵丞昌告尉主以律令從事╱氣手╱九月戊辰旦守府快行（正）

☐　俉手（背）（簡 140）〔註 18〕

「手」字亦有三個，分別位於簡的正面第四、五行，與簡的背面。依文字書寫分布同樣可將簡 140 文字分為三個區塊，第一區塊位於簡正面「胥手」兩字以前，第二區塊位於簡正面「九月戊辰旦守府快行」九字以前，第三區塊則位於簡背面。簡 140 的第一、二區塊皆有「戊」字，分別作、。關於「戊」字字形，郭沫若《甲骨文字研究・釋干支》:「象斧鉞之形，蓋即戚之古文。」〔註 19〕說明「戊」字象斧鉞這類兵器之形，且「戊」字是「戚」字初文。查「戊」字甲骨文作（甲 903），金文作（司母戊方鼎），在長桿子上橫穿載著鋒利之物，正象斧鉞之形。簡 140 兩「戊」字，保留著甲骨、金文中長桿子上橫穿載著鋒利物之形，然、象長桿子之豎畫，非直立擺放而是朝左傾斜。兩「戊」字書寫風格相似，可見第一區塊以及第二區塊係出自同一書手。又簡 140 中有「五」、「俉」兩個字，第一區塊「五」字作，第三區塊「俉」字作，「俉」字有偏旁「五」可以同「五」字作比較。《說文解字》云:「五，五行也。从二，侌昜在天地閒交午也。凡五之屬皆从五。㐅，古文五如此。」〔註 20〕甲骨文作（甲 561），金文作（宰椃角），㐅象交錯之形。簡 140「五」、「俉」兩字，皆有偏旁「五」，然㐅之形作、皆似向右偏移，且㐅之形相交的中間一點明顯偏於右邊。「五」、「俉」兩字書寫風格相似，可見位於第一、三區塊文字，係出自同一書手。總結以上說明，可證簡 140 整簡的文字，蓋由同一位書手所書寫。

〔註 18〕湖南省文物考古研究所：《里耶秦簡（壹）》（北京：文物出版社，2012 年），頁 32。

〔註 19〕郭沫若：〈釋干支〉，《郭沫若全集》考古編第一卷（北京：科學出版社，2002 年），頁 172。

〔註 20〕漢・許慎撰、清・段玉裁著：《說文解字注》（臺北：藝文印書館，1992 年），頁 745。

上文討論依照「手」字出現的次數，分為一個「手」字的簡1559、62，二個「手」字的簡1563、157，三個「手」字的簡63、140，共計六支簡。雖然一支簡存在多個「手」字，似代表簡經過多人之手所簽署，但是經過字形結構、筆勢風格分析，結果得知書手其實為同一人。簡中字體、風格雖有些微差異的狀況，然同一人書寫文字，或受到時間、空間不同的差異，表現於文字上，筆墨深淺、筆畫粗細、行款疏密等字跡仍可能稍有影響，但是這些小差異仍不足以否定書手為同一人的跡證。

關於簡正背面文字的書寫關係討論，除了以上屬於書傳類中有「手」字的簡之外，尚有正背面皆有書寫文字，但是其上並沒有「手」字的簡。這些沒有書寫「手」字的簡可以分為二類：其一蓋被當作練習寫字的簡，《里耶秦簡（壹）》一書將之稱作習字簡，書寫於此類簡上的文字，通常為重覆的字不斷練習，例如簡215、1486：

□有論曰有有事□□有論未決有□有事造造琴有事

府府皆□有有有　有有令＝事（正）

吏急□□□車車車車　庫吏……

□山山山□□□□□郡郡郡（背）（簡215）〔註21〕

急朔朔急急急朔☐（正）

急急急☐（背）（簡1486）〔註22〕

簡215中重覆的字如：「有」、「造」、「事」、「府」、「車」、「山」、「郡」七字，以上七個字皆不只出現一次，有的甚至高達十二次；簡1486中重覆的字如：「急」、「朔」兩字，皆出現三次以上，此即習字簡的文字書寫特性。另外，或是同一偏旁字的練習，例如：

斤所所所（正）

沂所斤所所斤己（背）（簡1433）〔註23〕

廷（正）⊿

〔註21〕湖南省文物考古研究所：《里耶秦簡（壹）》（北京：文物出版社，2012年），頁49。
〔註22〕湖南省文物考古研究所：《里耶秦簡（壹）》（北京：文物出版社，2012年），頁187。
〔註23〕湖南省文物考古研究所：《里耶秦簡（壹）》（北京：文物出版社，2012年），頁175。

殹閒閒絲係孫孫▨（背）（簡1485）〔註24〕

簡1433中，同一偏旁「斤」，書寫出「斤」、「所」、「沂」三個字；簡1485中，同一偏旁「糸」，書寫出「絲」、「係」、「孫」三個字。並且，習字簡的文字書寫特性為字體大小不均，與字距、行距間隔空間不等，皆說明其似非正式公文書的格式。

其二，《里耶秦簡（壹）》一書將具有信封功能性質的簡牘歸類為檢楬類，又細分為檢、楬、函封、標題簡四種。書中並未詳細說明函封屬於何種材質、形制，本文依據函封有個「封」字，判斷可能表示函件上封蓋的物體，意指封檢這種材質、形制的簡牘。以上四種簡牘，僅檢、封檢具有信封功能性質，於這類簡上通常會標注收、寄件地址，例如簡695、1464：

臨沅主司空發洞庭（正）

遷陵・洞庭（背）（簡695）〔註25〕

遷陵以郵行洞庭（正）

▨☒□不□☒□（背）（簡1464）〔註26〕

由簡695內容判斷，遷陵的臨沅此一機關乃寄件地址，洞庭乃收件地址，表示此份文書預計由遷陵寄至洞庭；簡1464寄件地址為遷陵，收件地址為洞庭，表示此份文書同樣預計由遷陵寄至洞庭。由此顯見檢、封檢具有信封的功能。所以習字簡、檢楬類簡牘，雖然簡的正背面皆書寫文字，但簡文中無「手」字，與書手的身分關係無法連結，致無法討論簡牘正背面文字書寫關係，以及書手的身分，故本節僅討論書傳類簡牘。

里耶秦簡正背面都有書寫文字的簡，可分為三種。第一種：背面下方標有「手」字，正面是正文的內容，記錄當時的年月日期，再記錄要傳達、存檔、分類的事項，背面則是簡牘發送的日期與收發的人，並注明「某發」、「半」這些書信發、收用語。而依「手」字出現的次數，可再分一、二、三個「手」字，於本節中舉例的簡牘來論證，無論簡中記載幾個「手」字，正背面文字皆出自同一書手，表示整支簡全係由一位書手完成。至於，第二、三種正、

〔註24〕湖南省文物考古研究所：《里耶秦簡（壹）》（北京：文物出版社，2012年），頁186。
〔註25〕湖南省文物考古研究所：《里耶秦簡（壹）》（北京：文物出版社，2012年），頁100。
〔註26〕湖南省文物考古研究所：《里耶秦簡（壹）》（北京：文物出版社，2012年），頁183。

背皆有書寫文字的簡，分別為習字簡、檢楬類簡，這些簡中則因為沒有書寫「手」字，無法與書手的身分關係作連結，故本節略過不討論。

第二節　簡牘中同書手字形風格

由上一節的分析中得知，簡的正、背面皆出自一人之手，惟書寫的時間早晚不同，遂出現同一書手所書寫的文字形體、風格有些微的差異。一般來說，里耶秦簡作為傳遞流轉的公文書，其上書寫的文字應當有多位不同書手的字跡方是；但考據發現同一支簡的文字卻是由一位書手所經手，據此推測里耶秦簡可能並不是傳遞出去的公文書正本而是副本，因屬於傳書類的這類簡牘必須傳送至上行、平行、下行機關受檢核，當文書的正本書寫完成後，隨即根據正本複寫另一份副本，正本傳送至相關機關時，副本則能夠留存在寄件機關內，以供日後能夠查照文書內容、時間，利於估計收件機關收到文書後回覆的時間。里耶秦簡中，這些正、背面書寫「手」字的書傳類簡牘，即可能便是根據正本所抄寫的副本。〔註 27〕

雖然里耶秦簡簡牘的長度、寬度參差不齊，然而屬同一材質、形制的簡牘，其長度大致相去不遠，但是寬度卻有隨著文字多寡而加以調整的規律；並且，不論寬窄，主要傳達的文字訊息皆能適切的填滿於簡牘當中。例如正、背面皆書寫有「手」字的書傳類簡牘，正面的主要文字內容，皆能書寫超過簡牘一半的面積。除了極少數編聯一起的簡，例如簡 755、756、757、758、759 五支，這些簡的材質為竹簡，因為竹簡的寬度有限，故分別書寫於五支簡上。此五支簡為少數的例外，通常里耶秦簡的簡牘不會因為文字過多，而分成二、三、四、五片等多支簡牘以完成文字的書寫。

據上文推測，當書手在製作文書副本時，即會預先評估正面主文的文字多寡，再挑選寬度適合的簡牘來書寫。當完成本文的書寫，則偶爾會於簡的後方留有一、兩行的空白，此空白處則能夠填入收件者所回覆的文字內容。又若正

〔註 27〕藤田勝久云：「里耶秦簡的樣本資料已經超越了漢簡研究的主題——公文書的通信與形式問題，可以說更多的是地方官府進行實際管理的資料形式（資料庫）。例如為收、發文書而保留的副本、正文與附加文件，以及管理勞役、倉庫的簿籍等木牘。」藤田勝久：〈里耶秦簡與秦帝國的情報傳遞〉，《里耶古城·秦簡與秦文化研究——中國里耶古城·秦簡與秦文化國際學術研討會論文集》（北京：科學出版社，2009 年），頁 158～171。

面空白處不夠書寫文字時，就會翻到簡的背面空白處繼續書寫，並且在簡的背面上方注明發送文書者、日期等訊息，其文字下方則記載書手名。例如圖一、圖二、圖三分別為簡 8.157、530、1516，三支簡的背面下方署名的書手均為「壬手」，簡正、背面皆書寫有文字，且文字的多寡與簡牘的寬度配合得剛好。

圖一〔註 28〕　**簡 8.157**

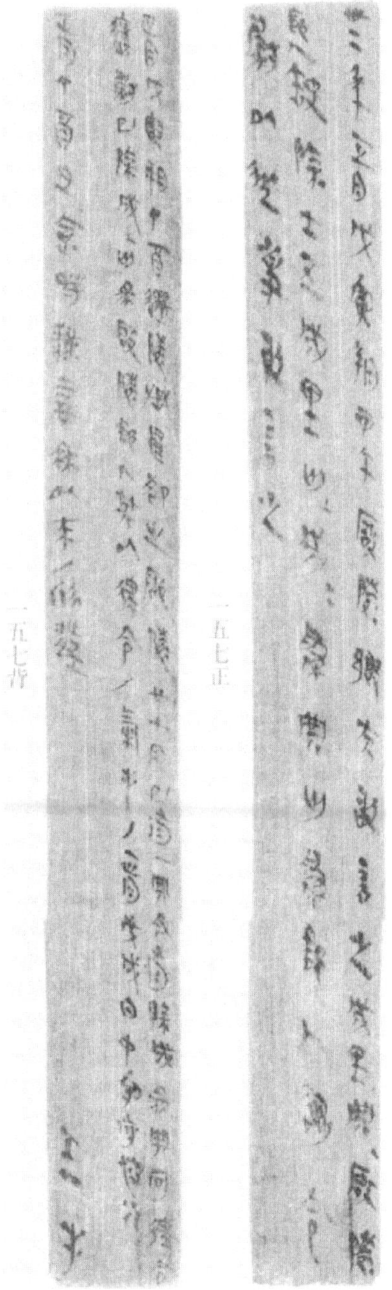

〔註 28〕圖擷取自湖南省文物考古研究所：《里耶秦簡（壹）》（北京：文物出版社，2012 年），頁 37。

圖二〔註29〕 簡 8.530

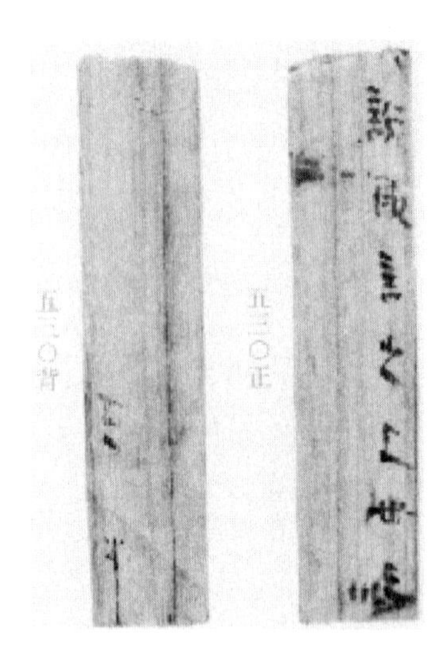

圖三〔註30〕 簡 8.1516

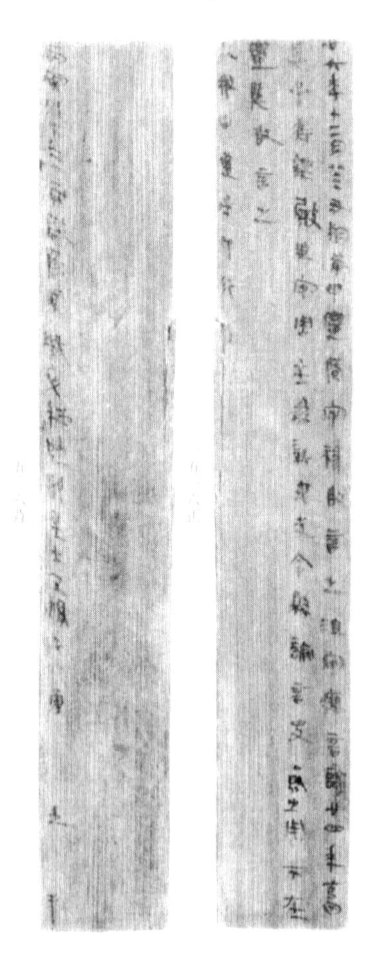

〔註29〕圖擷取自湖南省文物考古研究所：《里耶秦簡（壹）》（北京：文物出版社，2012 年），頁 78。

〔註30〕圖擷取自湖南省文物考古研究所：《里耶秦簡（壹）》（北京：文物出版社，2012 年），頁 192。

由簡背面下方的「手」字，判斷此即抄寫文書副本的書吏名。然而從簡的書手名「壬手」的字形進一步觀察，簡 8.157、530、1516 三支簡中的「壬手」分別作、、，「壬手」兩字的字體大小以及字距、行距皆有所不同，呈現的字形風格也是有差異的。如此說明簡背面下方書手名「壬手」，可能不是抄手的親自署名，抄手可能另有他人，可能是當負責的抄手有事或不在其位，則由代理人適時替補幫忙抄寫文書，因此抄寫文書者尚有執筆的代理人。由此看來，機關內負責文書的書吏可能不只一位，而是同時有多位書吏，文書即由這幾位書吏負責抄寫；可能每位書吏負責不同批簡牘的文書副本抄寫，基本上一支簡由一名書吏負責，故同一支簡的字形風格相同。但是抄寫的書吏並未於簡牘上署名，故同一書手名出現的所有文書，會呈現不同的文字字形、風格。為了證明以上的推論，必須將正、背面都書寫文字的簡，以及僅正面書寫有文字的簡但是書手署名相同的簡併同檢視、考察，經由這些同書手簡牘的字形風格分析，才能得知簡中署名某手的真正身分。

里耶秦簡中，僅簡的正面書寫有文字，而「手」字位於簡的正面下方，這類簡中可見署名的某手有「壬」、「平」、「田」、「如意」、「言」、「吾」、「沈」、「佗」、「狗」、「卻」、「盂」、「般」、「帶」、「強」、「郤」、「逐」、「鈹」、「得」、「就」、「產」、「援」、「敢」、「痤」、「富」、「敬」、「畸」、「感」、「過」、「廖」、「横」、「瘳」、「臂」、「饒」、「齮」、「贛」共三十五種。另外，簡正、背面皆書寫有文字，而「手」字位於簡的背面下方，這類簡中可見署名的某手有「壬」、「午」、「巨」、「平」、「目」、「邛」、「如意」、「言」、「兵」、「貝」、「沈」、「初」、「欣」、「居」、「尚」、「彼死」、「恬」、「[illegible]」、「俉」、「圂」、「袪」、「帶」、「逐」、「處」、「章」、「就」、「華」、「詘」、「貳」、「堪」、「敬」、「義」、「歇」、「感」、「過」、「履」、「操」、「擇」、「謝」、「臂」、「饒」、「齮」、「贛」共四十三種。而同一某手卻於以上兩類簡皆可見者，則有十五位。由於某手署名的數量較多，又有位於簡正、背面的不同情況，故本文整理表格如下，以利於檢視，其排序依某手第一字的筆畫多寡排列：

表 2-2-1：署名某手的簡

某手	簡正面	簡背面	合計簡數
壬	簡 8.764、1324、1421、1574、2246	簡 8.157、530、1516 背	8
午		簡 8.175 背	1
巨		簡 8.2035 背	1
平	簡 8.2077	簡 8.1484、1527 背	3
田	簡 8.1991		1
目		簡 8.1998 背	1
邛		簡 8.645、1515 背	2
如意	簡 8.2084	簡 8.156、2190 背	3
言	簡 8.921	簡 8.1560 背	2
兵		簡 8.63 背	1
貝		簡 8.767、1562 背	2
吾	簡 8.1980		1
沈	簡 8.886、1346、1399、1949、2234	簡 8.1554 背	6
佗	簡 8.1697		1
初		簡 8.1443 背	1
欣		簡 8.158、178、1475 背	3
居		簡 8.1559 背	1
尚		簡 8.62、136、193、1490 背	4
狗	簡 8.1094		1
彼死		簡 8.647 背	1
恬		簡 8.1525、2022 背	2
[illegible]		簡 8.668 背	1
卻	簡 8.843、1238、1947		3
俉		簡 8.140 背	1
圂		簡 8.154 背	1
袪		簡 8.677 背	1
壴	簡 8.1839		1
般	簡 8.827、1002、1055、1211、1706、2053		6
帶	簡 8.1281	簡 8.1259 背	2
強	簡 8.1824		1
郚	簡 8.781、1524		2
逐	簡 8.2481	簡 8.701、1566 背	3

處		簡 8.152、173 背	2
皶	簡 8.1014		1
得	簡 8.125、212、216、1894		4
章		簡 8.648 背	1
就	簡 8.2466	簡 8.1453 背	2
產	簡 8.1020		1
援	簡 8.1652		1
敢	簡 8.2247		1
痤	簡 8.478		1
華		簡 8.1454、1461 背	2
富	簡 8.266、1266、1300、1545、1621		5
詘	簡 8.1122、1148	簡 8.1466、1483、1492 背	5
貳		簡 8.163 背	1
堪		簡 8.754、2030 背	2
敬	簡 8.880	簡 8.76、770 背	3
畸	簡 8.864		1
義		簡 8.1447、2036 背	2
歇		簡 8.755 背	1
感	簡 6.4； 簡 8.48、184、217、270、326、521、766、1066、1084、1128、1177、1192、1247、1286、1334、1342、1375、1540、1580、1584、1642、1652、1938、2245、2249	簡 8.1511 背	27
過	簡 8.761、2548	簡 8.2046 背	3
廖	簡 8.1961		1
履		簡 8.768、2001 背	2
橫	簡 8.1226、2481		2
操		簡 8.1452 背	1
瘳	簡 8.783、785、790、811、936、984、1361、1678、1933、2186、2200		11
擇		簡 8.169 背	1
謝		簡 8.1073 背	1
臂	簡 8.902、972、1771、1809、1973、2269	簡 8.1517 背	7
饒		簡 8.739、1436 背	2
齮	簡 8.1563 背	簡 8.1563 背	2
贛	簡 8.1050	簡 8.653 背	2

由上表可見，「感手」出現的次數最多，其次為「瘳手」，再來就是「壬手」，且三者多位於簡正面的位置。

至於「某手」的身分，則能依據簡文搜尋到其職稱，釋文如下：

⧄啟陵鄉守恬付少內守華（簡 8.58）

⧄月庚戌倉是史感稟人堂出稟庫佐處（正）

⧄　令史悍視平⧄（背）（簡 8.1063）

由簡 8.58「啟陵鄉守恬」可知「恬」擔任啟陵鄉守的職位，「少內守華」則「華」擔任少內守的職位。又由簡 8.1063「史感」可知「感」擔任史的職位，「佐處」可知「處」則擔任佐的職位，而背面簡文「令史悍」可知「悍」擔任令史的職位，因「悍」不在上表所列書手的行列，故下文職稱整理沒有「悍手」此一某手。

表一所列某手，從簡文的職稱搜尋，可以將其職稱分為守、丞二者，依其職稱首字的筆畫多寡，歸納整理順序如下：

1. 擔任職位「上軴守丞」者：「敬」，一人。
2. 擔任職位「少內守」者：「謝」、「就」、「履」、「卻」，四人。
3. 擔任職位「田官守」者：「敬」，一人。
4. 擔任職位「守丞」者：「章」、「敬」，二人。
5. 擔任職位「沮守」者：「瘳」，一人。
6. 擔任職位「倉守」者：「擇」、「言」，二人。
7. 擔任職位「都鄉守」者：「沈」，一人。
8. 擔任職位「啟陵鄉守」者：「帶」、「尚」、「逐」，三人。
9. 擔任職位「鄉守」者：「歇」、「履」、「恬」，三人。
10. 擔任職位「貳鄉守」者：「吾」，一人。
11. 擔任職位「貳春鄉守」者：「畸」、「平」，二人。
12. 擔任職位「衡山守」者：「章」，一人。
13. 擔任職位「遷陵守丞」者：「齮」、「敬」、「恬」，三人。

以上包含十三種職務的名稱。而職稱中的「守」字字形，甲骨文作（京都 2330）、金文作（守觚）、（守宮作父辛卣），象房屋裡有一隻手。《說文解字》云：「守，守官也。从宀，从寸。从宀，寺府之事也。从寸，法度也。」

〔註 31〕說明「守」字意謂守住官職，从寸則意謂合於法度。戴家祥《金文大字典》云：

> 守从寸未必是法度。說文三篇「寸，十分也。人手卻一寸動衇謂之寸口。」从又為手，从一為指示。寸原意當指寸口。周禮注云：「脈之大侯，要在陽明寸口。」難經一難曰：「寸口者，脈之大會，手太陰之脈動也。」守从寸，借用寸口在人體之要于國家治理。守，為政事要害之所。金文守有从寸，也有从又。通常均作人名、官名。
>
> 〔註 32〕

說明「守」从寸不一定意謂法度，而由《說文解字》一書針對寸字的解釋，寸字的原始意義應當作寸口來解釋，寸口即距離人手掌一寸的位置，其為人體手經脈的主要會集之處，佔有重要的地位，故寸字上頭加上房屋，引申意謂處理政治事務的重要所在。但是，「守」字於金文有从寸，也有从又，如〈守觚〉从又，〈守宮作父辛卣〉則从寸，从又也表示政事掌握於手中的意思。由此可知，里耶秦簡中的職稱「守」，意味著處理政治事務的重要所在，以及政事掌握於手中的意思，例如「帶」、「尚」、「逐」三人的職稱為啟陵鄉守，表示三人掌握、處理啟陵鄉的政事。又「擇」、「言」二人的職稱為倉守，表示由二人掌握倉庫的政事。

另外，職稱中「丞」字的字形，甲骨文作（鐵 1.71.3），象兩隻手抓著底下跪坐的人，羅振玉《增訂殷虛書契考釋》云：「象人臽阱中有抍之者。臽者在下，抍者在上。故从象抍之者之手也。」〔註 33〕說明「丞」字意謂上面的人拯救落入底下陷阱的人；《說文解字》云：「丞，翊也。从廾，从卩，从山。山高，奉承之義。」〔註 34〕解釋為幫助、輔佐的意思。由此可知，里耶秦簡中某手的職稱「丞」，意謂輔佐政事者的意思，例如「齮」、「敬」、「恬」三人的職稱為啟陵鄉守丞，表示以上三人為輔佐政事的人，其工作即在旁幫助掌握主要政事的「守」，類似副手的職位。

〔註 31〕漢．許慎撰、清．段玉裁著：《說文解字注》（臺北：藝文印書館，1992 年），頁 343。

〔註 32〕戴家祥：《金文大字典》上冊（上海：學林出版社，1999 年），頁 826。

〔註 33〕羅振玉：《殷虛書契考釋三種．增訂殷虛書契考釋》（北京：中華書局，2006 年），頁 213。

〔註 34〕漢．許慎撰、清．段玉裁著：《說文解字注》（臺北：藝文印書館，1992 年），頁 104。

總結來說，無論「守」、「丞」兩者所擔負的職務，皆為某地處理政治事務的重要位置，故「守」、「丞」兩者可謂某地方的機關長官，或某處負責政事的長官。

其次，表一所列某手，還可以將職稱分為「史」、「佐」者，如下：

1. 擔任職位「令佐」者：「處」、「恬」、「圂」、「華」、「臂」、「尚」、「敬」、「平」、「尚」，九人。
2. 擔任職位「司空佐」者：「沈」，一人。
3. 擔任職位「令史」者：「尚」、「操」、「郤」、「就」、「華」、「敢」、「卻」、「尚」、「逐」、「華」、「畸」、「言」、「痤」、「佗」、「義」、「章」，十六人。
4. 擔任職位「史」者：「慼」、「邛」，二人。
5. 擔任職位「佐」者：「富」、「初」、「處」、「貳」、「言」、「欣」、「午」、「居」、「敬」、「得」、「般」、「臂」、「横」、「壬」、「卻」、「富」、「郤」、「吾」、「瘳」、「平」、「田」、「尚」、「贛」、「𥁕」、「帶」、「敢」，二十六人。
6. 擔任職位「倉佐」者：「平」，一人。
7. 擔任職位「尉史」者：「午」、「過」，二人。
8. 擔任「貳春鄉佐」者：「壬」，一人。
9. 擔任職位「鄉佐」者：「就」，一人。

以上包含九種職務的名稱。除了「守」、「丞」、「史」、「佐」四種職稱，里耶秦簡中猶有其他書手的職稱，如「目」的職稱為「獄訊」、「援」的職稱為「稟人」等，惟這些職稱僅佔少部分，且較為分散，故略而不加以整理列表。

職稱中的「史」字字形，甲骨文作  （粹 1244）、金文作  （史鼎），象一隻手拿著上頭有裝飾的長桿子。《說文解字》云：「史，記事者也。从又持中；中，正也。」〔註 35〕說明「史」字意謂記錄事情的人，表示記事者手中拿著應是類似筆的物品，如此才能記錄事情。由此推知，里耶秦簡中的職稱「史」，意謂拿著筆處理文書記載的人。又《說文解字》云：「令，發號也。」說明「令」字意謂發號命令，具有發號命令的權力。例如「慼」、「邛」、「逐」三人的職稱為令史，表示以上三者為處理文書記載的人，並且具有發號命令的權力。

〔註 35〕漢．許慎撰，清．段玉裁著：《說文解字注》（臺北：藝文印書館，1992 年），頁 117。

甲骨文、金文皆無「佐」字，但是有「左」字的記載，《說文解字》書中亦無收錄「佐」字，但是收錄有「左」字。「左」字的字形甲骨文作（藏 10.2），象左手；金文作（班簋）、（虢季子白盤），象左手輔助扶物品。《說文解字》云：「左，手相左助也。从𠂇、工。」〔註36〕說明「左」字意謂輔助、佐理。而里耶秦簡的「佐」字作，為「左」字加上「人」字旁，引申為輔助、佐理。由此可知，里耶秦簡中的職稱「佐」，意謂從事輔助、佐理別人的職務。例如「處」、「恬」、「圂」等人的職稱為「令佐」，表示以上三人為從事輔助、佐理人的職務，輔助的對象為「守」；而「令」字有發號命令的意思，故「令佐」猶具有發號命令的權力，類似副手的職位。

由此可知，里耶秦簡的編著工作可能即由職稱「守」者負責，而職稱「佐」者可能為在旁輔佐工作者，地位比「史」更為低階。又關於「令佐」、「令史」的地位高低，趙岩云：「令佐的身分應該要比一般的佐史高，比校長等秩吏低，大體與令史的地位相當。」〔註37〕說明「令佐」、「令史」地位差不多高，在他們上面還有「校長」、「秩吏」等人，下面則有「佐史」。可見「令佐」、「令史」猶需管理底下附屬的「佐史」，地位並非最低下，適宜稱他們為文書的長官。據此，排列以上的職位高低，由高而低分別為「守」、「丞」，再來就是地位差不多高的「史」、「佐」。職稱「守」、「丞」者為一地、處、所的長官，職稱「史」、「佐」者則分別為一地、處、所機構長官底下隸屬的文書工作者，以及在旁輔佐的較低階書吏。

然而，由表一某手的職稱觀之，尚可發現兩種情況，第一不同職位卻記載有同一個人名，表示里耶秦簡中出現許多同名字的某手，而任職於不同職位的情況，第二為同一人身兼不同職位的情況。以上兩種情況的解讀是有所差異的，以第一種情形而言，行政機構內出現同名之人，如同為「敬」，在正文內談及此人的名字，只要在名字前面加個職稱如「守」、「丞」、「史」、「佐」，猶可以分辨是擔任何職位的「敬」者。但如果是位於簡的正、背面下方的署名某手敬，前面未多加職稱，則無法斷定到底是哪位「敬」者，如此豈不造成文書處理的對象混亂。故里耶秦簡中某手的職稱，當屬第二種狀況，即同

〔註36〕漢．許慎撰，清．段玉裁著：《說文解字注》（臺北：藝文印書館，1992 年），頁 202。

〔註37〕趙岩：〈秦令佐考〉，《魯東大學學報（哲學社會科學版）》第 31 卷第 1 期，2014 年，頁 66～70。

一人卻身兼不同職位的情形。例如某手「華」他的職稱有「少內守」、「令佐」、「令史」，這並非代表「少內守」、「令佐」、「令史」這些職位由多位名字同為「華」者所擔任，而是「華」一人卻身兼這三種職位。表示當某手「華」遇到官位高低不同層級者，其職稱也會跟著對應更改的緣故，才會出現「華」一個人卻同時擔任「少內守」、「令佐」、「令史」三種不同職位。

了解到某手僅代表一個人身分，但是由不同簡中同一書手名字字形觀之，卻可發現同一書手之名的字形、筆跡不同的情形，推測原因在於「守」、「丞」、「史」、「佐」底下還有一群小書吏默默作事，名字卻沒有記載於簡上，故不為大眾所知。因為無從得知這群小書吏的名字，故本文稱呼他們暫時僅能以代號表示，藉由書寫風格代號 A、B、C 與 a、b、c……等英文大小寫字母分類順序標注，以區別不同的小書吏身分。

為了分析同一書手之名的字形、筆跡不同情形，本文以表一整理的書手署名的簡為依據。其中「壬手」出現次數排名第三多，並且簡文保存相對完整，故以下書手字形分析選擇以「壬手」為例子。書寫「壬手」兩字的簡都在第八層，分別為簡 157、530、764、1324、1421、1516、1574、2246，共九支簡，其中簡 1324、1421 為斷簡，僅留存「壬手」兩字，缺少其它文字字形可供比較。表二截圖引用自《里耶秦簡（壹）》一書的圖版，主要截取簡正、背面下方書手的「壬」字。另外，簡 756 的「壬」字卻是位於簡的正文內容之中，或許與簡 755~759 這五支簡的編聯有關，其「壬」字上頭並未加「ノ」一撇符號，但因簡文與上述九支簡的字形有相似之處，故仍一同放入表二中比較。蓋「壬」字筆畫構件少，據以分辨書寫風格尚不足夠，故表二再收取這些簡共同字例第二多的「令」字一併比較：

表 2-2-2：「壬」、「令」字圖表

	8.157	8.530	8.756	8.764	8.1324	8.1421	8.1516	8.1574	8.2246
壬字	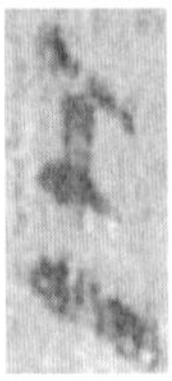	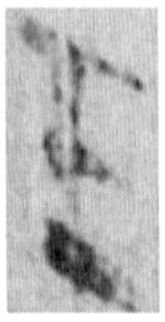		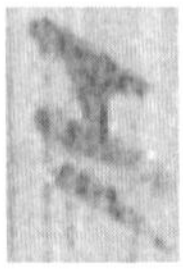			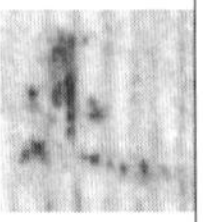		
								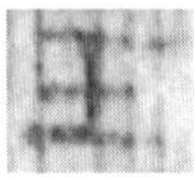	

風格代號	A	A	B	A	A	A	C	B	A
令字									

風格代號	a		b	c			d		e
言									
人			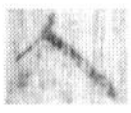					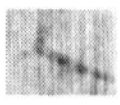	
	AⅠ	AⅠ	BⅡ	DⅨ	AⅠ	AⅠ	CⅢ	BⅡ	EⅥ

歸納上表，「壬」字可分成三種字形風格，A 類代表為簡 8.157、530、764、1324、1421、2246，「壬」字的三筆橫畫都由左上向右下傾斜，且此三筆畫長短相同，而豎畫不在正中央卻偏向左邊。風格 B 的代表為簡 8.756、1574，中間橫畫相較上下橫畫為短，而豎畫是書寫於正中央的。風格 C 的代表為簡 8.1516，最上面橫畫，改為由右上向左下書寫的一撇短畫，且第三筆的橫畫相當長，而豎畫是書寫於正中央，與 A、B 兩類相當不同。

「令」字可分成五種字形風格，簡 8.157、756、764、1516、2246 風格皆不同。風格 a 代表為簡 8.157，「令」字下半部作、、，象人跽坐的身體側面之形，書寫筆畫接近半圓；又中間橫畫作、、，頭粗尾細，表示於書寫時落筆重壓，提筆則收尾快速的書寫手法。風格 b 代表為簡 8.756，上半部右撇畫作、，筆畫習慣轉彎向下，下半部最後一筆作、，筆畫直且粗，為起、落筆時重壓的書寫手法。風格 c 代表為簡 8.764，上半部人字右撇畫作、中間一橫畫作、下半部右邊弧筆作，最後都有向內彎的習慣。風格 d 代表為簡 8.1516，上半部人字左撇畫作、右撇畫作、下半部最後一畫作，筆畫都呈現筆直沒有彎曲的書寫風格。風格 e 代表為簡 8.2246，下半部作，本應象人跽坐的身體側面，但身體曲線的彎筆都不清楚，

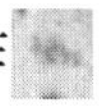

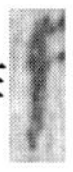

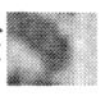

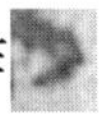

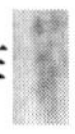

且筆畫斷開沒有連接一起；而上半部左右兩撇作，在此卻似先書寫右畫再書寫左畫，與一般「令」字筆畫書寫順序相反。由於簡 530、1574 沒有「令」字可供比較，故由風格 A 的簡 8.530 與 157，擇取「言」字一同比較，又以風格 B 的簡 8.1574 與 756，擇取「人」字一同比較。簡 8.157、530 的「言」字皆為書寫四筆橫畫，最上端橫畫作、，筆畫較短，下頭三橫畫作、，筆畫同樣長度，為同一書寫風格簡 8.756、1574 的「人」字皆為左畫作、，筆畫較短，而右畫作、，筆畫較長，且筆畫有向右下角延長的趨向，為同一書寫風格。

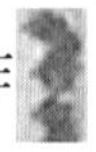

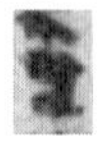

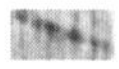

據上所述，歸納如下：簡 157、530 可以歸於風格 A，簡 756、1574 可以歸類於風格 B，簡 1516 可以歸類於風格 C，簡 764 可以歸類於風格 D，簡 2246 可以歸類於風格 E。由此推斷，書手就有編號 A 到 E 的五個人，而並非僅一名書手，當然簡的書寫筆跡呈現多樣風格。

邢義田於〈『手、半』、『曰忤曰荊』與『遷陵公』〉一文云：「證明凡『感』署名的，的確筆跡相當近似，應出同一人之手。另有三例，因原簡字劃不夠清晰，未列入。」〔註 38〕邢氏認為署名感的筆跡甚為相似，故斷定書寫出自同一人。邢氏還集中所有署名「感手」的簡，作表以證明筆跡書寫的相似，當出自同一人之手，如下表：

〔註 38〕邢義田：〈『手、半』、『曰忤曰荊』與『遷陵公』〉（湖北：武漢大學簡帛言究中心，2012 年 05 月 07 日）。http://www.bsm.org.cn/show_article.php?id=1685

表 2-2-3：邢義田的「感手」署名對照表〔註 39〕

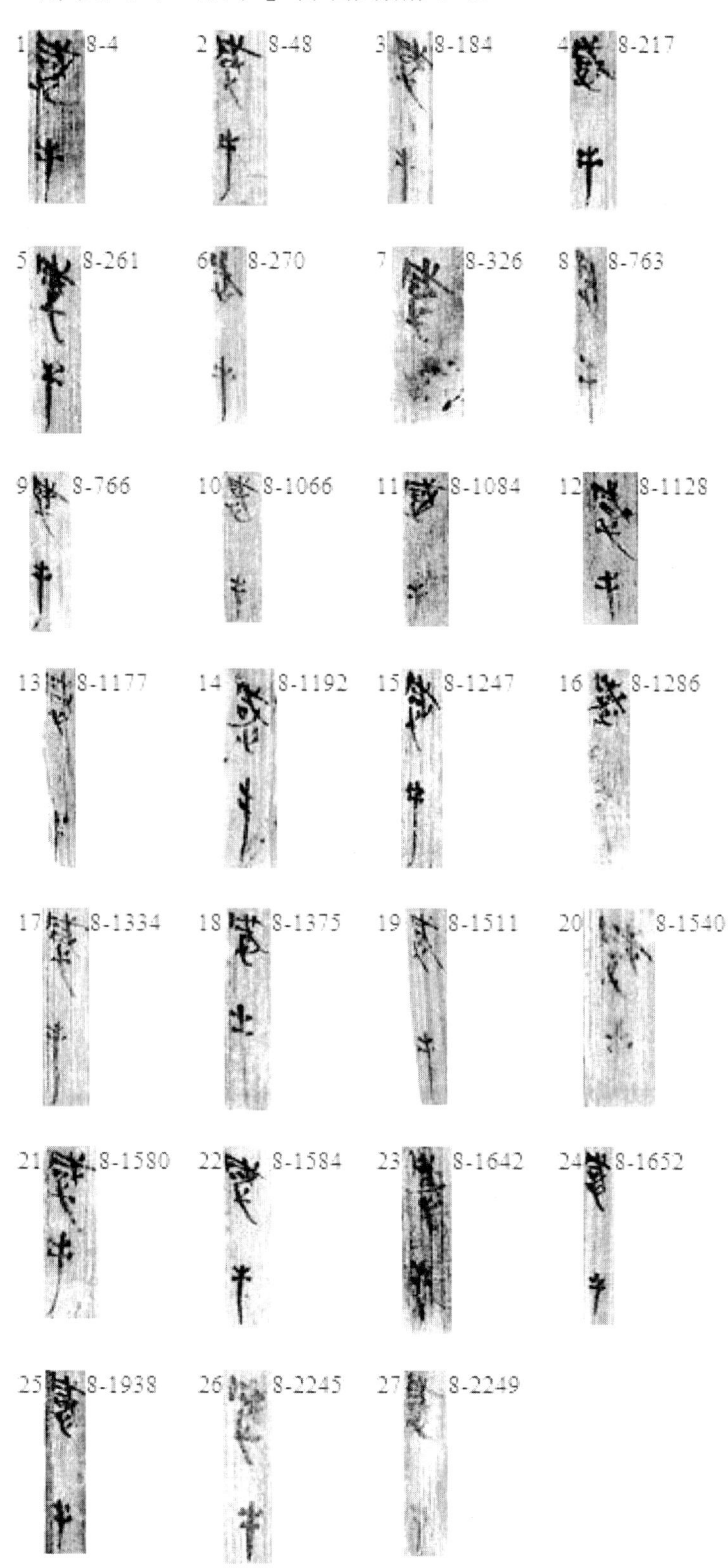

〔註 39〕邢義田：〈『手、半』、『曰啎曰荊』與『遷陵公』〉（湖北：武漢大學簡帛言究中心，2012 年 05 月 07 日）。http://www.bsm.org.cn/show_article.php?id=1685

邢氏說明「慼手」署名對照表另外有三個例子，因為字形筆畫不清楚而沒有收入於表中。本文進一步找尋「慼手」的字形，另作表四的「慼手」署名對照表，將字形筆跡相似的放一起，並以代號英文字母大寫作區別，另錄筆畫不清楚的字一欄。

表 2-2-4：「慼手」署名對照表〔註 40〕

書寫風格代號					
A	 簡 8.48	 簡 8.184	 簡 8.261	 簡 8.326	 簡 8.766	 簡 8.1128
	 簡 8.1247	 簡 8.1334	 簡 8.1540	 簡 8.1580	簡 8.1584	 簡 8.1642
	簡 8.2245					
B	 簡 8.4	 簡 8.217	簡 8.270	簡 8.1066		

〔註 40〕表四截圖引用自湖南省文物考古研究所：《里耶秦簡（壹）》（北京：文物出版社，2012 年）。

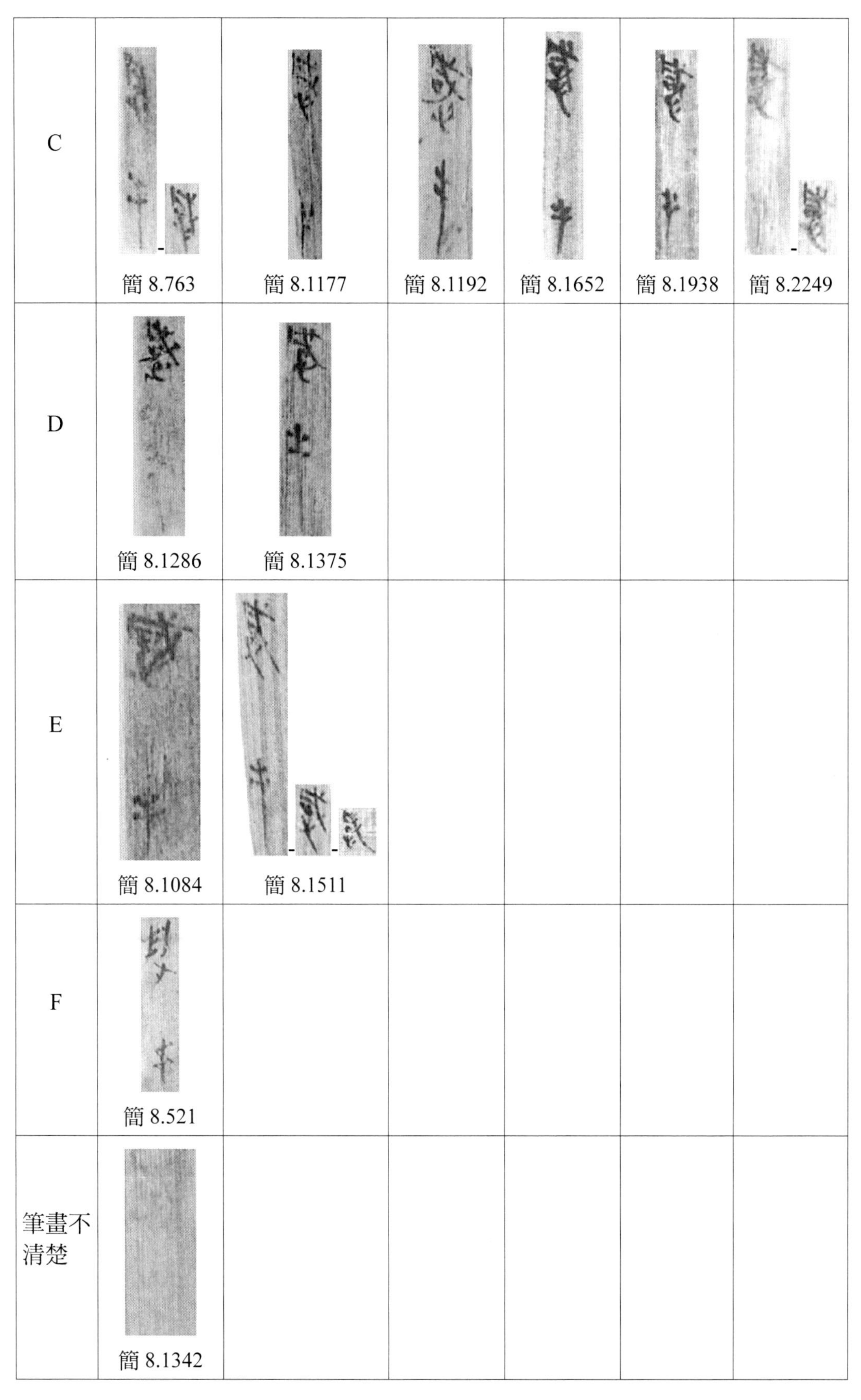

C	簡 8.763	簡 8.1177	簡 8.1192	簡 8.1652	簡 8.1938	簡 8.2249
D	簡 8.1286	簡 8.1375				
E	簡 8.1084	簡 8.1511				
F	簡 8.521					
筆畫不清楚	簡 8.1342					

表四大致分為 A 到 F 共六種風格。風格 A 的代表為簡 8.48、184、261、326、

766、1128、1247、1334、1540、1580、1584、1642、2245，共十三個「感」字，其「感」字下面「心」旁分別作、、、、、、、、、、、、，皆為右上方一點與左方一點連線，再與右下方一點連線，像國字注音的「ㄙ」字。風格 B 的代表為簡 8.4、217、270、1066，「感」字下面「心」旁分別作、、、，其「心」字的撇畫，傾斜接近 45 度，筆畫相較為短，且筆畫轉彎向右方延伸而出，「心」旁甚至有觸連到上面「咸」字的右長撇畫，如簡 8.270、1066 兩支簡。風格 C 的代表為簡 8.763、1177、1192、1652、1938、2249，「感」字下面「心」旁分別作、、、、、，右邊兩筆畫較點畫較長，且其筆畫平行排列，又豎撇畫較為筆直，傾斜角度不大。風格 D 的代表為簡 1286、1375，「感」字下面「心」旁分別作、，右邊第一點較短，且右邊第二點位置較第一點更右邊，高度與其同高甚至還更高，而筆畫書寫也較隨興。風格 E 的代表為簡 8.1084、1511，「感」字下面「心」旁分別作、，左邊一點與右邊第二點高度同，且左邊一點與右邊第二點相交於同一點。風格 F 的代表為簡 8.521，「感」字上半部作，看不出為所从之一的部件「口」，感字下半部作，也看不出是从「心」，意即整體不似「感」字，與 A 到 D 類的「感」字差異過大，甚至可懷疑是否釋文有誤，至於簡 1342 因筆畫太過模糊，而無法辨識故略過不論。

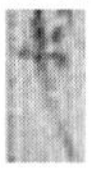

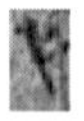

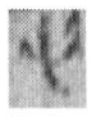

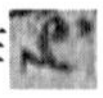

上文由「感手」的字形筆跡比較，發現其實「感手」的書寫風格並不相似，因此本文推測「感手」的筆跡書寫非出於同一人之手，然而邢義田卻認為是出於同一人之手。另外，邢氏所言的另外三個筆畫不清晰而未放入「感手」署名對照表的簡 521、645、1324，其中風格 F 簡 521「感手」的筆畫卻相當清晰，但是書寫風格與其他簡明顯不同，不似「感」字，而簡 1324「感手」的筆畫確實是不清晰的。又邢氏所列表中簡 645 的「感手」字，本文表四未收錄，因為簡 645 的「感手」字樣乃書寫在簡的背面上方，釋文當為「感半」而非「感手」，至於某半與某手的字形比較，請參見上一節敘述。故邢義田所言里耶秦簡「感」字的字跡不夠清晰的情形，其實只有簡 8.1324，簡 645 字形與其它簡差異相當大，邢義田沒有多加說明即未將之列入，似乎是想使「感手」出自同一人的論說更加完整，而刻意將簡 645 的「感」字字形加以排除。

由里耶秦簡中「壬手」、「感手」的字形分析，可知「壬手」的字形風格可分為 A 至 E 五種，而「感手」的字形風格則可分為 A 至 F 六種，可見同一書手的字形書寫風格不同，也映證了簡中某手的字樣非「壬」、「感」親自簽名的筆跡，而是另有其人。

本節討論簡牘中同書手的字形風格，發現里耶秦簡中署名的書手身分，有明確的職稱記載，即「守」、「丞」、「史」、「吏」四種職稱；由某手的字形風格分析，理解到書手的署名並非以上四種職稱者親筆簽名的。可見里耶秦簡的某手字樣，職位不夠高是未記載於簡上的，而職稱未記載於簡上的書手即為小書吏。不只一位的書吏，分配到抄寫文書的副本工作，造成簡中同一書手的署名卻有不同字形風格情況。

第三章　里耶秦簡的書寫筆勢

從甲骨文、金文到秦簡文字，文字隨著書寫工具轉變，甲骨文使用刻刀書寫在龜甲上，金文是鑄刻方式形成，秦簡則使用毛筆沾墨書寫於處理後的竹、木簡。各時期使用不同的文字書寫工具，而書寫的文字筆勢也會跟著工具做轉變，如甲骨文的筆鋒尖銳、氣勢雄偉，金文筆畫加上曲線更顯柔美之感，秦簡文字則相對隨性。毛筆此書寫工具在甲骨文時已發明，但是基本上甲骨文與金文使用堅硬物書寫，使得秦簡文字的筆勢表現更能隨意揮灑。本文筆勢兩字意謂運筆的手勢、姿勢，隨著手握筆書寫的動作狀態多樣不同，體現於文字上的形體也跟著變異的情形，概括書寫工具毛筆的用筆方式，表現於書寫文字的字形風格變化。

秦簡文字書寫速度更加快速，筆畫更加潦草、自由，也發展出不同的字形筆勢，衛恆《四體書勢》云：「秦既用篆，奏事繁多，篆字難成，即令隸人佐書，曰隸字。漢因行之，獨符、印璽、幡信、題署用篆。隸書者，篆之捷也。」〔註1〕說明秦代原本使用小篆書寫，因為隸書的書寫速度更為快捷、便利，演進後的書寫習慣則加入隸書。可見秦篆有逐漸被淘汰的趨勢，取而代之是書寫更加便捷的隸書。因此，在秦簡文字中仍可觀察到由篆轉隸的現象，

〔註1〕唐．房玄齡等撰：《晉書．卷三十六．列傳第六．衛瓘》（北京：中華書局，1974年），頁1064。

里耶秦簡中亦有此種筆勢發展的演變階段。本文探析里耶秦簡的文字書寫筆勢，第一節依筆畫彎曲的角度分為圓、方、弧、直筆，第二節為筆畫逆向且往上彎曲的鉤筆，以及第三節為拉長筆畫。

第一節　圓、方、弧、直筆

里耶秦簡使用毛筆書寫於簡牘上，而呈現出不同的書寫筆勢，加上書寫者的不同使文字的樣貌更加龐雜，然而大致可以分為圓筆和方筆。基本上，圓筆保留小篆的書寫筆勢，方筆則轉趨隸書的書寫筆勢，臺靜農《沉鬱頓挫：臺靜農書藝境界》云：

> 「方」與「圓」一直是書法藝術的兩大指標，方筆講究以「折」來運行筆鋒，行筆的時候斷而復起，收筆時以外拓為主；圓筆講究以「轉」來運行筆鋒，行筆的時候續而不斷，收筆時以內擫為主。方筆能顯出雄峻、剛健之美；圓筆則顯出渾穆、婉轉之美。〔註2〕

臺文中雖然說圓、方筆分別指稱隸書與楷書，說明方筆講究方折的「折」，行筆該斷的地方則一直提筆，收筆結束筆勢習慣方向朝外；而圓筆講究圓弧的「轉」，行筆該斷的地方則不提筆，以連筆的方式作續接，收筆結束筆勢習慣方向朝內。兩者顯現的美感不同，方筆是雄峻、剛健，圓筆則是渾穆、婉轉。

臺文所言圓、方筆的書寫筆勢，套用在小篆與隸書其實也說得通，因為中國的文字就是不斷變化，追求更快速、便捷書寫形式，筆勢演變也非一蹴可及，筆勢並非馬上由圓筆變為方筆，而是循序漸進的，故隸書演化為楷書過程，是由圓筆變方筆，更為便捷的書寫筆勢，同理篆書演化為隸書過程，由圓筆變方筆，同樣是更為便捷的書寫筆勢。可知隸書、楷書兩者中，猶有保留圓筆筆勢，只是保留的比例多寡不同，故將隸書轉變為楷書，套用到篆書轉變為隸書，言篆書筆勢為圓筆，隸書筆勢為方筆，也是可通的。

另外，雖然以圓筆、方筆筆勢能夠間接區別篆書與隸書的筆勢風格不同，然而細察里耶秦簡的文字筆勢，發現筆勢不單圓筆、方筆兩者能夠完全涵蓋。關於篆書與隸書文字的區別，郭沫若〈古代文字之辯證的發展〉云：

〔註2〕郭晉銓：《沉鬱頓挫：臺靜農書藝境界》（臺北：秀威資訊科技股份有限公司，2012年），頁125。

> 在字的結構上初期的隸書和小篆沒有多大的差別，只是在用筆上有所不同。例如，變圓形為方形，變弧線為直線，這就是最大的區別。畫弧線沒有畫直線快，畫圓圈沒有畫方形省。因為要寫規整的篆書必須圓整周到，筆劃平均。〔註3〕

說明小篆和隸書的文字結構初期差別不大，反而最大的分別是在用筆上的不同，運筆的手勢不同所呈現的筆畫線條也會跟著變化。而小篆和隸書之間筆勢的演化，特點在於筆畫圓形變為方形，與弧線變為直線，因為方形、直線分別較圓形、弧線書寫起來更為簡便、快捷。郭文中除了圓筆、方筆之外，還提及了弧筆、直筆，筆勢分類更加細密，故本文決定取用郭文中敘述的筆勢，將里耶秦簡的筆勢分為圓、方、弧、直筆四種筆勢，並收錄小篆的字形與秦簡一起比較。

古人運筆的方法相當多，康有為《廣藝舟雙楫》集合眾家說法云：

> 圓筆使轉用提，而以頓挫出之。方筆使轉用頓，而以提絜出之。〔註4〕

說明圓筆行筆至轉折處，筆微上提但不離開紙面，停頓後再提筆轉出；方筆行筆至轉折處加重力道，再提筆而出。圓筆、方筆皆有轉折，轉字意謂改變方向或朝反方向，改變方向可以朝左、右轉，轉折角度約為 90 度，朝反方向則角度小於 90 度。故本文定義圓筆為有轉彎，無明顯方折角度，而呈現弧度小於 90 度的彎曲線條。如簡 8.96「兩」字作，筆畫轉彎一次，且呈圓潤之形，故歸入圓筆；方筆為有轉折，呈現明顯角度，而非勻圓弧度。如簡 8.518「兩」字作，筆畫轉折一次，且呈方折之形，故歸入方筆。

若無明顯方折角度，且弧度大於 90 度，則不歸入圓筆，僅是線條的延伸。依此類推圓筆、方筆皆有轉彎或轉折，弧筆、直筆則無，故可以定義弧筆為無轉折的弧線，角度介於 90 到 180 度之間。如簡 8.1236 見字作，筆畫無明顯轉折，且呈弧形，故歸入弧筆；直筆為直線，無轉折，角度約為 180 度。如簡 6.28「見」字作，筆畫無轉折，且呈平直形，故歸入直筆。

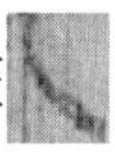

〔註3〕郭沫若：〈古代文字之辯證的發展〉，《考古學報》1972 年第 1 期，頁 1～13。

〔註4〕康有為：《廣藝舟雙楫．卷五》（上海：上海古籍出版社，2002 年），頁 7。

簡 8.6652「當」字作，筆畫歸為圓筆；簡 8.1201 作，筆畫歸為方筆。簡 8.6652 筆畫彎曲而不斷，呈現勻潤圓轉的線條，且不露稜角，若接合同筆畫兩條，即似圓形「○」;《說文》:「折，斷也。从斤斷艸，譚長說。」〔註 5〕「折」字意謂斷開、截掉，簡 8.1201 筆畫像折斷一般，呈現方折堅實的線條，露出明顯的稜角，若接合同筆畫兩條，即似方形「□」。圓筆與方筆差異在於稜角的隱露，以及線條的折斷與否。簡 8.369 作，筆畫歸為弧筆，彎曲角度不若簡 8.6652 大，且不露稜角，若接合同筆畫兩條，無法成為圓形，而似扁平的橢圓形「」，且直徑較長的兩端，呈尖角形，故簡 8.369 為一未轉折的不直線。所以弧筆與圓筆的差異在於，接合同筆畫兩條能否成圓形，與方筆的差異則在於弧筆稜角隱藏，線條無折角，且接合同筆畫兩條，無法成為方形。

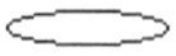

小篆轉折亦依此界定，凡是筆畫連接一起沒有斷開，本文即視為一筆。如「員」字作，部件「貝」的筆畫，四個角約 90 度且較方折，共轉折四次。但是「邑」字作，部件「巴」的筆畫，弧度、約小於 90 度且較圓潤，各算一次轉折，加上一方折，共轉折三次。

下表中若小篆的字形有缺，表示《說文解字》一書沒有收錄此字，排序以筆畫由少至多遞增排序，每個字則又依楷書、小篆、圓筆、方筆、弧筆、直筆順序排列。每種筆勢挑選一筆畫清晰的字例，或筆畫與其他同部件字較不同之字例加以說明。

一字例可能分屬不同筆勢，則依圓筆至直筆先後排序，如簡 6.1「凡」字筆畫上半部歸入圓筆，其下半部與筆畫歸入弧筆，則將字例置於表格的圓筆，若同一列字例有同筆勢，則簡序在後者移至下一筆勢，如簡 6.1、簡 8.60「四」字皆有圓筆，後者猶有方筆，則將簡 6.1 置於圓筆，簡 8.60 則置於方筆。表列說明如下：

〔註 5〕漢．許慎撰、清．段玉裁著：《說文解字注》（臺北：藝文印書館，1992 年），頁 45。

表 3-1-1：圓、方、弧、直筆的筆勢表

楷書	小篆	圓筆	方筆	弧筆	直筆	說　明
乙			 8.688-	 8.1425		小篆筆畫轉折一次。簡 8.688-筆畫轉折一次，且呈方折形，故歸入方筆。簡 8.1425 筆畫轉折一次，上半部呈方折之形，故歸入方筆；下半部筆畫無轉折，且呈弧形，故歸入弧筆，一畫同時兼有兩種筆勢。 
八		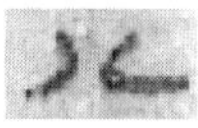 8.254	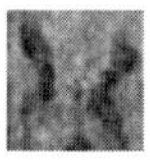 8.914			小篆筆畫無轉折。簡 8.254 筆畫、轉彎一次，小於 90 度，且呈圓潤之形，無明顯方折角度，故歸入圓筆。簡 8.914 筆畫轉折一次，且呈方折之形，故歸入方筆；筆畫轉折一次，且呈圓潤之形，故歸入圓筆。  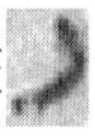 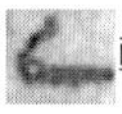 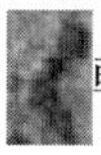 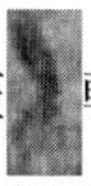
凡		 6.1	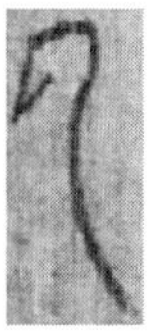 8.222			小篆筆畫轉折五次。簡 6.1 筆畫轉折一次，且呈圓潤之形，故歸入圓筆；下半部則呈弧形，故可同左部筆畫一起可歸入弧筆。簡 8.222 筆畫轉折一次，且呈方折之形，故歸入方筆；下半部則呈弧形，故也可歸入弧筆；筆畫無轉折，且呈平直形，故歸入直筆。   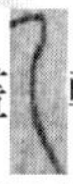 
亡			 8.705	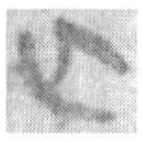 8.665		小篆筆畫轉折兩次。簡 8.705 筆畫轉折一次，且呈方折形，故歸入方筆。簡 8.665 筆畫無轉折，且呈弧形，故歸入弧筆。  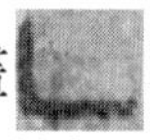 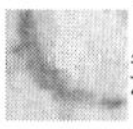
千		 8.552	 8.458		 8.60	小篆筆畫轉折二次。簡 8.552 筆畫轉彎一次，且呈圓潤之  

						形，故歸入圓筆。簡 8.458 筆畫轉折一次，且呈方折之形，故歸入方筆。簡 8.60 筆畫無轉折，且呈平直形，故歸入直筆。
女			8.1140	8.19		小篆筆畫轉折一次。簡 8.1140 筆畫轉折一次，且呈方折之形，故歸入方筆。簡 8.19 筆畫無轉折，且呈弧形，故歸入弧筆。
上				8.625	8.154	小篆筆畫轉折三次。簡 8.625 筆畫無轉折，且呈弧形，故歸入弧筆。簡 8.154 筆畫無轉折，且呈平直之形，故歸入直筆。
山			8.769		8.753-	小篆筆畫轉折二次。簡 8.769 筆畫轉折二次，且呈方折之形，故歸入方筆。簡 8.735 筆畫、無轉折，呈且平直之形，故歸入直筆。
毛			8.1529	8.835		小篆筆畫轉折一次。簡 8.1529 筆畫轉折一次，上半部呈方折之形，故歸入方筆；下半部無轉折且呈弧形，則歸入弧筆，一畫同時兼有兩種筆勢。簡 8.835 筆畫無轉折，且呈弧形，故歸入弧筆。
卅			8.887	8.1814		小篆全字筆畫斷開，無轉折。簡 8.887 筆畫轉折一次，且呈方折之形，故歸入方筆；筆畫、無轉折，且呈平直之形，故歸入直筆。簡 8.1814 筆畫、無轉折，且呈平直之形，故歸入直筆；筆畫無轉折，且呈弧形，故歸入弧筆。

田		5.1	8.595			小篆筆畫轉折四次。簡 5.1 筆畫轉彎一次，且呈圓潤之形，故歸入圓筆；筆畫無轉折，且呈平直之形，故歸入直筆。簡 8.595 筆畫、轉折一次，且呈方折之形，故歸入方筆。 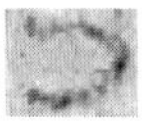 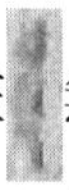 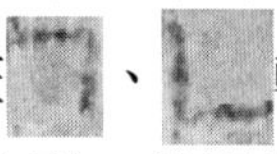
半		 8.626			 8.824	部件ノ丶：小篆筆畫轉折一次。簡 8.626 筆畫轉彎一次，且呈圓潤之形，故歸入圓筆；筆畫轉折一次，且呈方折之形，故歸入方筆；對稱的兩畫，兼有兩種筆勢。簡 8.824 筆畫、無轉折，且呈平直之形，故歸入直筆。 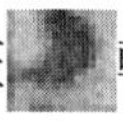 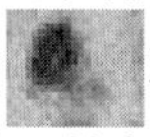 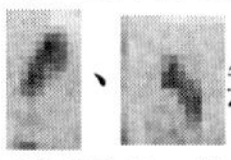
正			 8.214	 8.157-		小篆筆畫轉折一次。簡 8.241 筆畫轉折一次，且呈方折之形，故歸入方筆。簡 8.157-筆畫無轉折，且呈弧形，故歸入弧筆。 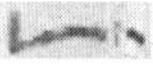 
司		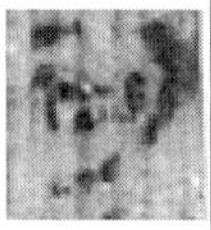 6.9	 8.9			小篆筆畫轉折一次。簡 6.9 筆畫轉彎一次，且呈圓潤之形，故歸入圓筆。簡 8.9 筆畫轉折一次，且呈方折之形，故歸入方筆。  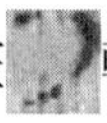 
四		 6.1	8.60			小篆筆畫轉折四次。簡 6.1 筆畫、轉彎一次，且呈圓潤之形，故歸入圓筆。簡 8.60 筆畫轉折一次，且呈方折之形，故歸入方筆；筆畫轉彎一次，無明顯角度，故歸入圓筆。 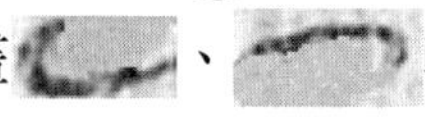 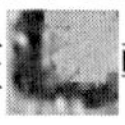 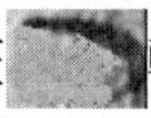
妃			 8.821	 8.762		部件女：小篆筆畫轉折一次。簡 8.821 筆畫轉折一次，且呈方折形，故歸入方筆。簡 8.762 筆畫無轉折，且呈弧形，故歸入弧筆。  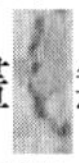

此			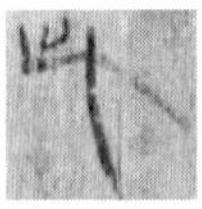 8.1347	 8.1558		部件止：小篆筆畫轉折一次。簡 8.1347 筆畫轉折一次，且呈方折之形，故歸入方筆。簡 8.1558 筆畫無轉折，且呈弧形，故歸入弧筆。
如			 8.143-	8.137		部件女：小篆筆畫轉折一次。簡 8.143-筆畫轉折一次，且呈方折形，故歸入方筆。簡 8.137 筆畫無轉折，且呈弧形，故歸入弧筆。
臣	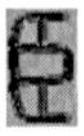		 8.18	 8.78		小篆筆畫轉折二次。簡 8.18 筆畫轉折一次，且呈方折之形，故歸入方筆；筆畫無轉折，且呈平直形，故歸入直筆。簡 8.78 筆畫無轉折，且呈弧形，故歸入弧筆；筆畫無轉折，且呈平直形，故歸入直筆。
吳			 8.566		 8.894	小篆筆畫，連貫而下，轉折兩次。簡 8.566 筆畫轉折一次，且呈方折形，故歸入方筆。簡 8.894 筆畫無轉折，且呈平直形，故歸入直筆。
見				 8.1236	 6.28	小篆筆畫轉折兩次。簡 8.1236 筆畫無轉折，且呈弧形，故歸入弧筆。簡 6.28 筆畫無轉折，且呈平直形，故歸入直筆。
牢		 8.893	 8.2101			小篆筆畫轉折兩次。簡 8.893 筆畫轉彎一次，且呈圓潤之形，故歸入圓筆；筆畫無轉折，且呈平直之形，故歸入直筆。簡 8.2101 筆畫轉折一次，且呈方折之形，故歸入方筆；筆畫無轉折，且呈平直之形，故歸入直筆。

廷			8.952	8.1106		部件廴：小篆筆畫轉折一次。簡 8.952 筆畫轉折一次，且呈方折之形，故歸入方筆。簡 8.1106 筆畫無轉折，且呈弧形，故歸入弧筆。
束		8.1556	8.1242			小篆筆畫轉折二次。簡 8.1556 筆畫轉彎二次，且呈圓潤之形，故歸入圓筆。簡 8.1242 筆畫轉折四次，且呈方折之形，故歸入方筆。
兩		8.96	8.518			小篆筆畫轉折兩次。簡 8.96 筆畫轉彎一次，且呈圓潤形，故歸入圓筆；筆畫無轉折，且呈平直之形，故歸入直筆。簡 8.518 筆畫轉折一次，且呈方折之形，故歸入方筆；筆畫，無轉折，且呈弧形，故歸入弧筆。
免		8.2006	8.777			簡 8.2006 筆畫轉彎一次，且呈圓潤之形，故歸入圓筆；筆畫，無轉折，且呈弧形，故歸入弧筆。簡 8.777 筆畫轉折一次，且呈方折之形，故歸入方筆；筆畫無轉折，且呈平直之形，故歸入直筆。
治			8.265		8.406	部件口：小篆筆畫轉折二次。簡 8.265 筆畫轉折一次，且呈方折之形，故歸入方筆；筆畫無轉折，且呈平直之形，故歸入直筆。簡 8.406 筆畫、無轉折，且呈平直之形，故歸入直筆。
官			8.50	8.16		部件宀：小篆筆畫轉折二次。簡 8.50 筆畫轉折一次，且呈方折之形，故歸入方筆；筆畫，

						無轉折，且呈弧形，故歸入弧筆。簡 8.16 筆畫，無轉折，且呈弧形，故歸入弧筆；筆畫無轉折，且呈平直之形，故歸入直筆。
定		 8.109	 8.55			部件宀：小篆筆畫轉折二次。簡 8.109 筆畫轉彎一次，且呈圓潤之形，故歸入圓筆；筆畫，無轉折，且呈弧形，故歸入弧筆。簡 8.55 筆畫轉折一次，且呈方折之形，故歸入方筆；筆畫，無轉折，且呈弧形，故歸入弧筆。
者		 8.36		 8.55		小篆筆畫轉折二次。簡 8.36 筆畫轉彎一次，且呈圓潤形，故歸入圓筆；筆畫無轉折，且呈平直之形，故歸入直筆。簡 8.55 筆畫、無轉折，且呈弧形，故歸入弧筆。
男		 8.209	 8.713			部件田：小篆筆畫轉折四次。簡 8.209 筆畫轉彎一次，且呈圓潤之形，故歸入圓筆；筆畫無轉折，且呈平直之形，故歸入直筆。簡 8.713 筆畫、轉折一次，且呈方折之形，故歸入方筆。
西		 8.1565	 8.164			小篆筆畫轉折四次。簡 8.1565 筆畫轉彎一次，且呈圓潤之形，故歸入圓筆；筆畫無轉折，且呈弧形，故歸入弧筆。簡 8.164 筆畫、轉折一次，且呈方折之形，故歸入方筆。

邑		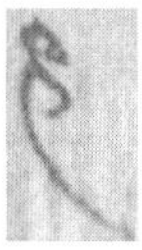 8.753	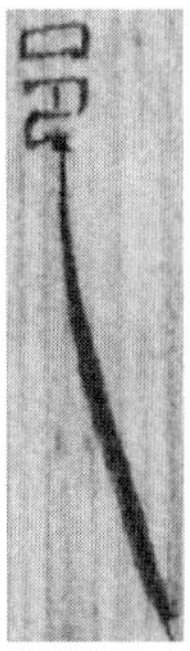 8.753			小篆筆畫轉折三次。簡 8.753 筆畫轉彎一次，且呈圓潤之形，故歸入圓筆；筆畫無轉折，且呈弧形，故歸入弧筆。簡 8.753 筆畫、轉折一次，且呈方折之形，故歸入方筆；筆畫無轉折，且呈平直之形，故歸入直筆；筆畫無轉折，且呈弧形，故歸入弧筆。  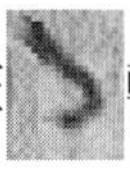 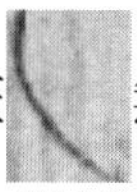 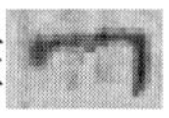 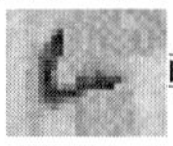 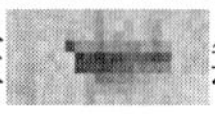 
門		 8.649	 8.756			小篆筆畫轉折一次。簡 8.649 筆畫轉彎一次，且呈圓潤之形，故歸入圓筆。簡 8.756 筆畫轉折一次，且呈方折之形，故歸入方筆；筆畫為一點，筆畫過短故無法歸類。   
直		 8.70		8.63		小篆筆畫轉折一次。簡 8.70 筆畫轉彎一次，且呈圓潤之形，故歸入圓筆。簡 8.63 筆畫無轉折，且呈弧形，故歸入弧筆。   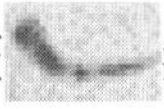
軍		 8.1270	 5.4			小篆筆畫轉折五次。簡 8.1270 筆畫右下方轉彎一次，且呈圓潤之形，故歸入圓筆；筆畫無轉折，且呈平直之形，故歸入直筆。簡 5.4 筆畫轉折一次，且呈方折之形，故歸入方筆；左部筆畫不清晰略過。  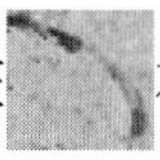  

家		 8.1730	 8.656			小篆筆畫  轉折二次。簡 8.1730 筆畫 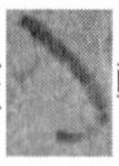 轉彎一次，且呈圓潤之形，故歸入圓筆；筆畫 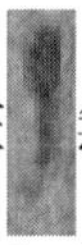 無轉折，且呈平直之形，故歸入直筆。簡 8.656 筆畫  轉折一次，且呈方折之形，故歸入方筆；筆畫 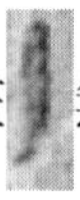 無轉折，且呈弧形，則歸入弧筆。
畜		 8.209	 8.1087			小篆筆畫 轉折四次。簡 8.209 筆畫 轉彎一次，且呈圓潤之形，故歸入圓筆，左部筆畫不清暫略過。簡 8.1087 筆畫 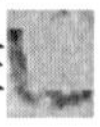  、 轉折一次，且呈方折之形，故歸入方筆。
員		 8.1136	 8.2027-			小篆筆畫 轉折四次。簡 8.2027-筆畫  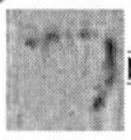 、 轉折一次，且呈方折之形，故歸入方筆。簡 8.1136 筆畫 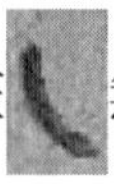 無轉折，且呈弧形，則歸入弧筆；筆畫 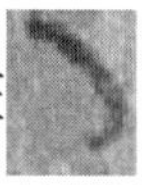 轉彎一次，且呈圓潤之形，故歸入圓筆。
倉			 8.1201	 8.688		小篆筆畫 轉折四次。簡 8.1201 筆畫 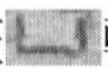 轉折二次，且呈方折之形，故歸入方筆。簡 8.688 筆畫 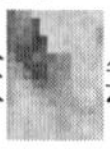 無轉折，且呈平直之形，故歸入直筆；筆畫 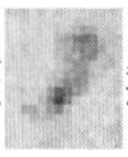 無轉折，且呈弧形，則歸入弧筆。
唐			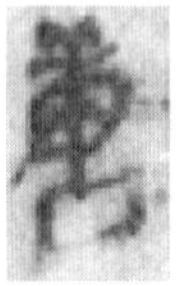 8.140		 8.92	小篆筆畫 轉折二次。簡 8.140 筆畫   、 轉折一次，且呈方折之形，故歸入方筆。簡 8.92 筆畫   、 無轉折，且呈平直之形，故歸入直筆；無轉折，且呈弧形，則歸入弧筆。

曹			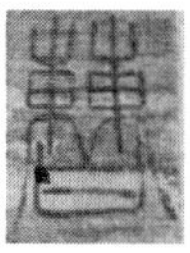 8.1201	 8.241		小篆筆畫轉折二次。簡 8.1201 筆畫轉折二次，且呈方折形，故歸入方筆。簡 8.241 筆畫、無轉折，且呈弧形，故歸入弧筆。
報			 8.1842	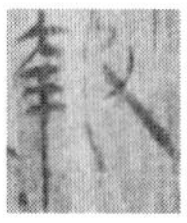 8.777		小篆筆畫轉折一次。簡 8.1842 筆畫轉折一次，且呈方折之形，故歸入方筆。簡 8.777 筆畫無轉折，且呈弧形，故歸入弧筆。
須			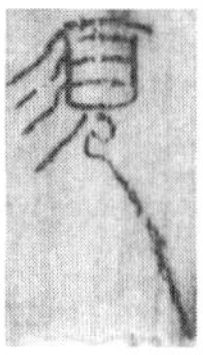 8.204-	 6.11		小篆筆畫轉折三次。簡 8.204-筆畫轉折一次，且呈方折之形，故歸入方筆；筆畫、無轉折，且呈平直之形，故歸入直筆。簡 6.11 筆畫、無轉折，且呈弧形，故歸入弧筆；筆畫、無轉折，且呈平直之形，故歸入直筆。
道			 8.573	 8.665		小篆筆畫轉折三次。簡 8.573 筆畫轉折一次，且呈方折之形，故歸入方筆；筆畫、無轉折，且呈平直之形，故歸入直筆。簡 8.665 筆畫、無轉折，且呈弧形，故歸入弧筆；筆畫無轉折，且呈平直之形，故歸入直筆。
買		 6.	 8.664			小篆筆畫轉折四次。簡 6.7 筆畫轉彎一次，且呈圓潤之形，故歸入圓筆；筆畫無轉折，且呈平直之形，故歸入直筆。簡 8.664 筆畫、轉折一次，且呈方折之形，故歸入方筆。

萬		 8.517	 8.423			小篆筆畫轉折一次。簡 8.517 筆畫轉彎一次，且呈圓潤之形，故歸入圓筆。簡 8.423 筆畫轉折一次，且呈方折之形，故歸入方筆。
當		 8.665	 8.1201			小篆筆畫轉折二次。簡 8.665 筆畫轉彎一次，且呈圓潤之形，故歸入圓筆；筆畫無轉折，且呈弧形，故歸入弧筆。簡 8.1201 筆畫轉折一次，且呈方折之形，故歸入方筆；筆畫無轉折，且呈平直之形，故歸入直筆。
傳			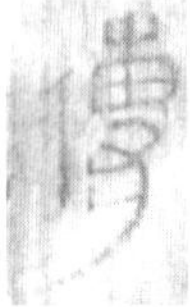 8.54		 8.564	小篆筆畫轉折二次。簡 8.54 筆畫轉折二次，且呈方折之形，故歸入方筆。簡 8.564 筆畫、無轉折，且呈平直之形，故歸入直筆。
貲			8.353	 8.11		小篆筆畫轉折四次。簡 8.353 筆畫、轉折一次，且呈方折之形故歸入方筆。簡 8.11 筆畫、無轉折，且呈弧形，故歸入弧筆；筆畫無轉折，且呈平直之形，故歸入直筆。
薄		 8.815		 8.434		小篆筆畫無轉折。簡 8.815 筆畫轉彎一次，且呈圓潤之形，故歸入圓筆。簡 8.434 筆畫無轉折，且呈弧形，故歸入弧筆。
顯			 8.36	 8.1108		小篆筆畫轉折三次。簡 8.36 筆畫、轉折一次，且呈方折形，故歸入方筆。簡 8.1108 筆畫、無轉折，且呈平直之形，故歸入直筆；筆畫無轉折，且呈弧形，故歸入弧筆。

據表格計算各筆勢的所佔的文字數目，同一字若分屬不同筆勢，仍算不同之字，統計分別為圓筆 28 例、方筆 48 例、弧筆 39 例、直筆 35 例。可見方筆較圓筆筆勢所佔數目為多，符合郭沫若言：「變圓形為方形」，即圓筆變方筆的趨勢，為篆書與隸書的差別。弧筆較直筆所佔數目為多，沒有符合郭氏言：「變弧線為直線」，即弧筆變直筆的趨勢，因為里耶秦簡處於篆書與隸書的過渡階段，尚未演化為成熟的隸書，故筆勢仍保有小篆的弧筆。

「毛」、「乙」字的筆畫、，上半部為方筆，下半部為弧筆，分屬不同筆勢。如劉正成言：

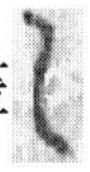

> 在筆法上，秦簡亦體現了過渡時期書體的明顯特點。其用筆兼方圓於一身，轉折處往往順流而下，將方形空間橢圓化，然其收口處卻並不精心修飾，留下明顯的方形意味。〔註 6〕

此文由雲夢睡虎地秦簡〈秦律十八種〉一篇討論筆法，方筆行筆轉折後順流而下，尾端不加修飾成為弧筆，使一畫同時兼有兩種筆勢，說明秦簡體現過渡時期的書寫特點，故筆勢兼容方筆與圓筆。其言圓筆是帶有橢圓化，接近本文定義的弧筆，映證里耶秦簡筆畫同時兼有方筆、弧筆兩種筆勢。

簡 8.518「兩」字作，筆畫轉折處呈方折之形，順流下來筆畫微向左內縮延伸，似有弧筆的傾向，但筆畫過短，弧度不明顯，故本文只歸入方筆。「兩」字與「毛」、「乙」字筆畫同在方折處後作延伸，但前者筆畫短且內縮，而後者筆畫長且向外延伸，筆勢表現較明顯，故可歸入兩種筆勢，即兩者筆勢判斷的差異。簡 8.914「八」字作，左半部筆畫不明顯且不似方筆，故僅將右半部歸入方筆。可見左右對稱的字，不一定歸入同筆勢。

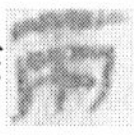

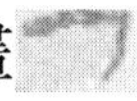

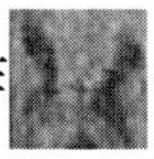

歸入直筆的里耶秦簡「山」、「治」、「倉」、「唐」、「傳」五字例，由於筆畫斷開且縮短，彎曲、方折或弧度不明顯，故歸類為直筆。說明直筆的筆勢，將筆畫一一拆開，使原有的轉折或弧度消失，同時增快書寫的速度。里耶秦簡較小篆轉折的次數減少許多，如「四」字小篆作，筆畫連貫且轉折四次；簡 8.60 作，筆畫、，分兩筆且各轉折一次，共轉折二次，顯見筆畫斷開轉折次數的關係，筆畫斷開多筆，轉折次數跟著減少，兩者呈現反

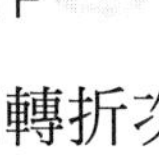

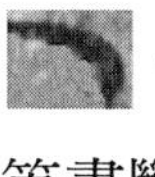

〔註 6〕劉正成：《中國書法鑒賞大辭典》（北京：中國人民大學出版社，2006 年），頁 51。

比的情形。筆畫斷開是以字形左右對稱，本文以筆畫連不連貫為判斷標準。如簡 8.60「四」字作 筆畫連貫，但字形左右不對稱，故判斷筆畫斷開為兩筆；簡 8.1201「倉」字作  ，部件「口」筆畫連貫且左右對稱，則判斷筆畫  是一筆完成。可見里耶秦簡朝著隸書演化，仍未完全脫離小篆圓轉的筆勢。

一字的筆勢雖不只一種，但筆勢是相聯繫，如簡 8.1201「當」字作  ，部件「𡭔」的筆畫  ，與部件「田」的筆畫  、  ，各轉折一次，筆畫呈方折之形，故三筆皆歸入方筆。簡 8.209「男」字作  ，部件「田」的筆畫 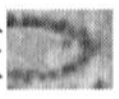 ，與部件「力」的筆畫 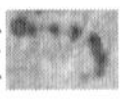 ，各轉折一次，筆畫呈圓潤之形，故兩筆皆歸入圓筆。可見一字筆勢相呼應，也形成字的均勻、平衡美感。

第二節　鉤　筆

里簡文字書寫風格多樣，除了本章首節談到的圓筆、方筆、弧筆和直筆之外，本節要討論的則是鉤筆。秦簡的書寫速度較甲骨文、金文更快速，猶可分為豎、鉤筆筆勢。關於豎筆筆勢，晉．王羲之《筆勢論十二章并序》一書介紹鉤筆的書寫姿態，而於〈視形章第三〉文云：「豎則直若春筍之抽寒谷。」〔註7〕說明書寫的豎畫筆直不彎曲，就像春天筍子抽芽、冒發出來，脫離寒冷冬天的谷底筆直的挺立的樣貌。另外，關於鉤筆筆勢，前人針對不同的鉤筆而有不同的見解，如張敬玄云：「固字轉角之弩，初不宜稜角弩張，即字體俗，非特固字，但有轉筆，一切貴其圓潤。」〔註8〕說明書寫固字時，其豎畫連接橫畫的轉角彎曲部分，首重筆勢的圓滑、玉潤，不適宜有鋒利、張揚的筆畫。又晉．衛夫人〈筆陣圖〉云：「㇂，百鈞弩發」〔註9〕，說明鉤畫㇂的書寫，就像拉緊的弓弩有百鈞力量，隨時蓄勢待發。而王羲之也承其老師衛夫人的思想，於〈處戈章第五〉文云：「處其戈意，妙理難窮。放似弓張箭發，收似虎鬥龍躍。」〔註10〕

〔註7〕晉．王羲之：〈筆勢論十二章并序．視形章第三〉，《藏修堂叢書》卷一（成都：巴蜀書社，2010 年），頁 11。

〔註8〕元．盛熙明：《四部叢刊續編．法書考》卷五（上海：商務印書館，1934 年），頁 8。

〔註9〕晉．衛夫人：〈筆陣圖〉，《藏修堂叢書》卷一（成都：巴蜀書社，2010 年），頁 4。

〔註10〕晉．王羲之：〈筆勢論十二章并序．處戈章第五〉，《藏修堂叢書》卷一（成都：巴蜀書社，2010 年），頁 11。

說明鉤畫筆勢如武器的戈，鬆放時像萬箭齊發，蓄積的能量等待暴發，而結束收回時則像老虎與龍猛獸的活力十足、神采飛揚。可見鉤筆的書寫筆勢多樣，並非一語可以概括，豎筆反而簡單不複雜。

由於豎筆筆勢的線條豎直不能彎曲，故需要時間多加琢磨，書寫速度自然緩慢。而鉤筆筆勢的產生，則是當豎筆由上而下書寫至尾端時，手的力量為了釋放以增快書寫速度，從而將筆畫往四周延伸，因此演化成轉角的彎鉤。里耶秦簡連接鉤筆前的筆畫，並非完全為豎畫，亦包含橫、撇畫，所以不能僅稱為豎畫，故本文決定以鉤筆、無鉤筆兩詞區別鉤筆筆勢。

李晶《睡虎地秦簡字體風格研究》一書，將睡虎地秦簡字形的鉤畫分為豎鉤、橫折鉤、右向鉤、橫鉤四種，其中豎鉤依鉤畫的長度，又分為長、短豎鉤兩種，可謂將筆勢分類得相當細密。然而，里耶秦簡字數多，又公文書經過多人之手，字形風格各異，若按照如此準則分類，則里耶秦簡筆勢將更為龐大、複雜。

又李氏說明睡虎地秦簡鉤畫的共通點，是行筆至鉤處，做轉折後回鋒或露鋒收筆，表示鉤筆與圓筆、方筆最大不同，是轉折後馬上做收筆的動作。轉折表示鉤筆角度小於 90 度，而里耶秦簡有此收筆動作，通常是向上挑起的筆畫，故本文定義鉤筆為轉折後收筆，角度小於 90 度，末端向上挑起彎曲的筆畫，符合此條件則歸類為鉤筆。

表格依收筆方向右或左，分為右鉤筆與左鉤筆，右鉤筆為鉤筆向右上方挑起彎曲；左鉤筆為鉤筆向左上方挑起彎曲。鄭禮勳針對楷書的左鉤筆云：

> 左鉤是指豎筆直行後，向左側運筆準備收筆的筆勢。先將筆畫整個拉直，然後頓筆，向左上收筆。由原本的向左出鋒，變為左按後向上提筆。〔註 11〕

說明收筆前將筆畫拉直，停頓後再向左上出鋒。簡 8.920「女」字作，筆畫，歸類為右鉤筆。收筆前將筆畫拉直，末端向右上方挑起彎曲，且有回鋒，角度小於 90 度。而簡 8.1140 作婥，「女」旁筆畫，歸類為圓筆；簡 8.1140 作「女」字作，筆畫，歸類為方筆；簡 8.19 作，筆畫，歸類為弧

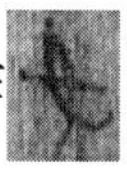

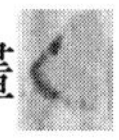

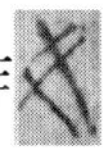

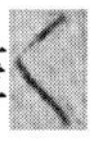

〔註 11〕鄭禮勳：《楚帛書文字研究》（嘉義：國立中正大學，中國文學系碩士論文，2007 年），頁 133。

筆。皆於筆畫中段的轉彎、轉折、弧形處，與兩撇畫相接；鉤筆與圓筆、方筆、弧筆的差異，是位於末端的贅餘筆畫，非前端或中段，可有可無，故不會與其他筆畫相接，且彎曲角度小於 90 度。

關於豎鉤回鋒與露鋒的差異，李晶云：

> 回鋒收筆的豎鉤線條略微呈現出從頭、胸部至肚、尾部漸粗的形狀，線條整體粗細均勻度一致，未見明顯的粗細差別；露鋒收筆的豎鉤線條呈現出從頭、胸、肚部至尾部漸細的形狀，而肚部線條又較頭、胸部略粗。〔註 12〕

去掉豎畫的說明，鉤筆的回鋒呈現從頭至尾部漸粗形狀，且整體線條粗細均勻，無太大差別；露鋒呈現從頭至尾部漸細的形狀，肚部線條又較頭、胸部微粗。

鉤筆筆勢的字例，依筆畫由少至多排序，小篆留空則表示《說文》一書未收錄此字，歸納分析如下表：

一、右鉤筆

右鉤筆為鉤筆向右上方挑起彎曲。

表 3-2-1：右鉤筆字例表

楷書	小篆	無鉤筆	鉤筆	說　明
之		5.1	8.172	簡 8.172 筆畫 末端向右上方挑起彎曲，且有明顯露鋒，角度小於 90 度，故歸類為右鉤筆。
女		8.1070	8.920	簡 8.920 筆畫 末端向右上方挑起彎曲，且有回鋒，角度小於 90 度，故歸類為右鉤筆。
它		5.11	8.144	簡 8.144 筆畫 末端向右上方挑起彎曲，且有回鋒，角度小於 90 度，故歸類為右鉤筆。

〔註 12〕李晶：《睡虎地秦簡字體風格研究》（河北：河北師範大學碩士論文，2010 年），頁 21。

衣		 6.7	 8.139-	簡 8.139-筆畫  末端向右上方挑起彎曲，且有明顯露鋒，角度小於 90 度，故歸類為右鉤筆。
妃		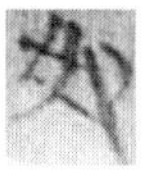 8.821	 8.762	簡 8.762 筆畫 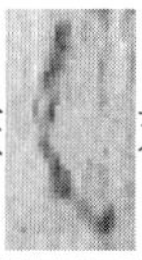 末端向右上方挑起彎曲，且有明顯露鋒，角度小於 90 度，故歸類為右鉤筆。
此		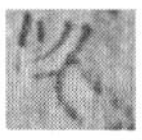 8.777	 8.8	簡 8.8 筆畫 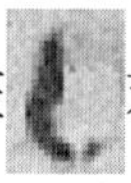 末端向右上方挑起彎曲，且有明顯露鋒，角度小於 90 度，故歸類為右鉤筆。
色		 8.155	 8.2294	簡 8.2294 筆畫 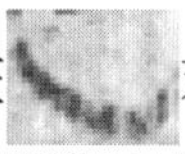 末端向右上方挑起彎曲，且有明顯露鋒，角度小於 90 度，故歸類為右鉤筆。
完		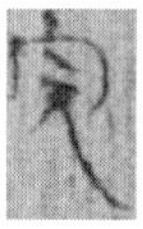 8.1363	 8.291	簡 8.291 筆畫 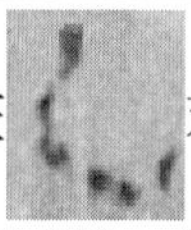 末端向右上方挑起彎曲，且有回鋒，角度小於 90 度，故歸類為右鉤筆。
要	 古文	 8.1584	 8.2160	簡 8.2160 筆畫 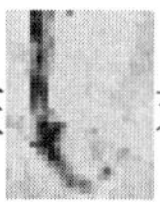 末端向右上方挑起彎曲，且有明顯露鋒，角度小於 90 度，故歸類為右鉤筆。
羕		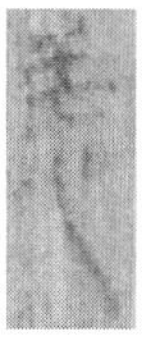 8.823	8.2088	簡 8.2088 筆畫  末端向右上方挑起彎曲，且有回鋒，角度小於 90 度，故歸類為右鉤筆。
展		 8.1563	 8.869	簡 8.869 筆畫 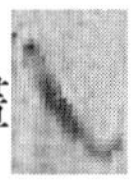 末端向右上方挑起彎曲，且有回鋒，角度小於 90 度，故歸類為右鉤筆。
鄉	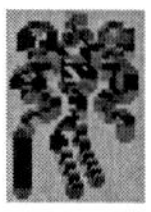	 8.6	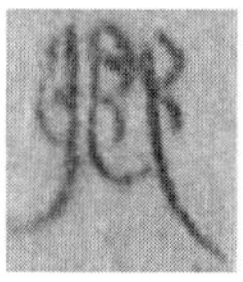 8.870	簡 8.870 筆畫 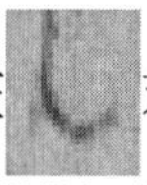 末端向右上方挑起彎曲，且有明顯露鋒，角度小於 90 度，故歸類為右鉤筆。

盡	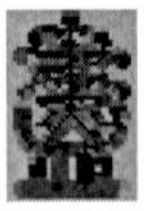	 8.757	 8.110	簡 8.110 筆畫  末端向右上方挑起彎曲，且有明顯露鋒，角度小於 90 度，故歸類為右鉤筆。
歇		 8.1764	 8.1298	簡 8.1298 筆畫 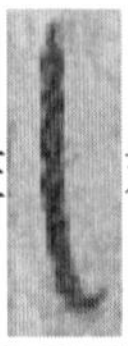 末端向右上方挑起彎曲，且有明顯露鋒，角度小於 90 度，故歸類為右鉤筆。
數		8.154	 8.1067	簡 8.1067 筆畫 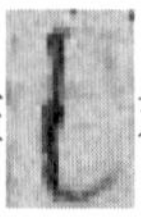 末端向右上方挑起彎曲，且有明顯露鋒，角度小於 90 度，故歸類為右鉤筆。
歸		 8.777	 8.135	簡 8.135 筆畫 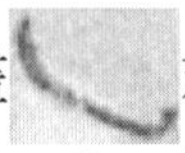 末端向右上方挑起彎曲，且有回鋒，角度小於 90 度，故歸類為右鉤筆。

右鉤筆以部件「女」的鉤筆佔多數，包含「女」、「妃」、「要」、「數」四字例。但是睡虎地秦簡的部件「女」，如「女」字作  （睡・封 86）、「要」字作  （睡・封 86），筆畫分別為 、  ，皆沒有向右上方挑起彎曲，里耶秦簡卻有，顯見兩件秦簡右鉤筆的差異。

李晶《睡虎地秦簡字体風格研究》文中右鉤筆擇取睡虎地秦簡字例，如「辰」、「雖」、「它」、「長」、「即」等字，本文沒有擇取這些字例，是因為里耶秦簡並非每個字例同時有鉤筆、無鉤筆兩者可供對照，缺少其中一項本文即不收入。簡 8.63 即字作 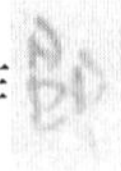 ，筆畫 朝右上方方向，因為筆畫較長，難以判斷行筆至轉折處後馬上收筆，容易與方筆混淆，故方筆與鉤筆筆勢皆未擇取「即」字。

二、左鉤筆

左鉤筆為鉤筆向左上方挑起彎曲。

表 3-2-2：左鉤筆字例表

楷書	小篆	無鉤筆	鉤筆	說　明
手		 8.76	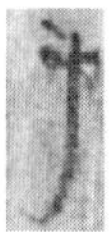 8.1554	簡 8.1554 筆畫 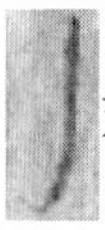 末端向左上方挑起彎曲，且有明顯露鋒，角度小於 90 度，故歸類為左鉤筆。
分		 8.426	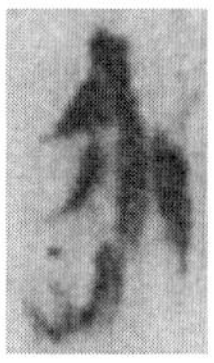 8.498	簡 8.498 筆畫  末端向左上方挑起彎曲，且有明顯露鋒，角度小於 90 度，故歸類為左鉤筆。
半		 8.275	 6.12	簡 6.12 筆畫  末端向左上方挑起彎曲，且有明顯露鋒，角度小於 90 度，故歸類為左鉤筆。
甲		 8.133	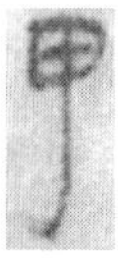 8.702	簡 8.702 筆畫 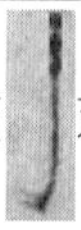 末端向左上方挑起彎曲，且有明顯露鋒，角度小於 90 度，故歸類為左鉤筆。
守		 8.56	 8.58	簡 8.58 筆畫  末端向左上方挑起彎曲，還往回鉤，幾乎成一圓。且有明顯露鋒，角度小於 90 度，故歸類為左鉤筆。
死		 8.454	 5.4-	簡 5.4-筆畫 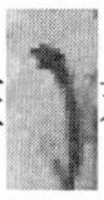 末端向左上方挑起彎曲，且有明顯露鋒，角度小於 90 度，故歸類為左鉤筆。
別		 8.197-	 8.1047	簡 8.1047 筆畫  末端向左上方挑起彎曲，且有明顯露鋒，角度小於 90 度，故歸類為左鉤筆。
何		 8.310	 8.43	簡 8.43 筆畫 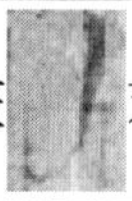 末端向左上方挑起彎曲，且有明顯露鋒，角度小於 90 度，故歸類為左鉤筆。

季		 8.1694	 8.659	簡 8.659 筆畫末端向左上方挑起彎曲，且有明顯露鋒，角度小於 90 度，故歸類為左鉤筆。 
東		5.22	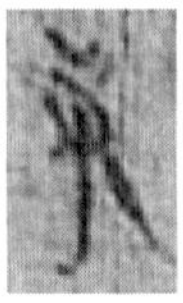 8.1741	簡 8.1741 筆畫末端向上左挑起彎曲，有回鋒，角度小於 90 度，故歸類為左鉤筆。 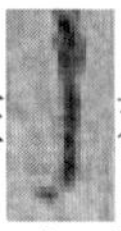
桼		 8.1900	 8.529	簡 8.529 筆畫末端向左上方挑起彎曲，且有明顯露鋒，角度小於 90 度，故歸類為左鉤筆。 
尉		 8.699-	 8.565	簡 8.565 筆畫末端向上左挑起彎曲，且有明顯露鋒，角度小於 90 度，故歸類為左鉤筆。 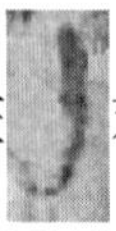
等		 8.755	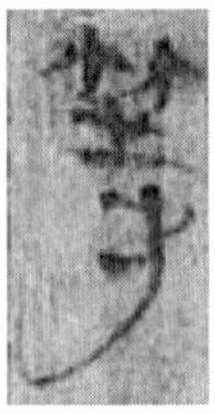 8.1107	簡 8.1107 筆畫末端向左上方挑起彎曲，且有明顯露鋒，角度小於 90 度，故歸類為左鉤筆。 
據		 8.86-	 8.356	簡 8.356 筆畫末端向左上方挑起彎曲，且有明顯露鋒，角度小於 90 度，故歸類為左鉤筆。 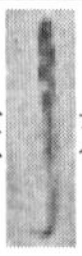
末		 8.34	 8.1377	簡 8.1377 筆畫末端向左上方挑起彎曲，且有明顯露鋒，角度小於 90 度，故歸類為左鉤筆。 

表格整理歸類的右鉤筆有 16 例，左鉤筆有 15 例，數量差不多，但右鉤筆多一些。原因其一或與個人的書寫習慣有關，因為以右手書寫的人佔多數，行筆由左至右書寫，收筆則順勢向右，形成右鉤筆；其二為漢字的特性，右筆畫書寫順勢向左鉤，左筆畫則向右鉤，形成似方塊的協調字體；其三可能是將簡拿斜

書寫，向右傾斜時筆畫自然向左鉤，反之則向右鉤。以及其他各種可能存在，不一一列舉。

左鉤筆以部件「手」佔多數，如：「手」、「守」、「尉」、「等」、「據」等字，包含部件寸的字例。《說文解字》云：「寸，十分也。人手卻一寸動，謂之寸口。从又，从一。」「寸」字作，即「手」字加上一筆，而左鉤筆表現在部件「手」的末端，所以本文將有部件「手」、「寸」的字例一同計算。李晶文中提及右向鉤，卻無左向鉤，右向鉤的筆勢云：

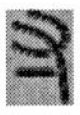

> 中鋒向下行筆，至適當處轉折調整筆鋒向右上方運筆，收筆或回鋒或露鋒。〔註13〕

說明行筆由上而下，至轉折處調整筆鋒，朝右上方收筆而出。如「辰」字作（睡・日乙113）、「雖」字作（睡・效21），鉤筆分別為、，皆朝右上方挑起彎曲，且角度小於90度，與本文右鉤筆定義吻合。檢視李氏沒有列左向鉤原因，睡虎地秦簡的左向鉤通常不是向上挑起收筆，而是向左或向下，與右向鉤的收筆方向不同，所以僅有右鉤無左鉤。

表格說明區分回鋒與露鋒，兩者差別與收筆的筆畫粗細有關聯。里耶秦簡的鉤筆多數為露鋒，少部份為回鋒，如「女」、「它」、「完」、「東」、「恙」、「展」、「歸」七字例，筆態即屬於回鋒的少數。可見鉤筆呈現多種樣貌，非能一語概括。

第三節　拉長筆畫

拉長筆畫指將文字的某些筆畫刻意拉長，使文字線條呈現更為窄身的長形方塊，拉長的長度甚至可能是原文字的一倍以上。秦簡文字拉長筆畫的運用相當普遍，舉凡睡虎地秦簡、青川木牘、龍岡秦簡、關沮秦簡牘、天水放馬灘秦簡、嶽麓秦簡皆是如此，拉長筆畫的文字分散於簡文中。里耶秦簡也不例外，文中拉長筆畫的字相當多，與一般無刻意拉長筆畫的字並存於簡文中，故可以明顯觀察到拉長筆畫文字的長度分別，以及文字的數量、分布。關於拉長筆畫的筆勢，蔣勳《漢字書法之美：舞動行草》〔註14〕一書云：

〔註13〕李晶：《睡虎地秦簡字體風格研究》（河北：河北師範大學碩士論文，2010年），頁22。

〔註14〕蔣勳：《漢字書法之美：舞動行草》（臺北：遠流出版事業股份有限公司，2009年

> 在漢隸刻石中「石門頌」特別筆勢恢宏開張，線條的緊勁連綿，波動跌宕，都與「乙瑛」、「曹全」大不相同。甚至在「石門頌」中有許多字不按規矩，可以誇張地拉長筆畫，特意鋪張線條的氣勢。

說明漢代以隸書刻於石上的〈石門頌〉〔註 15〕一文，並沒有按照一般規矩書寫，多數文字誇張、刻意拉長筆畫，而顯得氣勢鋪張、宏大，然細數文中之字，僅「命」、「升」、「誦」等字筆畫特別拉長，並不算多數。其「命」字作，最後一筆豎畫刻意拉長線條；「升」字作，橫畫與最後一筆豎畫皆刻意拉長筆畫，而第二筆橫畫還加上波浪的曲線；「誦」字作，同樣在最後一筆刻意拉長線條。這三字因為不按漢代隸書一般的方塊文字書寫，而刻意將筆畫拉長，約佔了兩字以上的字距，其中「命」字甚至長達三字的字距，可謂隸書書寫風格中的特別例外。又由〈石門頌〉中文字的詞性與上下文義判斷，拉長筆畫的字於〈石門頌〉中通常作動詞用，如「命」、「升」、「誦」等字，且字義與君王發布的命令有關，有彰顯、尊崇在上位者的意涵，因此顯現全文筆勢風格的宏大開廣，與線條鋪展雄張。

既知漢代有拉長筆畫的筆勢，推測漢代以前可能也有此一情形，故以〈石門頌〉中的「命」字為例往上推考，查甲文作（鐵 12.4）、金文作（命簋—西周早期），兩例皆看不出筆畫拉長的情形；「命」字金文又作（秦公鎛—春秋中期）、（秦王鐘—春秋晚期），以及小篆作（說文），三例最後一筆皆顯現拉長的筆勢。此外「死」字甲文作（甲 1165）、金文作（頌壺—西周晚期），尚看不出筆畫拉長的現象；「死」字金文又作（黝鎛—春秋中期）、（中山王譽方壺—戰國晚期）、小篆作（說文），三例皆顯現更為拉長的筆畫。可見甲文與商周時期金文，尚未有筆畫拉長的筆勢運用，至春秋中期以後此筆勢才逐漸萌芽，秦簡文字也因襲此一筆勢變化，同樣展現拉長筆畫的風貌。

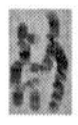

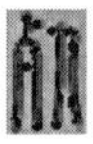

---

9 月），頁 83。

〔註 15〕王升：〈石門頌〉，《舊拓石門頌》（臺南：大眾書局，1984 年），頁 84。

圖三：石門頌

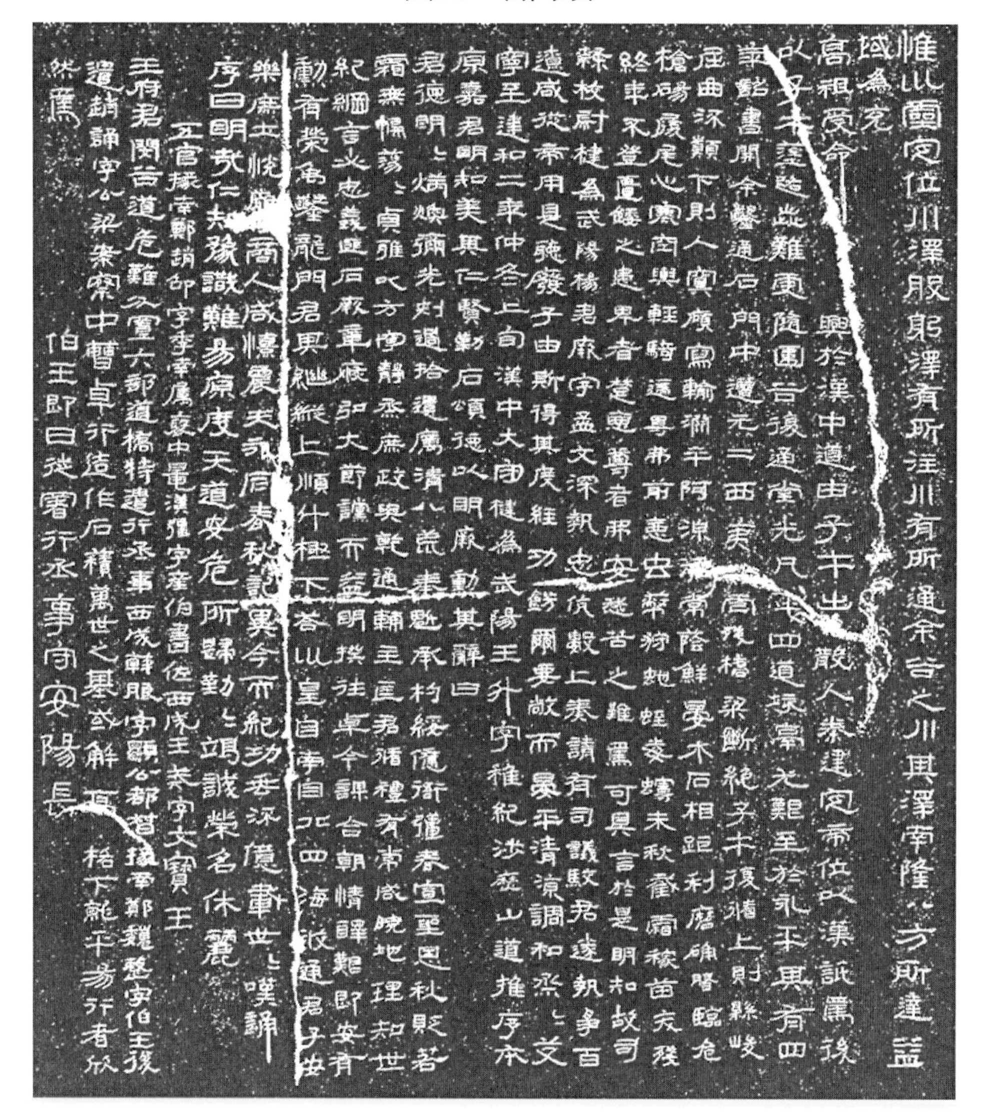

本節以表格整理里耶秦簡文字，發現文字拉長筆勢的方向，有向左、向右或往下延伸三類差異。依照延伸線條的不同，又可以分為曲筆、弧筆、直筆三種，曲筆指延伸的轉折線條有兩個以上，相較於原始未延伸線條的字，彎曲角度是相當的大；弧筆指帶有圓弧的延伸筆畫，並非完全筆直的線條，也無大角度的轉折曲線；直筆指線條平直，毫無彎曲弧線。

第一節圓筆項簡 8.893「牢」字作，筆畫，呈圓潤之形；本節曲筆簡 8.715-「丑」字作，筆畫，上半部呈圓潤之形，下半部則呈弧形，且「丑」字的線條約佔全字的 2/3 的長度。故第一、三節的圓筆與曲筆差異在於，曲筆轉折二次，且拉長的筆畫佔全字 1/2 以上長度。第一節弧筆項簡 8.157-「正」字作，筆畫；本節簡 8.1221「凡」字作，筆畫，與皆無轉折呈弧形，但是「凡」字拉長的筆畫約佔全字 1/2 的長度，故第一、三節的弧筆差異在於線條的長短。第一節直筆項簡 8.154「上」字作，筆畫；本節簡 8.215-「車」字作，筆畫，皆呈直線形，但是「車」字的線條約佔全字的 1/2 的長度，故第一、三節的直筆差異同樣是線條的長短。第一節少數的弧筆字例，如簡 8.835「毛」字的筆畫、簡 8.1106「廷」字的筆畫，又可歸類於拉長筆畫，可見弧筆與拉長筆畫是可以共存於同一筆畫並不衝突。

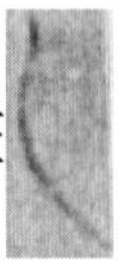

通常這種拉長筆畫於字中多僅一筆，線條會使文字呈現左右不平衡，與結構歪斜之感。此外，猶有不只一筆拉長筆畫，而是兩筆畫以上的字例，這種兩筆畫延伸的線條，會保持一定的均衡感，但仍拉長原文字的形狀成長方體，故本文仍將之納入拉長筆畫的範疇。為加強拉長筆畫的文字對比，下表依字例楷書筆畫由少至多排列，分列出無拉長筆畫及拉長筆畫兩者，並附上《說文》的小篆一同作比較說明。

一、曲　筆

曲筆指延伸的轉折線條有兩個以上。

表 3-3-1：曲筆拉長字例表

楷書	小篆	無拉長筆畫	拉長筆畫	說　明
已		 8.282	 8.1511-	簡 8.1511-拉長線條轉折二次，約佔全字 3/4 的長度。

丑		8.27	8.715-	簡 8.715-拉長線條轉折二次，約佔全字 2/3 的長度。
見		8.1593	8.1067	簡 8.1067 拉長線條轉折二次，約佔全字 1/2 的長度。
須		8.534	8.204-	簡 8.204-拉長線條轉折二次，約佔全字 1/2 的長度。

所舉的字例，拉長筆畫皆為最後一筆，並且轉折二次。「已」、「須」二字為先轉折完，再拉長筆畫，其他字則是同時進行轉折與拉長筆畫動作。

二、弧　筆

弧筆指帶有圓弧的延伸筆畫，並非完全筆直的線條，也無大角度的轉折曲線。

表 3-3-2：弧筆拉長字例表

楷書	小篆	無拉長筆畫	拉長筆畫	說　明
之		6.30	8.678	簡 8.678 末筆向右拉長線條，約佔全字的 2/3。
凡		8.1575	8.1221	簡 8.1221 末筆向右拉長線條，約佔全字的 1/2。
屯		8.140	8.445	簡 8.445 末筆向右拉長線條，約佔全字的 1/2。

央		 8.144	 8.1564	簡 8.1564 末筆向右拉長線條，約佔全字的 1/2。
毛		 8.1529	 8.835	簡 8.835 末筆向右拉長線條，約佔全字的 1/2。
石		 8.63	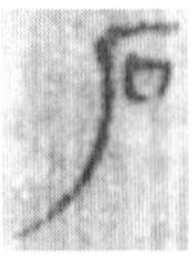 8.27	簡 8.27 第二筆向左拉長線條，約佔全字的 1/2。
戊		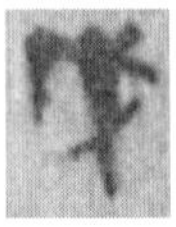 8.290	 8.558	簡 8.558 第三筆向右拉長線條，約佔全字的 1/2。
它		 8.2551	 8.122	簡 8.122 末筆向右拉長線條，約佔全字的 1/2。
付		 8.63	 6.5	簡 6.5 第四筆向左拉長線條，約佔全字的 1/2。
次		 8.50	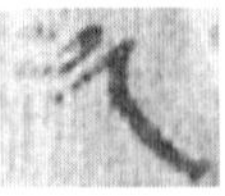 8.1514	簡 8.1514 末筆向右拉長線條，約佔全字的 1/2。
年		 8.109	 8.214	簡 8.214 第七筆即最後第二筆向右拉長線條，約佔全字的 1/2。
死		 8.132	 8.809	簡 8.809 末筆向右拉長線條，約佔全字的 1/2。

此		 8.8	 8.234	簡 8.234 末筆向右拉長線條，約佔全字的 2/3。
充		 8.242	 8.1624	簡 8.1624 末筆向右拉長線條，約佔全字的 1/2。
戍		 8.163	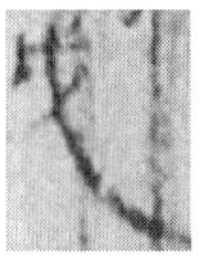 8.197	簡 8.197 第四筆，即最後第三筆向右拉長線條，約佔全字的 2/3。
邑		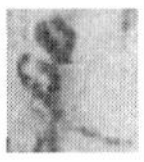 8.657-	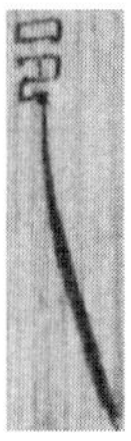 8.753	簡 8.753 末筆向右拉長線條，約佔全字的 4/5。
忍		 8.63-	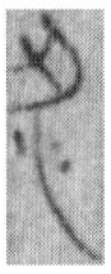 8.1732	簡 8.1732「心」旁第二筆拉長線條，約佔全字的 1/2。
如		 8.137	 8.1532	簡 8.1532 首筆向右拉長線條，約佔全字的 1/2。
守		 8.96	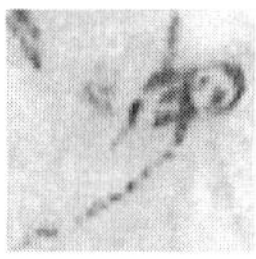 8.62	簡 8.62 最後第二筆向左拉長線條，約佔全字的 1/2。
印		 5.22	 8.735-	簡 8.735-末筆向右拉長線條，約佔全字的 2/3。
沅		 8.1722	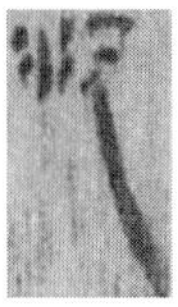 8.695	簡 8.695 末筆向右拉長線條，約佔全字的 2/3。

沈		8.1214	8.1554-	簡 8.1554-末筆向右拉長線條，約佔全字的 3/4。
廷		8.284	8.1106	簡 8.1106 末筆向右拉長線條，約佔全字的 1/2。
更		8.2161	8.1564	簡 8.1564 末筆向右拉長線條，約佔全字的 1/2。
辰		8.135	8.558	簡 8.558 第四筆向右拉長線條，約佔全字的 1/2。
李		8.206-	8.835	簡 8.835 最後第二筆拉長線條，約佔全字的 1/2。
邪		8.647	8.2129	簡 8.2129 末筆向右拉長線條，約佔全字的 1/2。
府		8.569	8.62	簡 8.62 最後第二筆向左拉長線條，約佔全字的 2/3。
封		8.133	8.78	簡 8.78 最後第二筆向左拉長線條，約佔全字的 1/2。
咎		8.918	8.1437-	簡 8.1437-末筆向左拉長線條，約佔全字的 1/2。

所		 8.454	 8.2192	簡 8.2192 最後第二筆向右拉長線條，約佔全字的 1/2。
往		 8.167	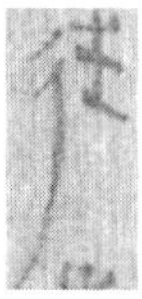 8.758	簡 8.758 第三筆向左拉長線條，約佔全字的 2/3。
武		 8.666-	 8.206	簡 8.206 最後第二筆向右拉長線條，約佔全字的 1/2。
急		 8.2227-	 8.753-	簡 8.753-「心」旁第二筆向右拉長線條，約佔全字的 1/2。
苐		 8.1514	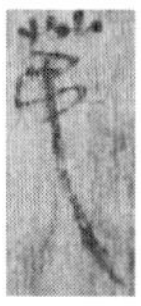 8.776	簡 8.776 末筆向右拉長線條，約佔全字的 1/2。
庭		 8.947	 8.188	簡 8.188「廴」旁第三筆向右拉長線條，約佔全字的 1/2。
時		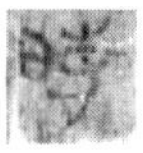 8.2411	 8.768	簡 8.768 最後第二筆向左拉長線條，約佔全字的 1/2。
鬼		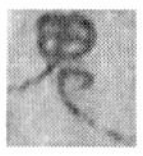 8.683	 8.805	簡 8.805 末筆向右拉長線條，約佔全字的 1/2。
都		 8.247	 8.38	簡 8.38 末筆向右拉長線條，約佔全字的 1/2。

從		 8.69	 8.131	簡 8.131 末筆向右拉長線條，約佔全字的 1/2。
部		 8.269	 8.573	簡 8.573 末筆向右拉長線條，約佔全字的 1/2。
第		 8.1363	 8.957	簡 8.957 末筆向右拉長線條，約佔全字的 1/2。
尉		 8.1835	 8.699-	簡 8.699-最後第二筆向左拉長線條，約佔全字的 1/2。
笥		 8.145	 8.906	簡 8.906「司」旁首筆向左拉長線條，約佔全字的 1/2。
惡		 8.534	 8.344	簡 8.344「心」旁第二筆向右拉長線條，約佔全字的 1/2。
蒼		 8.376	8.758	簡 8.758「倉」旁最後第四筆，即第七筆向左拉長線條，約佔全字的 1/2。
遣		 8.143	 8.144	簡 8.144 末筆向右拉長線條，約佔全字的 1/2。
德		 8.1066	 8.1569	簡 8.1569「心」旁第二筆向右拉長線條，約佔全字的 1/2。

歐		8.209	8.1584	簡 8.1584 末筆向右拉長線條，約佔全字的 1/2。
憒		6.4	8.135-	簡 8.135-「心」旁第二筆向右拉長線條，約佔全字的 1/2。

所舉字例大部分拉長筆畫在最後一筆，尚有不是最後一筆的，如「石」、「戊」、「付」、「年」、「戌」、「忍」、「如」、「守」、「辰」、「李」、「封」、「所」、「往」、「武」、「急」、「庭」、「時」、「尉」、「筍」、「惡」、「蒼」、「德」、「憒」等字例。簡 8.758「蒼」字作，拉長的筆畫位於中段非位於末尾，或許是因為中段的部件為豎撇畫，故能輕易往下拉長筆畫，而筆畫末尾的部件口為封閉字形，無法輕易拉長筆畫。

弧筆大部分向右延伸，猶有向左延伸的，如「石」、「守」、「府」、「封」、「咎」、「庭」、「時」、「筍」、「蒼」等字例，向左延伸筆畫皆非最後一筆。可見弧筆延伸的方向，與是否為最後一筆畫無關。从「心」旁的第三筆向右下延伸，具有書寫筆勢的一致性。

三、直　筆

直筆指線條平直，毫無彎曲弧線。

表 3-3-3：直筆拉長字例表

楷書	小篆	無拉長筆畫	拉長筆畫	說　明
斗		8.63	8.172-	簡 8.172- 末筆向左拉長線條，約佔全字的 1/2。
中		8.718	8.94	簡 8.94 末筆筆直向下拉長線條，約佔全字的 4/5。

手		8.212	8.37-	簡 8.137-末筆筆直向下拉長線條，約佔全字的 2/3。
及		8.85	8.13	簡 8.130 末筆向右拉長線條，約佔全字的 1/2。
甲		8.60	8.02	簡 8.702 末筆向下拉長線條，約佔全字的 2/3。
令		8.41	8.189	簡 8.1819 末筆筆直向下拉長線條，約佔全字的 1/2。
承		8.137-	8.70	簡 8.703 末筆筆直向下拉長線條，約佔全字的 1/2。
故		8.136	8.2001	簡 8.2001 末筆向右拉長線條，約佔全字的 1/2。
耐		8.144	8.756	簡 8.756 最後第二筆向左拉長線條，約佔全字的 1/2。
段		8.454	8.785	簡 8.785 末筆向右拉長線條，約佔全字的 1/2。
展		8.1563	8.1564	簡 8.1564 最後第三筆向右拉長線條，約佔全字的 1/2。

致		 8.155	 8.1564	簡 8.1564 末筆向右拉長線條，約佔全字的 2/3。
舒		 8.487	 8.1434-	簡 8.1434-最後第三筆向下拉長線條，約佔全字的 1/2。
郵		 6.19	 8.555	簡 8.555 末筆向下拉長線條，約佔全字的 1/2。
意		 8.1446-	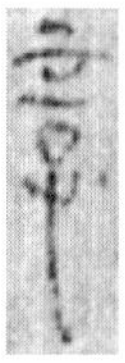 8.1525	簡 8.1525 末筆向下拉長線條，約佔全字的 1/2。
譊		 8.1584	 8.1301	簡 8.1301 末筆向右拉長線條，約佔全字的 1/2。

所舉字例大部分為左右較對稱的字，如「中」、「手」、「甲」、「承」、「意」等字例，拉長筆畫表現在中間豎畫，為追求字形的平衡感，筆畫不會隨意彎曲。且多為末筆直筆拉長，方向則不拘，或向左、向下、向右延伸均可見，但以向下筆直延長有 7 例較多。

里耶秦簡拉長的筆畫，長度多數約佔全字的 1/2，其中最長者為簡 8.753「邑」字作 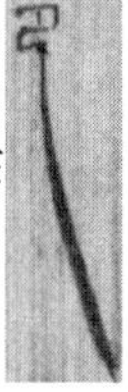　，與簡 8.94 中字作 　，皆約佔全字的 4/5，前者為弧筆的拉長，後者為直筆的拉長，可謂相當誇張。

四、兩筆畫

兩筆畫指不只一筆，而是兩筆的拉長線條。

表 3-3-4：兩筆畫拉長字例表

楷書	小篆	無拉長筆畫	拉長筆畫	說　明
丙		8.141	 8.715-	簡 8.175-左、右各有一筆拉長線條，左筆約佔全字的 2/3，右筆約佔全字的 3/4。右筆較左筆為長。
戹		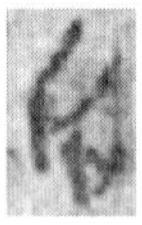 8.2513	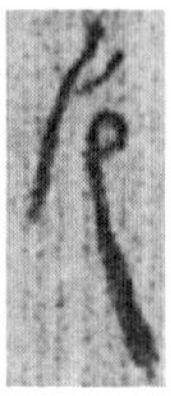 8.200	簡 8.200 第一筆向左及末筆向右拉長線條，約佔全字的 1/2。
而		 8.132	8.135	簡 8.135-末二筆拉長線條，約佔全字的 1/2。左筆畫呈弧形，故歸入弧筆，右筆畫呈平直之形，故歸入直筆，筆勢不一定相同。
佗		 8.201-	 8.1435	簡 8.1435 第二筆向左及末筆向右拉長線條，約佔全字的 1/2。
具		 6.25	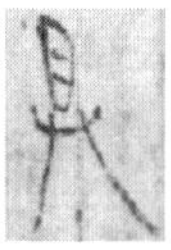 8.94	簡 8.94-末二筆拉長線條，左右兩筆約佔全字的 1/2。
與		 8.1057	 8.68-	簡 8.68-末二筆拉長線條，右筆約佔全字的 1/2。
發		 8.104	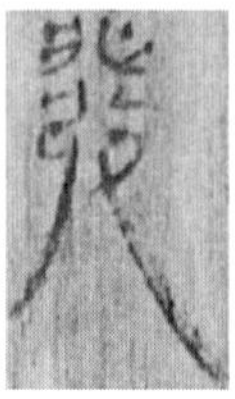 8.878	簡 8.878-最後第五筆及末筆拉長線條，左筆約佔全字的 1/2，右筆約佔全字的 2/3。右筆較左筆為長。

適		 8.50	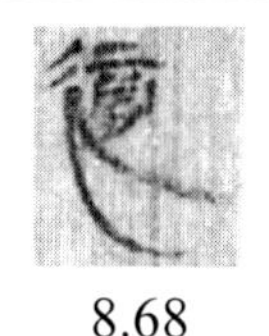 8.68	簡 8.68-末二筆拉長線條，上下兩筆約佔全字的 1/2。且因下筆弧度較大，故較上筆為長。

所舉字例左右較對稱，如「丙」、「而」、「具」、「與」四字例，拉長的兩筆畫卻不一定對稱。「丙」、「與」兩字右筆較左筆為長，與寫字的筆順由左至右書寫有關，因為右筆通常為最後一筆，故有足夠空間延伸。

兩筆畫拉長多數為弧筆，也有非弧筆的，如簡 8.68-「與」字作，筆畫呈平直之形，故歸入直筆。另外，左右或上下筆畫的長度不一定相同，如「丙」、「而」、「發」、「適」五字例，筆畫的弧度不同，長度也跟著變化。「與」字左筆畫因為沒有拉長，所以無額外說明。且兩筆的拉長線條，多呈左右相背之勢，僅「適」字兩筆均向右延伸為特例。而兩筆的拉長線條亦以末二筆來表現延伸拉長的筆勢。

統整本節表格可以觀察到里耶秦簡文字拉長筆畫的運用，多數在最後一筆，因為位於最邊緣地帶，留有足夠空間可以盡情揮灑，不必顧忌重疊到其他的筆畫，而隨性拉長了字體。較之小篆的字體，雖然小篆也拉長筆畫，但仍保留字體的方正均衡之感，此為兩者的最大不同。

拉長筆畫猶有橫、豎的分別，如叢文俊《中國書法史》云：

> 篆體的橫畫一般不會超出於字形的寬度，隸變突破這個規則，創造了向左右兩端大幅度延伸的長橫畫，為日後再改造而為「波勢」奠定了基礎。與此同時，也出現一些向左或向右斜出並略帶誇張意味的拖曳長畫，最初它們是由放縱率意的書寫造成的，而後來卻成為著意刻畫和變化的隸書體主要筆畫。〔註 16〕

說明隸書與篆書不同，在於創造向左右延伸的長橫畫，也出現向左、右斜出誇張的長畫，由原本放縱率意書寫，漸成為隸書主要書寫特色。里耶秦簡受限於文書工具，拉長筆畫主要顯現於豎畫，因為簡牘大多為長方形直立書寫，僅少數擺橫書寫；簡牘直立書寫，所以寬度有限，有豎畫、左斜畫、右斜畫拉長，橫畫就少見。

〔註 16〕叢文俊：《中國書法史》（南京：江蘇教育出版社，2002 年），頁 347。

從春秋中期的金文，拉長筆畫的使用開始萌芽，秦代的篆書也沿用，但為了追求文字書寫的簡便，至里耶秦簡文字拉長的筆畫又逐漸縮短。然而，漢代隸書發展至東漢達到興盛，於〈石門頌〉一文猶可見拉長筆畫的使用，但是僅零星的幾個字，且其字於文中具特別尊崇的意義，顯然這種拉長筆畫耗時費力的書寫筆勢，秦代以後就有逐漸為人們遺忘不使用的趨勢。

第四章　里耶秦簡的結體演變

上章介紹里耶秦簡文字的筆勢風格，表現書手書寫風格的不同，此與書寫工具、書寫者握筆方式、運筆動作的關係相當大。結體演變則與時代先後有因果關係，秦簡文字雖承襲前代的書寫方式而來，但是當追求更快的書寫速度成為人們的理念，文字結構形體的演變也轉化為一股無法抵擋的潮流趨勢。

里耶秦簡文字結體演變也承襲前代的書寫方式，最明顯的特徵就是簡化、變易、繁化三種。簡化又分為簡省筆畫、簡化形體，繁化又分為繁化筆畫、繁化形體。筆畫與形體的區分在於筆畫由形體中抽離出來，並不表示意思；形體則是具有表形、聲、義的功能，故又分為形符、聲符、義符。

本文按里耶秦簡文中，揀擇的字例數量由多至寡，安排本章三小節的順序，字例最多者排在第一節作介紹，依此類推。如此安排，是為與結體演變的趨勢作配合，文字的簡化為演變主要的理念故排第一節；變易跟隨簡化而來，與簡化息息相關故排第二節；繁化非順此趨勢而來，反而逆行返古，似有其他的意義、目的，故置於最後一節。

結體分類主要依據何琳儀《戰國文字通論（訂補）》一書的理論，擇取適合里耶秦簡的分類，並參酌其他人的理論。字例的簡化、繁化、變異則由筆者判斷，因為並非每個字例何琳儀皆有分析記載。字例根據不同筆畫與小篆分析比較的結果不同，於簡化、變易、繁化兩節有互見的情形，如字例「至」

（5.10）等。筆畫計算以連續不提筆間斷算一筆，若筆畫不連續但無明顯提筆跡象，仍算作一筆。

小篆時代較秦簡晚，但秦簡之時尚未有標準字的整理，而現今所見小篆則為《說文》所整理的標準字，故以其為判定簡化、繁化、變異的標準。雖然如此，並非表示秦簡是在小篆的基礎上增繁或簡化，而是古有所承，自甲骨、金文已有演化的跡象，雖然字例如此編排，但於表格中將一一分析說明。

本章以下表格中所引《說文》以大徐本為主，若引用到段注本，則另加注說明。

第一節　簡　化

何琳儀《戰國文字通論（訂補）》一書集合戰國各地域的文字做介紹，其中也包含秦國的文字。何氏將簡化分為單筆簡化、複筆簡化、濃縮形體、刪減偏旁、刪減形符、刪減音符、刪減同形、借用筆畫、借用偏旁、合文借用筆畫、合文借用偏旁、合文刪減偏旁、合文借用形體，共十三類。〔註1〕然而里耶秦簡中簡化的字例數量有限，無法照此一一分類，故先分成簡省筆畫、簡化形體二個小節，並以表格細分說明。

表格所收里耶秦簡字例主要與小篆比較，說明的部份再加入甲骨文、金文、戰國文字，故以《說文解字》有記載的字為收入表格的優先順序，其次則以字形、筆畫清晰者為揀擇標準，表格並按照楷書的筆畫由寡至多排序。然猶有符合上述條件，卻未收入表格者，原因有二，其一字例似缺少部分筆畫，經筆者判斷實為簡文殘損汙毀導致，如（8.63），下半部筆畫已殘失，故非屬於簡化；其二為《里耶秦簡（壹）》一書的釋文問題，如（8.197）釋為「給」字，然筆者依字形判斷認為其並非「給」字，或當釋為「結」字。涉及以上兩原因的字例，本文皆排除，暫略而不收入。此外，若討論的里耶秦簡字例可供比對的古文字形較少，則改以其字所从部件的古文字例一併參酌考校，如「秏」字即改參部件「毛」字。

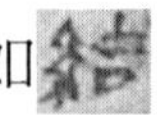

〔註1〕何琳儀《戰國文字通論（訂補）》（南京：江蘇教育出版社，2003年），頁202～212。

一、簡省筆畫

簡省筆畫意謂較正體字缺少部分筆畫。依筆畫的多寡、形態不同，本文將所選字例分為三類，分別為省略筆畫、收縮筆畫、平直筆畫。

（一）省略筆畫

與小篆相比，簡字省略某些筆畫。何林儀云：

> 單筆簡化，係指對原來不該有缺筆的字減少一筆，諸如橫筆、豎筆、斜筆、曲筆等。一般說來，這類『一筆之差』並不影響文字的總體結構，識讀也並不困難。

說明減少一筆畫，並不影響文字的識讀。又云：

> 複筆簡化是與單筆簡化相對而言。這類簡化形體與通常形體比較，要少兩筆或兩筆以上的筆畫。過多的省簡筆畫，自然會影響文字的表意功能。

說明減少兩筆或兩筆以上的筆畫，才會影響文字的表意功能，故可區分為「省略單筆」與「省略多筆」兩類。「省略單筆」本節對應何氏所言，改「斜筆」為「撇畫」，分為橫畫、豎畫、撇畫三者；再將「複筆簡化」更名為「省略多筆」，故一共可以細分為以下四類：

1. 省略橫畫：省略一橫畫的字例，歸於此類。
2. 省略豎畫：省略一豎畫的字例，歸於此類。
3. 省略撇畫：省略一撇畫的字例，歸於此類。
4. 省略多筆：省略二筆或二筆以上筆畫的字例，歸於此類。

表 4-1-1：省略筆畫字例表

楷書	甲文	金文	戰國文字	小篆	簡字	說　明
至	 乙 7795 合 6834 賓組	 大盂鼎 集成 2837 西周早期	 新甲 3．272	 	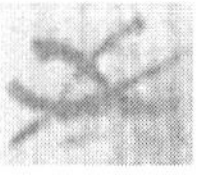 5.10	《說文》:「至，鳥飛从高下至地也。从一，一猶地也。象形。不，上去。而至，下來也。，古文至。」至字朱歧祥認為，从倒矢，从一。  

			 包 2 · 137 反  睡 · 日甲 129	古文		象箭矢由此地射往彼地之形。〔註 2〕甲文、金文、〈睡 · 日甲 129〉、小篆中間有象箭桿之形的豎畫；〈包 2 · 137 反〉、簡 5.10 簡省豎畫。
死	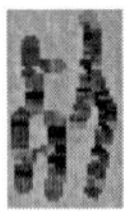 甲 1165	 𨑒甗 集成 948 西周中期	 𬶍鎛 集成 01 · 271 齊國  睡 · 日乙 183		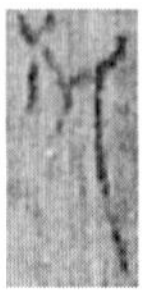 8.809	《說文》：「死，澌也，人所離也。从歺，从人。𣦵，古文死如此。」季旭昇認為「歺」象木杙裂開之形，引申有裂解、殘敗等意義。〔註 3〕〈睡 · 日乙 183〉「歺」形橫畫與「人」形相連，不算一筆畫；與甲文、金文、〈𬶍鎛〉、小篆相比，簡 8.809，省略「歺」形中間一橫畫。 
即	 甲 717 合 34058	 伊簋 集成 4287 西周晚期	  貨系 2476 三晉  望 2 · 13 睡 · 法 69		 8.63	《說文》：「即，即食也。从皀，卩聲。」羅振玉認為象人就食形。〔註 4〕簡 8.63「匕」形彎曲上部的橫畫，並簡省「白」形的最後一橫畫。

〔註 2〕朱歧祥：《甲骨學論叢》（臺北：學生書局，1992 年），頁 93。

〔註 3〕季旭昇：《說文新證》（福州：福建人民出版社，2010 年），頁 340。

〔註 4〕羅振玉：《殷虛書契考釋三種 · 增訂殷虛書契考釋 · 卷中》（北京：中華書局，2006 年），頁 493。

邑	 甲 2987 反	 𣪕簋蓋 集成 4243 西周中期  曶鼎 集成 2838 西周中期	  洹子孟姜壺 集成 15．9730 齊國  包 2．149 睡．日乙 93		 8.753	《說文》:「邑，國也。从口。先王之制，尊卑有大小，从卪。」羅振玉認為凡許書所謂「卪」字，考之卜辭及古金文皆作  ，象人跽形。邑為人所居，故从「口」从「人」。〔註 5〕「卪」形〈𣪕簋蓋〉、〈洹子孟姜壺〉人腳之形拉直；〈曶鼎〉、〈睡．日乙 93〉、簡 8.753 手之形向左移，與腳形連筆。與小篆相比，可看作省略豎畫。
物	 戩 6．6 合 23216  林 2．305 合 24532		 睡．效 34		 8.103	《說文》:「物，萬物也。牛為大物，天地之數，起於牽牛，故从牛，勿聲。」徐中舒認為  象耒形，  象耒端刺田起土。一舉耒起土為一墢，墢與  勿，古音同，且  形近，故  字後世亦隸定為勿。〔註 6〕〈睡．效 34〉、小篆「勿」形撇畫有四筆，簡 8.103 省略剩三筆。
勿		 伯晨鼎 西周中期偏晚 集成 2816				

〔註 5〕羅振玉：《殷虛書契考釋三種．增訂殷虛書契考釋．卷中》（北京：中華書局，2006 年），頁 7。

〔註 6〕徐中舒：《甲骨文字典．卷二》（成都：四川辭書出版社，1990 年），頁 83。

首	前6·7·1 合15105 賓組	頌壺 集成9731 西周晚期	新甲 3·203 望2·13 曾6 睡·秦156		8.1796	《說文》:「首，■同，古文■也。巛象髮，謂之鬊，鬊即巛也。」季旭昇認為「首」字甲文象頭形，頭髮或有或無，頭形或正或側。〔註7〕「巛」形豎畫多作三筆，〈新甲3·203〉、〈睡·秦156〉、簡8.1796省一筆。
城		居簋 總集04·2677 春秋	璽彙4041 三晉 上（2）·子·8 睡·秦122		5.17	《說文》:「城，以盛民也。从土，从成，成亦聲。，籀文城从■。」高鴻縉認為「成」字本意應為休兵言合也，故从。為「戌」字，即兵器斧之屬也，从「丨」，「丨」為休止動象，斧鉞休止，故有合好之意。〔註8〕「成」形左下部〈曾211〉與〈作冊大方鼎〉、〈睡·秦122〉、小篆相比多一橫畫，作；簡5.17則簡省豎畫。
成	陳20 合1245 賓組	作冊大方鼎 集成2758 西周早期	曾211			

〔註7〕季旭昇：《說文新證》（福州：福建人民出版社，2010年），頁725。
〔註8〕高鴻縉：《中國字例三篇》（臺北：三民書局，1976年），頁390。

秏					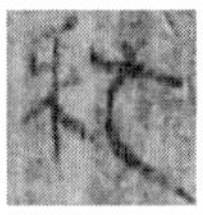 8.1033	《說文》:「秏，稻屬。从禾，毛聲。伊尹曰:『飯之美者，元山之禾，南海之秏。』」季旭昇認為「毛」字象人獸毛髮等形。〔註 9〕〈天策〉「毛」形為三橫畫；〈此簋〉、〈睡.日甲 5 背〉為兩橫畫；簡 8.1033 省二筆剩一橫畫。
毛		 此簋 集成 4303 西周晚期	 天策  睡·日甲 5 背			
娙					 8.1328	《說文》:「娙，長好也。从女，坙聲。」「娙」字馬敘倫引沈濤語:「史記外戚世家索隱引作長也好也，乃傳寫衍一也字。「娙」字從「坙」，故為體長之好。」認為長也者,「坙」之引申義。〔註 10〕「坙」形豎畫,〈克鐘〉、小篆為三筆；〈師克盨〉為四筆;〈郭·性·65〉、簡 8.1328 已省為二筆。
坙		 克鐘 集成 208 西周晚期  師克盨蓋 集成 4468 西周晚期	 郭·性·65			
責	 乙 1545 合 21892 子組	 秦公簋 集成 4315 春秋中期	 郭·太·9		 8.1034	《說文》:「責，求也。从貝，朿聲。」馬敘倫認為「責」即今之「債」字，今所謂債者，以財或物貰於人而求其利潤。〔註 11〕「朿」形中間豎畫，甲文、金文、小篆皆貫穿中間橫畫；

〔註 9〕季旭昇:《說文新證》(福州:福建人民出版社，2010 年)，頁 694。

〔註 10〕馬敘倫:《說文解字六書疏證·卷二十四》(臺北:鼎文書局，1975 年)，頁 3075。

〔註 11〕馬敘倫:《說文解字六書疏證·卷十二》(臺北:鼎文書局，1975 年)，1660。

			 包2·98  睡·雜5			〈郭·太·9〉、〈包2·98〉豎畫已縮短；簡8.1034豎畫則省略。
庸	 粹494 合30694 無名組	 訇簋 集成4321 西周晚期	 妾盗壺 銘文選 2·882 （三晉）  睡·封18	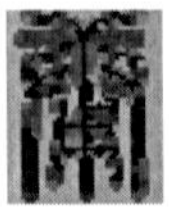	 8.1245	《說文》:「庸，用也。从用，从庚。庚，更事也。《易》曰:『先庚三日。』」裘錫圭認為甲骨文裡常見一個寫作   、 等形的字，《甲骨文編》把它隸定為「庿，所從的「冃」，在古文字裡可以讀為「同」，大概本是筒、桶一類東西的象形字。〔註12〕簡8.1245省略「用」形左豎畫。
須	 乙2601反	 周駱盨 集成4380 西周晚期	 包2·102  睡·日甲 44背		 8.534	《說文》:「須，面毛也。从頁，从彡。」季旭昇認為「須」字象頤下有毛之形。〔註13〕〈周駱盨〉、〈包2·102〉、小篆「頁」形中間為二橫畫；〈睡·日甲44背〉、簡8.534省略一橫畫。
報		 六年召伯虎簋 西周晚期 集成4293	 集成 11661 （三晉）		 8.197	《說文》:「報，當罪人也。从㚔，从𠬝。𠬝，服罪也。」何琳儀認為「㚔」形為刑具，報字會治服罪人之意。〔註14〕簡兩8.197省略「𦍌」形上頭點。「卩」形金文、   

〔註12〕裘錫圭：〈甲骨文中的幾種樂器名稱－釋庸豐鞀〉，《裘錫圭學術文集·卷一》（臺北：復旦大學出版社，2012年），頁36。

〔註13〕季旭昇：《說文新證》（福州：福建人民出版社，2010年），頁729。

〔註14〕何琳儀：《戰國古文字字典》（北京：中華書局，1998年），頁249。

			 睡·秦 184			小篆各作、之形，〈集成 11661〉作形。〈睡·秦 184〉、簡 8.197 中間豎畫漸往左移，成連筆，省略一豎畫。故簡 8.197「報」字共計省略三筆。  
畸 奇			 睡·為 11  包 2·75  睡·法 161		 8.118	《說文》:「畸，殘田也。从田，奇聲。」馬敘倫認為「畸」、「畻」二字疑出《字林》，殘田謂不方正者。〔註 15〕簡 8.118 省略「口」形右豎畫，並借用隔壁筆畫。符合何琳儀認為的簡化手段，如官字原作（璽文 14·4）借用筆畫作（璽文 14·4）〔註 16〕。  
敬		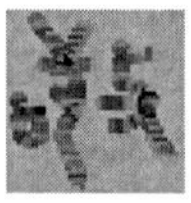 秦公鎛 集成 269 春秋早期	 吳王光殘鐘 吳越 280  郭·緇·28  睡·為 46		 8.2246	《說文》:「敬，肅也。从攴、茍。」〈郭·緇·28〉、〈睡·為 46〉、簡 8.2246 省略「敬」字的「口」形的右豎畫，與「畸」字同例。

〔註 15〕馬叙倫：《說文解字六書疏證·卷二十六》（臺北：鼎文書局，1975 年），頁 2425。
〔註 16〕何琳儀：《戰國文字通論（訂補）》（南京：江蘇教育出版社，2003 年），頁 210。

詣			  包 2 · 156 睡 · 日乙 107		 8.1626	《說文》：「詣，候至也。从言，旨聲。」羅振玉認為「旨」字小篆古文从「匕」从「口」，所謂嘗其旨否也。〔註 17〕〈殳季良父壺〉「日」形內部為一點；〈包 2 · 156〉、〈睡 · 日乙 107〉、〈睡 · 日乙 243〉、小篆為橫畫；簡 8.1626 簡省二橫畫，並改為一豎畫。
旨	乙 2266 合 940 賓組	殳季良父壺 集成 9713 西周晚期	郭 · 緇 · 10 · 日乙 243			
實		 散氏盤 集成 10176 西周晚期  㝬簋 集成 4317 西周晚期	 郭 · 忠 · 5  睡 · 效 58		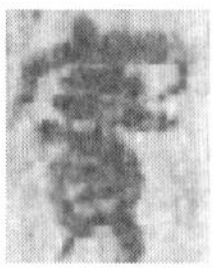 8.455	《說文》：「實，富也。从宀，从貫。貫，貨貝也。」高鴻縉認為本意為殷實，取家中有貝密藏會意，密藏之形。〔註 18〕〈郭 · 忠 · 5〉簡省「」形內部豎畫，並增一橫畫，共二橫畫；簡 8.455 簡省左部與中間豎畫，橫畫向右延伸，似「手」形。  

〔註 17〕羅振玉：《殷虛書契考釋三種 · 增訂殷虛書契考釋 · 卷中》（北京：中華書局，2006 年），頁 434。

〔註 18〕高鴻縉：《散盤集釋》（臺北：臺灣師範大學，1957 年），頁 60。

適			曾1正 睡·秦151		8.1223 8.1468	《說文》:「適，之也。从辵，啻聲。適，宋、魯語。」馬敘倫認為「適」字，謂近也、始也、悅也、往也。〔註19〕「亠」形左右豎畫，簡 8.1223 省二筆，簡 8.1468 省一筆。「帝」的「巾」形上部〈睡·秦151〉拉直為橫畫。
錦			睡·法162		8.1751	《說文》:「錦，襄邑織文。从帛，金聲。」馬敘倫認為織帛即錦也。〔註20〕簡 8.1751「白」形省略下部橫畫。
帛	前2·12·4 合36842 黃組	舍父鼎 集成2629 西周早期	信2·013			

綜上所述，省略筆畫的情形歸納如下：

1. 省略橫畫:「死」、「即」、「須」、「錦」。

省略的橫畫「死」、「即」位於左偏旁,「須」、「錦」位於右偏旁。

2. 省略豎畫:「至」、「邑」、「城」、「首」、「婭」、「責」、「庸」、「畸」、「敬」、「實」、「適」。

大部分位於字的上方，又其中「首」、「婭」二字例是省略重覆的豎畫。另外，何琳儀云:「文字的兩個部件由於部分筆畫位置靠近，往往可以共用這兩個部件的相同筆畫。」〔註21〕即筆畫靠近的兩部件，有共用筆畫的情形，其舉例「司」字作[illegible]、「官」字作[illegible]，與簡文「畸」、「敬」二字例共用筆畫的情形相同。

3. 省略撇畫:「物」。

〔註19〕馬叙倫:《說文解字六書疏證・卷四》(臺北：鼎文書局，1975年)，頁447。

〔註20〕馬叙倫:《說文解字六書疏證・卷十四》(臺北：鼎文書局，1975年)，頁2007。

〔註21〕何琳儀:《戰國文字通論(訂補)》(南京：江蘇教育出版社，2003年)，頁209。

省略重複的撇畫位於右偏旁。

4. 省略多筆：「即」、「秏」、「報」、「詣」、「適」。

此類沒有固定的形體簡化，主要是表現在省略不同偏旁的筆畫。

（二）收縮筆畫

收縮筆畫意謂文字原應貫穿筆畫沒有貫穿出去，何林儀云：「收縮筆畫，是延伸筆畫的反向運動，即對原有文字的橫筆、豎筆、曲筆予以收縮。」〔註 22〕說明原本該延伸的筆畫，反而縮短的情形。本節將里耶秦簡文字與正體字相比較，認為原本豎畫、撇畫該延伸，卻縮短的字例，歸於此類。

表 4-1-2：收縮筆畫字例表

楷書	甲文	金文	戰國文字	小篆	簡字	說　明
甲	甲 632 合 28581	兮甲盤 集成 10174 西周晚期	包 2・165 睡·秦 102		8.1518	《說文》:「甲，東方之孟，陽气萌動。从木戴孚甲之象。一曰人頭宜為甲，甲象人頭。[古文甲]，古文甲，始於十，見於千，成於木之象。」郭沫若認為「甲」亦魚身之物也。又「甲」之別義如草木之孚甲、戎器之甲冑，皆得由魚鱗引伸。〔註 23〕甲文、金文、戰國文字皆有「十」形；小篆豎畫縮短，仍與橫畫相接；簡 8.1518「甲」字之豎畫，卻未與橫畫相接。
吏	甲 40 合 16599	大盂鼎 集成 2837 西周早期	洹子孟姜壺 集成 15・9729（齊）		8.241	《說文》:「吏，治人者也。从一，从史，史亦聲。」王國維認為「吏」即「事」字，「事」古作「事」，即由「史」字中之直畫引長而成「事」形。〔註 24〕〈師旂鼎〉、簡 8.241「史」形中間豎畫縮短，且未貫穿。

〔註 22〕何琳儀：《戰國文字通論（訂補）》（南京：江蘇教育出版社，2003 年），頁 244。

〔註 23〕郭沫若：〈釋支干〉，《郭沫若全集．卷一》（北京：科學出版社，1982 年），頁 170。

〔註 24〕王國維講述、劉盼遂記：《觀堂授書記．說文練習筆記》（臺北：藝文印書館，1975 年），頁 114。

		 師旂鼎 集成 2809 西周早期或中期	 睡・效 21			
夷	 合 17027 賓組	 南宮柳鼎 集成 2805 西周晚期	 包 2・124  睡・日甲 67		 8.144-	《說文》:「夷，平也。从大，从弓。東方之人也。」何琳儀認為，金文疑从「矢」，从「己」，會人善製矢繳之意。〔註 25〕「矢」形多頭尾相連。簡 8.144-的豎畫縮短，中間斷開，首尾未連接。
單	 簠人 14 合 13539	 王盉 集成 9438 西周晚期	 坪安君鼎 集成 2793 （三晉）  郭・成・22		 8.439	《說文》:「單，大也。从吅、甲，吅亦聲。闕。」羅振玉認為卜辭中「獸」即「狩」之本字，征戰之戰从「單」，蓋與「獸」同意。〔註 26〕〈簠人 14〉、〈王盉〉「毌」形中間豎畫貫穿出來；〈郭・成・22〉、小篆的筆畫縮短；簡 8.439 筆畫縮更短。
書		 頌鼎 集成 2829 西周晚期	 侯馬一六：三	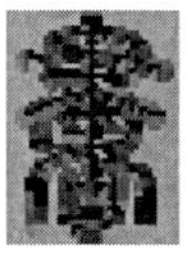	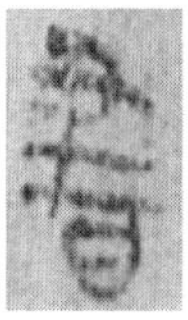 8.661	《說文》:「書，箸也。从聿，者聲。」「書」字作  [聿形字] 〈爯簋〉，徐同柏認為象手執筆形。〔註 27〕簡 8.661「聿」形中間豎畫縮短沒貫穿。金文、戰國文字、小篆皆有貫穿。

〔註 25〕何琳儀：《戰國古文字字典》（北京：中華書局，1998 年），頁 1239。

〔註 26〕羅振玉：《殷虛書契考釋三種・增訂殷虛書契考釋・卷中》（北京：中華書局，2006 年），頁 521。

〔註 27〕徐同柏：《從古堂款識學・卷十二》（臺北：藝文印書館，1965 年），頁 7。

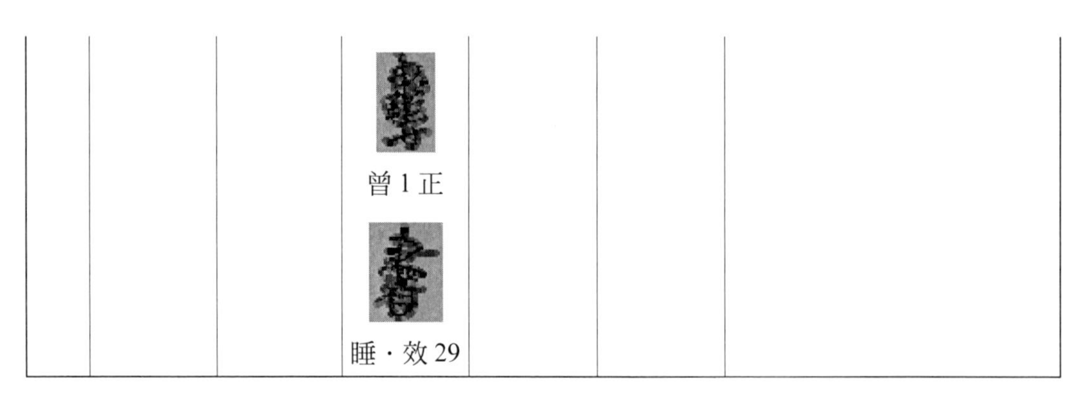

			曾 1 正 睡・效 29			

此類原本甲、金文的筆畫連接貫穿的地方，簡文字例的筆畫皆更為縮短而沒有貫穿，造成以形表意功能不佳，並且不易辨認究為何字。

（三）平直筆畫

何林儀云：「平直筆畫，是把文字本來彎曲的筆畫取直。」〔註 28〕意指將彎曲的線條拉直，里耶秦簡文字通常將二筆以內的彎曲線條，拉直為一筆。

表 4-1-3：平直筆畫字例表

楷書	甲文	金文	戰國文字	小篆	簡字	說明
告	甲 722 合 27320	班簋 西周早期 集成 4341	圖錄 3・521・2（齊） 九・56・43 睡・為 22		8.657	《說文》：「告，牛觸人，角箸橫木，所以告人也。从口，从牛。《易》曰：『僮牛之告。』凡告之屬皆从告。」王國維認為龜板文有（釋為牛字），正象角著橫木形。〔註 29〕「牛」上部牛角之形，多為左右兩撇連接於中間豎畫上；〈圖錄 3・521・2〉、小篆為一曲筆；簡 8.657 則拉直為橫畫。

〔註 28〕何琳儀：《戰國文字通論（訂補）》（南京：江蘇教育出版社，2003 年），頁 244。

〔註 29〕王國維講述、劉盼遂記：《觀堂授書記・說文練習筆記》（臺北：藝文印書館，1975 年），頁 122。

作	鐵 81・3 合 6923 賓組	頌鼎 西周晚期 集成 2829	天策 睡・秦 50		8.145	《說文》:「作，起也。从人，从乍。」曾憲通認為耒乃發土的農具，耜刺入土，土塊便隨前面之庛而起，故土塊呈「」作屈起之形，是符合以耒耜起土的實際情況的。〔註 30〕〈鐵 81・3〉「乍」形上部筆畫作、〈睡・秦 50〉作，皆為一筆，簡 8.145 拉直為橫畫。
辛	甲 907 合 28915 無名組	□簋 西周早期 集成 4088 伯寬父盨 西周晚期 集成 4439	新乙 1・21、23 睡・日甲 99 背		8.44	《說文》:「辛，秋時萬物成而孰。金剛味辛，辛痛即泣出。从一，从辛。辛，辠也。辛承庚，象人股。」〔註 31〕葉玉森認為卜辭「辛」字，末銳如鏃，上可受椎，似象一工用之器。〔註 32〕〈睡・日甲 99 背〉、簡 8.44「辛」形彎曲線條皆拉直為橫畫。
骨	粹 1306 合 3236 賓組	冎父囗斝 商代晚期 集成 9221	包 2・152 睡・法 75		8.1146	《說文》:「骨，肉之覈也。从冎，有肉。」〔註 33〕林義光認為者骨形，象肉附於。〔註 34〕〈包 2・152〉、〈睡・法 75〉、小篆「冎」形筆畫各作、、，簡 8.1146 拉直為橫畫。甲文、金文从「冎」，沒有「肉」形，「肉」形為後加的。

〔註 30〕曾憲通：〈「作」字探源——兼談耒字的流變〉，《古文字研究》第十九輯（北京：中華書局，1992 年），頁 411。

〔註 31〕此處《說文》使用段注本，因認為所言「从辛」較大徐本「從辛」合適。

〔註 32〕葉玉森：《殷墟書契前編集釋》（臺北：藝文印書館，1975 年），頁 122。

〔註 33〕此處《說文》使用段注本，因認為所言「有肉」較大徐本「有內」合適。

〔註 34〕林義光：《文源・卷二》（上海：中西書局，2012 年），頁 122。

朝	 庫 1025 合 23148 出組  後 2·3·8 合 33130 歷組	 大盂鼎 西周早期 集成 2837	 帛甲 8·6  睡·日甲 159		 8.210	《說文》:「朝，旦也。从倝，舟聲。」羅振玉認為甲文〈後 2·3·8〉「朝」字，日已出茻中，而月猶未沒，是朝也。古金文省从𠦝，後世篆文从倝舟聲。形失而義晦矣。〔註 35〕簡 8.210「𠦝」的上下「十」形拉直為橫畫。〈睡·日甲 159〉、小篆下部的「十」形也已拉直。  
牒					 8.551	《說文》:「牒，札也。从片，枼聲。」郭沫若認為甲文當是枼、葉之初文也，象木之枝頭著葉。〔註 36〕「木」形下部小篆為曲筆，簡 8.551 拉直為橫畫。
枼	 明藏 280	 𦅫鎛 集成 271 春秋中期	 睡·日乙 180			
等			 包 2·132 反  睡·效 60		 8.442	《說文》:「等，齊簡也。从竹，从寺。寺，官曹之等平也。」何琳儀認為「等」字會法度簡冊之意。〔註 37〕簡 8.442「竹」形上部拉直為橫畫，易與「艹」形混淆。〈睡·效 60〉「竹」形已有拉直的傾向，但尚未呈平直筆畫。

〔註 35〕羅振玉：《殷虛書契考釋三種·增訂殷虛書契考釋·卷中》（北京：中華書局，2006 年），頁 395。

〔註 36〕郭沫若：〈天象〉，《郭沫若全集》考古編第二卷（北京：科學出版社，2002 年），頁 394。

〔註 37〕何琳儀：《戰國古文字字典》（北京：中華書局，1998 年），頁 46。

竹	 乙4525反	 亞窶𣄰竹罍 商代晚期 集成9793				
誤			 睡・效60		 8.557	《說文》:「誤，謬也。从言，吳聲。」何琳儀認為「吳」字从夨，从口，會大言之意。戰國文字承襲金文，夨或演化為大形，口或下移至大形右臂中間。〔註38〕簡8.557「大」形上部拉直為橫畫;〈睡・效60〉也已拉直。
吳		 師酉簋 西周中期 集成4288	 新甲3・203			
廢					 8.178	《說文》:「廢，屋頓也。从广，發聲。」戴家祥認為「發」字金文象手腳並用撥弓發箭之形。〔註39〕「弓」形本為彎曲之形，〈包2・150反〉筆畫斷開。簡8.178「弓」形下部拉直為豎畫。
發	 金351 合41429	 姑發𦎫反劍 春秋晚期 集成11718	 包2・150反  睡・雜2			
襲		 𢽍方鼎 西周中期 集成2824	 睡・法105		 8.1560	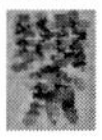 《說文》:「襲，左衽袍。从衣，𥫖省聲。（籀文字形），籀文襲不省。」季旭昇認為「龍」字象頭上有冠，巨口長身之動物。〔註40〕「龍」形多為彎曲轉折之

〔註38〕何琳儀:《戰國古文字字典》(北京:中華書局，1998年)，頁46。
〔註39〕戴家祥:《金文大字典》上冊(上海:學林出版社，1999年)，頁1179。
〔註40〕季旭昇:《說文新證》(福州:福建人民出版社，2010年)，頁340。

				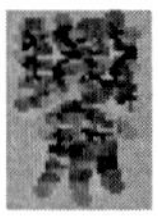 籀文		形。〈睡．法 105〉、簡 8.1560 拉直筆畫。
龍	 鐵 105．3 合 6633	 作龍母尊 西周早期 集成 5809	 九．56．108			

此類雖然僅將一或二曲筆拉直為一筆，但仍然造成辨認的困難。如字例「廢」的「弓」形，甲文作 （前 5.7.2），金文作 （前 5.7.2），象弓張開之形，但簡文將筆畫拉直，則不象弓形，原本象形的意義消失。又字例「等」，簡文將上頭筆畫拉直作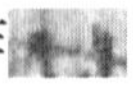，則容易誤解為「荨」字。

由歸納得知，簡省筆畫的類別，以省略筆畫佔最大比例，收縮筆畫佔最小的比例。可見省略筆畫為簡化筆畫普遍使用的方式。

二、簡化形體

簡化形體係指較正體字缺少部分形體。依形體的省略、簡化程度不同，本文將所選字例分為分為省略形體、濃縮形體二類。

（一）省略形體

意謂省略文字的某一部件，何琳儀云：

> 一般說來，偏旁在文字中都具有某種表意功能，輕易不得省簡。然而在戰國文字中，不但筆畫可以刪簡，而且偏旁也可以刪簡。「刪簡偏旁」所刪簡者，或是形符，或是形符的偏旁，或是組成音符的偏旁。〔註 41〕

說明省略的形體包含形符、形符偏旁、音符的偏旁。本節依何氏分類，而將「偏旁」統整為「部件」一詞，「音符」為「聲符」一詞，並加入「省略聲符」此項目，且對照《說文》對文字的解說，將里耶秦簡分為以下四類：

1. 省略形符

意指《說文》一書說明「从某」的偏旁即為形符，而簡文省略的為形符，

〔註 41〕何琳儀：《戰國古文字字典》（北京：中華書局，1998 年），頁 205。

則歸於此類。

2. 省略聲符

意指《說文》一書說明「某聲」的偏旁即為聲符，而簡文省略的為聲符，則歸於此類。

3. 省略形符的部件

意指《說文》一書說明「从某」的偏旁即為形符，而簡文省略的為形符某一部件的字例，則歸於此類。

4. 省略聲符的部件

意指《說文》一書說明「某聲」的偏旁即為聲符，而簡文省略的為聲符某一部件的字例，則歸於此類。

表 4-1-4：省略形體字例表

楷書	甲文	金文	戰國文字	小篆	簡字	說　明
事	乙 2766 合 5489	頌壺 集成 9731 西周晚期	陳璋方壺 銘文選 2．865 （齊） 上（2）．魯．2 睡．語 11		8.163	「事」字象手拿物品。《說文》:「事，職也。从史，之省聲。，古文事。」羅振玉認為卜辭「事」字从又持簡書，執事之象也。與史同字同義。〔註 42〕與小篆相比，簡 8.163 省略形符「史」的部件「口」。
旁	林 1．17．15 合 8623	周免旁父丁尊 西周中期 集成 5922	集成 2746 梁十九年亡智鼎 （三晉）		8.174	《說文》:「旁，溥也。从二，闕，方聲。，古文；，亦古文；，籀文。」季旭昇認為，秦文字「凡」形訛為「用」形，小篆便是由這一

〔註 42〕羅振玉：《殷虛書契考釋三種．增訂殷虛書契考釋．卷中》（北京：中華書局，2006 年），頁 532。

			  者減鐘五 吳越 004  帛甲 5 · 19 睡 · 日乙 147			寫法訛變而來。〔註 43〕與小篆相比，簡 8.174 似省略聲符「方」，其實是訛變為「用」形的情況，非省略聲符。
從	 京津 1372 合 5716 賓組	 倗生簋 集成 4264 西周中期	  臧孫鐘四 吳越 252  庚壺 集成 15 · 9733 （齊）  帛乙 13 · 2 睡 · 為 41		 8.687	《說文》：「從，隨行也。从辵，从从，从亦聲。」何琳儀認為「从」或省作「人」，「辵」或省作「止」，从、從一字分化。〔註 44〕甲文、金文、戰國文字、小篆皆从「从」；簡 8.687 省略形符「从」。「從」字〈臧孫鐘四吳越 252〉皆與上述字例之形，方向左右相反。

〔註 43〕季旭昇：《說文新證》（福州：福建人民出版社，2010 年），頁 44。

〔註 44〕何琳儀：《戰國古文字字典》（北京：中華書局，1998 年），頁 430。

無	 前 6.21.1 合 16005	 小克鼎 集成 2799 西周晚期	 尋仲盤 集成 16·10135 （齊）  新甲 3·232、95 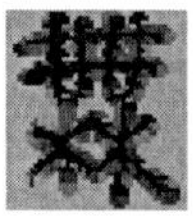 睡·日乙 40		 8.143	《說文》:「無，亡也。从亡，無聲。[illegible]，奇字无。通於元者。王育說，天屈西北為无。」季旭昇認為甲文象人持牛尾、鳥羽類飾物舞蹈求雨之形。〔註 45〕與小篆相比，簡 8.143 省略聲符「無」的部件「人」;〈新甲 3·232、95〉、〈睡·日乙 40〉皆已簡省。
發	 粹 593 合 26917 無名組	 [illegible]叔之仲子平鐘 集成 179 春秋晚期	  工{攵盧}大子姑發䛗反劍 吳越 370  包 2·80 睡·秦 22		 8.260	《說文》:「發，䠶發也。从弓，癹聲。」戴家祥認為金文象手腳並用撥弓發箭之形。〔註 46〕與小篆相比，簡 8.260 省略聲符「癹」的部件「几」。
貲			 睡·效 14		 8.667-	《說文》:「貲，小罰以財自贖也。从貝，此聲。漢律，民不繇貲錢二十二。」「貲」字聲符「此」，何琳儀

〔註 45〕季旭昇:《說文新證》(福州：福建人民出版社，2010 年)，頁 509。

〔註 46〕戴家祥:《金文大字典》上冊（上海：學林出版社，1999 年)，頁 1179。

此	 戩 17·4 合 27499 無名組	 冉鉦鋮 集成 428 戰國早期	 郭·語 3·62			認為「此」字會以足蹋人之意。〔註 47〕與小篆相比，簡 8.667-省略聲符「此」的部件「匕」。
嗇	 乙 124 合 21306 𠂤組	 史墻盤 集成 10175 西周中期	 集成 1044 （三晉）  郭·老乙·1  睡·日甲 144 背		 8.508	《說文》:「嗇，愛濇也。从來，从亩。來者亩而藏之，故田夫謂之嗇夫。……，古文嗇从田。」何琳儀認為甲文从「亩」，从「來」，會倉廩藏麥汁意。〔註 48〕與小篆相比，簡 8.508 形符「來」的部件「人人」省略為「人」。  
戰		 楚王酓志盤 集成 10158 戰國晚期	 好蚉壺 銘文選 2·882 （三晉）  新甲 3·296		 5.29	《說文》:「戰，鬬也。从戈，單聲。」郭沫若認為「戰」,「戰」為異文，古文旁从「戈」、「攴」每互易。〔註 49〕金文、戰國文字、小篆皆从「戈」；簡 5.29 省略形符「戈」。

〔註 47〕何琳儀：《戰國古文字字典》（北京：中華書局，1998 年），頁 787。

〔註 48〕何琳儀：《戰國古文字字典》（北京：中華書局，1998 年），頁 82。

〔註 49〕郭沫若：〈沇子簋銘考釋〉,《郭沫若全集》考古編第五卷（北京：科學出版社，2002 年），頁 667。

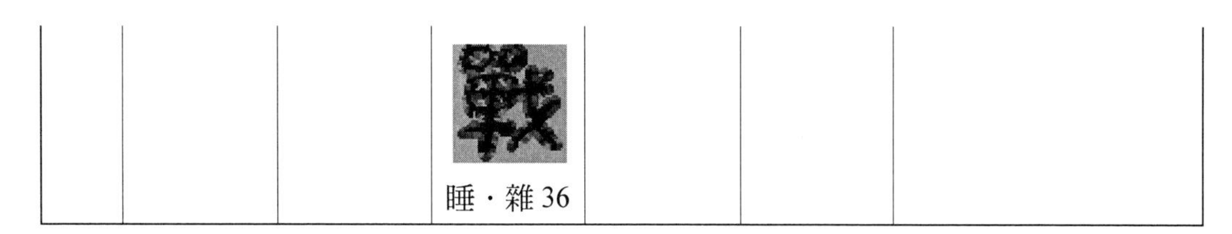

睡・雜 36

綜上所述，省略形體的情形歸納如下：

1. 省略形符：「從」、「戰」。

僅二例，說明由形符表意的字不會輕易刪減整個形符，否則表意功能將大幅降低。

2. 省略聲符：「旁」。

字例「旁」，經過分析發現並非省略聲符。因為字由聲符表音，卻刪減最重要表音的部件，从何發音也就難以判斷，可見此簡化方式極少使用。

3. 省略形符的部件：「事」、「嗇」。

所舉兩字例皆省略形符的部件，雖能增快書寫的速度，但因與常見形體有異，反而會造成辨認的困難。

4. 省略聲符的部件：「無」、「貲」、「發」。

僅三例，說明聲符即使僅省略某一部件，但是表音的功能仍不足，故非為常見的簡化方式。

由歸納得知，省略形體的類別中，以省略聲符的部件佔最大比例，可見省略聲符的部件為形體簡化最普遍使用的方式。省略聲符的一例「旁」字經過分析判斷是訛變，則里耶秦簡並無省略聲符，又或許有字例，乃筆者疏漏未發現。

（二）濃縮形體

將文字的部分形體濃縮，何琳儀云：「所謂『濃縮形體』，係指簡化原來文字形體的某一象形部件，使其成為抽象符號。」意指將象形部件，濃縮為抽象符號。本節依何氏的分類，置於簡化形體而非簡化筆畫，但會仔細分析形體中筆畫濃縮的情形。

表 4-1-5：濃縮形體字例表

楷書	甲文	金文	戰國文字	小篆	簡字	說　明
年	明藏 425	同𠂤簋 集成 3703 西周中期	吳王姬鼎 吳越 227 仰 25・39 睡・編 5	說文	8.39	《說文》：「年，穀孰也。从禾，千聲。」季旭昇認為从「人」負禾，會穀熟收成之意，東周以後，「人」下部中央形或加圓點飾筆，圓點變橫畫「人」形就成了「千」形，小篆繼承者為此形。〔註 50〕簡文將「禾」形下部，與「千」形上部筆畫相連，已不似原始之形，表意不明，連接過多筆畫，導致原始的部件「禾」、「千」難以辨識。
戒	粹 1162 合 28008 無名組 乙 657 合 7060 賓組	戒作莽官鬲 集成 566 西周早期	叔夷鎛 集成 01・285-4 （齊） 上（2）・從（乙）・1 睡・為 33		8.532	《說文》：「戒，警也。从廾持戈，以戒不虞。」何琳儀認為「戒」字甲文从収，从戈，會雙手持戈警戒之意。〔註 51〕甲文、〈上（2）・從（乙）・1〉、小篆雙「手」形均為四筆構成；〈叔夷鎛〉則為單「手」形；〈睡・為 33〉、簡 8.532，濃縮為三筆，此形體亦見於金文〈戒作莽官鬲〉，乃前有所承。

〔註 50〕季旭昇：《說文新證》（福州：福建人民出版社，2010 年），頁 594。
〔註 51〕何琳儀：《戰國古文字字典》（北京：中華書局，1998 年），頁 53。

武	 佚 984 合 36089	 史墻盤 西周中期 集成 10175	  配兒句鑃二 吳越 354  包 2．246 睡．日乙 241		 8.752	《說文》:「武，楚莊王曰：夫武，定功戢兵。故止戈為武。」何琳儀認為甲文从戈、从止，以示兵行威武之義。〔註 52〕〈配兒句鑃二〉、〈史墻盤〉、〈包 2．246〉、小篆「止」形為三筆；〈佚 984〉、〈睡．日乙 241〉為二筆；簡 8.752 更濃縮為一筆，充滿草書連筆意味。
定	 前 6.24.6 合 36918 黃組	 衺衛盉 集成 9456 西周中期  蔡侯紐鐘 集成 211 春秋晚期	 曾 89  睡．法 121  行氣玉銘		 8.1769	《說文》:「定，安也。从宀，从正。」定字唐蘭認為甲文前人誤釋做「㝎」，我考為从宀正聲。〔註 53〕簡 8.1769「正」形下部，濃縮過多筆畫作，已不似「正」形。 
春	 鐵 227．3 合 11533 賓組	 欒書缶 春秋 集成 10008	 越王者旨於賜鐘四 吳越 16		 8.59	《說文》:「春，推也。从艸，从日，艸，春時生也，屯聲。」。季旭昇認為「春」字甲文从「木」，从「日」，「屯」聲。表示春天到了，春日遲遲，卉木萋萋之

〔註 52〕季旭昇：《說文新證》（福州：福建人民出版社，2010 年），頁 902。
〔註 53〕唐蘭：《古文字學導論》（山東：齊魯書社，1981 年），頁 187～188。

			 新甲 3·179  睡·日乙 252			義。春秋金文从「艸」、从「日」，「屯」聲。秦文字「屯」字寫在「艸」旁的上部。〔註 54〕「屯」形多作三筆，「艸」形作四筆；簡 8.59 各濃縮為二筆與三筆。
益	 珠 589 合 26769 出組	 盠方彝 西周中期 集成 9899	 臨淄商王墓地銅杯（齊）  包 2·106  睡·秦 57		 6.7	《說文》:「益，饒也。从水、皿。皿，益之意也。」羅振玉認為甲文象皿水益出之狀。〔註 55〕「皿」形下部多作三筆；簡 6.7 濃縮為一筆，亦顯出草書筆趣。
畜	 寧滬 1·521 合 29415 何組	 欒書缶 集成 10008 春秋	 璽彙 1953（齊）  九·56·39 下		 8.1087	《說文》:「畜，田畜也。《淮南子》曰:「玄田爲畜。」䮡，《魯郊禮》畜从「田」从「茲」。茲，益也。」郭沫若認為甲文乃从「幺」从「囿」，明是養畜義，蓋謂繫牛馬於囿也。〔註 56〕簡 8.1087「幺」形濃縮左半部為一豎畫。 

〔註 54〕季旭昇：《說文新證》（福州：福建人民出版社，2010 年），頁 71。

〔註 55〕羅振玉：《殷虛書契考釋三種．增訂殷虛書契考釋．卷中》（北京：中華書局，2006 年），頁 402。

〔註 56〕郭沫若：《郭沫若全集．殷契粹編考釋》考古編第三卷（北京：科學出版社，2002 年），頁 764。

			 睡・秦 77			
殹		 倗生簋 西周中期 集成 4262	 包 2・105  睡・法 210		 8.1140	《說文》：「殹，擊中聲也。从殳，医聲。」「殹」字何琳儀解釋為語末助詞，舊讀也，或讀矣。〔註 57〕簡 8.1140「矢」形下部二撇畫，濃縮為一橫畫。
華		 華母壺 集成 9638 春秋早期	 吳王光殘鐘 吳越 191  二十九年 高都令戈 集成 11302 （三晉）  圖錄 2・10・1 （齊）  睡・編 34		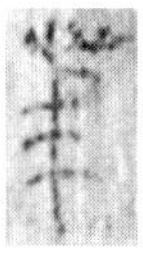 8.433	《說文》：「華，榮也。从艸，从𠌶。」高鴻縉引徐灝之語：「𠌶乃古象形文，上象蓓蕾，下象莖葉。小篆變為亏耳。」認為秦人或加「艸」為意符，遂有華字。〔註 58〕「𠌶」的蓓蕾形金文、戰國文字皆為二筆；小篆為四筆；簡 8.433 則濃縮為一橫畫。  

〔註 57〕何琳儀：《戰國古文字字典》（北京：中華書局，1998 年），頁 1218。

〔註 58〕高鴻縉：《中國字例》（臺北：三民書局，1976 年），頁 78。

溫	 前 1・51・1 合 1824 賓組		 新甲 3・322		 8.1221	說文》：「溫，水。出犍為涪，南入黔水。从水，昷聲。」李孝定認為「溫」、「昷」初當本是一字。其形作  ，作昷者譌為「口」，作溫者又增之「水」耳，字象人浴於般中之形。〔註 59〕「皿」形的上部，〈前 1・51・1〉、小篆作「人」形；〈新甲 3・322〉為二撇畫；簡 8.1221 拉直為橫畫。
零					 8.519	《說文》：「零，餘雨也。从雨，令聲。」「雨」字商承祚認為初體只是畫雨點與雨線，多寡任意，後加整齊。〔註 60〕雨點與雨線之形，甲文有二筆、三筆、四筆之別；金文與戰國文字則多作四筆；〈上（2）・魯・5〉、簡 8.519 濃縮為二橫筆。
雨	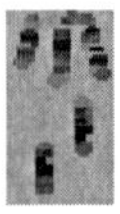 佚 247 合 28628 無名組 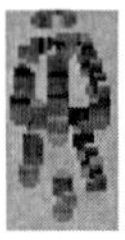 後 1・20・1 合 38178 黃組  燕 143 合 38127	 子雨己鼎 商代晚期 集成 1717  好盗壺 戰國晚期 集成 9734	  上（2）・魯・5 睡・秦 115	 古文		

〔註 59〕李孝定：《甲骨文字集釋・卷十一》（臺北：中央研究院歷史語言研究所，1991 年），頁 3277。

〔註 60〕商承祚：《說文中之古文考》（上海：上海古籍出版社，1983 年），頁 100。

與		 嵩君鉦鋮 集成 423 春秋晚期	 侯馬一九八：一〇 （三晉）  陶彙 3·816 （齊）  包 2·38  睡·效 19		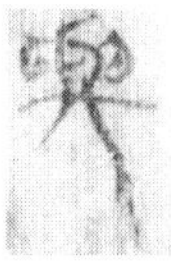 8.68-	《說文》：「與，黨與也。从舁，从与。，古文與。」林義光認為四手象二人交與。中間為所與之物。〔註 61〕雙「手」形〈包 2·38〉、〈睡·效 19〉、簡 8.68-均濃縮筆畫，與「戒」字同證。 
銜					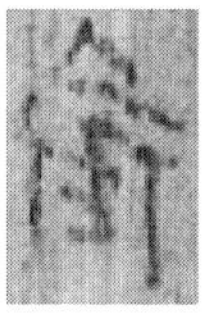 8.1354	《說文》：「銜，馬勒口中。从金，从行。銜，行馬者也。」勞榦認為「金」字上部為一坩鍋，下部為一器範，其旁長點則表示流注銅液。〔註 62〕象銅液的點畫在〈叔朕簠〉、〈包 2·272〉均為四點；小篆為二點；〈睡·日乙 190〉、簡 8.1354 則濃縮為一橫畫。
金		 叔朕簠 集成 4620 春秋早期	 包 2·272  睡·日乙 190			

〔註 61〕林義光：《文源·卷六》（上海：中西書局，2012 年），頁 191。

〔註 62〕勞榦：〈古文字釋讀〉，《歷史語言研究所集刊》（臺北：中央研究院歷史語言研究所編輯出版，1991 年）頁 37～51。

盡	 前1·45·1 合3515 賓組	 中山王嚳方壺 集成9735 戰國晚期	 侯馬一五六：一七（三晉）  睡·秦46		 8.78-	《說文》：「盡，器中空也。从皿，㶳聲。」盡字羅振玉認為象滌器形，食盡器斯滌矣，故有終盡之意。〔註63〕「皿」形〈前1·45·1〉為四筆；〈中山王嚳方壺〉、〈侯馬一五六：一七〉、小篆為六筆；〈睡·秦46〉為五筆；簡8.78-則濃縮為一筆，亦具草書之勢。
歸	 乙7809 合272 賓組	 𨚕且丁卣 集成5396 商代晚期  侯見工鐘 集成107 西周中期	 新零197  新甲3·163  睡·編5		 8.777	《說文》：「歸，女嫁也。从止，从婦省，𠂤聲。，籀文，省。」季旭昇認為甲文从「𠂤」本與軍旅有關，从「帚」則與戰爭，在戰爭中以軍隊掃除敵人乃歸，可能是「歸」的本義。〔註64〕「𠂤」的「コ」形，上下連筆，〈新甲3·163〉作、簡8.777作，似「日」形，已不若「𠂤」形。  

此類象形部件濃縮為抽象符號，因為筆畫變動過大，表意的功能降低，容易造成理解時的困難，如「定」一例。且表中里耶秦簡字多將數筆連為一筆，已具草書之勢。

以上簡化筆畫、簡化形體二項，多少產生文字混同，難以辨認的情形，算是結體演變過程的正面與負面影響的一體兩面。另外，關於「水」形的簡化，裘錫圭《文字學概要》云：

> 在簡文字體方面還有一個非常值得注意的現象，就是左邊从「水」

〔註63〕羅振玉：《殷虛書契考釋三種·增訂殷虛書契考釋·卷中》（北京：中華書局，2006年），頁532。

〔註64〕季旭昇：《說文新證》（福州：福建人民出版社，2010年），頁110。

> 的字幾乎都把「水」旁寫作「」，像正規篆文那樣寫作「」的例子極為罕見。(〈語書〉部分中「江陵」之「江」的「水」旁作)〔註65〕

〈語書〉是睡虎地秦簡的其中一篇，故裘氏所言簡文字，指的就是睡虎地秦簡。其說明睡虎地秦簡从「水」偏旁的字，水形大部分作而非，僅有少例如〈語書〉中的江字作。對照里耶秦簡从「水」的偏旁，如「沈」字作（8.886）、「沂」字作（8.1433-）、「決」字作（8.1832）等；「」形，「沅」字作（6.4）、「河」字作（8.2061）、「沮」字作（8.140），「」形、「」形均見，兩者所佔比例是相當的。可見里耶秦簡从「水」偏旁的字，非如裘錫圭言「」形較正規篆文的「」形罕見，似乎表示里耶秦簡較睡虎地秦簡近古。但僅據「水」偏旁這一例，並不能代表整個里耶秦簡，故仍待日後更全面的統計分析。大致上，從所舉的字例有跡可循，里耶秦簡簡省方式與同時代的楚簡、秦簡類同，尤其與睡虎地秦簡最相似。

簡化筆畫與簡化形體的差別，在於前者筆畫簡省有一定的規則，可以分成小標題分類說明，包含省略與簡化兩種。省略指將筆畫直接刪除，簡化則保留原有筆畫架構，僅作微幅更動；後者形體省略針對《說文解字》小篆，所从的偏旁與部件作省略，不僅是筆畫而是一個形體。而省略形體沒有舉从「水」偏旁的字例，乃因為黃文杰云：

> 尤其值得注意的是位於字左側的「水」旁，秦簡中有147例，其中146例均省作，它的簡省方法是截取的一半。

說明簡省偏旁「水」，而「水」為一部件，僅截取其一半之形，算是簡化非省略，按定義屬於簡化部件，則此類算是獨立且特殊，為了小節的統一，故未收錄从水偏旁的字例。

里耶秦簡的結體演變，以濃縮形體佔最多數，濃縮形體為簡化形體，省略多筆為簡化筆畫。看似皆簡省許多筆畫，但是兩者的差別在於，濃縮形體多以連筆的方式作濃縮、結合，如字例「益」、「華」、「溫」、「畜」、「盡」等，

〔註65〕裘錫圭著，許錟輝校訂：《文字學概要》(臺北：萬卷樓圖書有限公司，1995年4月)，頁87。

省略多筆則是直接省略筆畫，而無濃縮的動作。

平直曲筆佔第三多數，平直曲筆與筆勢的直筆皆是筆畫平直化的表現，兩者的差別在於，平直曲筆指二筆畫以上的曲筆線條拉直，大多拉直為橫畫，如字例「告」、「作」、「辛」、「齊」等，直筆則僅一筆畫拉直。

第二節　變　異

何琳儀將異化分為方位互作、形符互作、形近互作、音符互作、形音互作、置換形符、分割筆畫、連接筆畫、貫穿筆畫、延伸筆畫、收縮筆畫、平直筆畫、彎曲筆畫、解散形體，共十四類。〔註 66〕其主要就方位、形符、音符、筆畫四者的異化來分類，筆畫的異化涵蓋簡化與繁化，何氏云：

> 簡化和繁化，是對文字的筆畫和偏旁有所刪簡和增繁；異化，則是對文字的筆畫和偏旁有所變異。異化的結果，筆畫和偏旁的簡、繁程度並不顯著，而筆畫的組合、方向和偏旁的種類、位置有較大的變化。〔註 67〕

說明異化已包含簡化、繁化兩者，只是變異的表現程度較大，故另以異化一詞代表。又黃文杰云：

> 偏旁的變異是指同一偏旁寫法的不同變化，偏旁的移位是就合體字內部偏旁位置的變化而言的。〔註 68〕

其將變異分為偏旁寫法變化、偏旁移位兩者。兩位學者皆提及變異一詞，意謂改變、不同，故本節決定以變異作為標題。

表格的字例擇取標準，主要與小篆比較，變異程度大而難以辨識則收錄，說明的部份再引甲骨文、金文、戰國文字等古文字形進一步分析。比較發現里耶秦簡主要是方位、筆畫變異，較少形體的變異，故本節分為「方位調動」、「訛變」二類，「訛變」主要是筆畫線條的變異。表格整理方式同簡化一節，不再贅述。

〔註 66〕何琳儀：《戰國文字通論（訂補）》（南京：江蘇教育出版社，2003 年），頁 226～248。

〔註 67〕何琳儀：《戰國文字通論（訂補）》（南京：江蘇教育出版社，2003 年），頁 226。

〔註 68〕黃文杰：〈睡虎地秦簡文字形體的特點〉，《中山大學學報社會科學版》1994 年第 2 期，頁 123～131。

一、方位調動

指字的部件不定方向調整，何琳儀云：「方位互作，係指文字形體方向和偏旁位置的變異。」並列出正反互作、正倒互作、正側互作、左右互作、上下互作、內外互作、四周互作，七類〔註 69〕，意味字的部件左右、上下、不一定方向的對調、翻轉，或是位置的移動，里耶秦簡則又可以細分為以下五類：

1. 正反互作：字的部件呈現相反方向的鏡像。

2. 正側互作：字的部件方向翻轉 90 度。

3. 左右互作：字的部件左右位置交換。

4. 上下互作：字的部件上下位置交換。

5. 四周互作：字的部件原本左右排列改為上下排列，或上下排列改為左右方向排列。

6. 位移：字的部件不固定位置的移動。

表 4-2-1：方位調動字例表

楷書	甲文	金文	戰國文字	小篆	簡字	說　　明
色		䣄鐘春秋	郭・五・14 睡・日甲 17 睡・日乙 170		8.550	《說文》：「色，顏气也。从人，从卪。」季旭昇認為「色」是「𠬝」的假借分化字，所以或在「卩」形下方加橫畫、或加圓點，而「爪」和「卩」的相對位置，則往往作左右並列，以與「印」、「𠬝」的上下排列區別。〔註 70〕〈睡・日乙 170〉與〈睡・日甲 17〉、簡 8.550「卩」形相比，為正反互作。

〔註 69〕何琳儀：《戰國文字通論（訂補）》（南京：江蘇教育出版社，2003 年），頁 226～229。

〔註 70〕季旭昇：《說文新證》（福州：福建人民出版社，2010 年），頁 738。

巴	 乙 1873 合 32 賓組					
貞	 乙 7672 合 9810 賓組	 散氏盤 集成 10176 西周晚期	 新甲 3・132、130  睡・秦 125		 8.490	《說文》:「貞，卜問也。从卜，貝以為贄。一曰鼎省聲，京房所說。」季旭昇認為甲文「鼎」為「貞」，周甲承之，上加義符「卜」。戰國文字下部「鼎」形訛成「貝」形。《說文》以為从卜貝，是根據戰國以後的訛形為說。〔註 71〕金文、戰國文字、小篆「卜」形的橫畫皆在豎畫之右，簡 8.490 則在左邊，為正反互作。
智	 前 5・17・3 合 38289 黃組	 毛公鼎 集成 2841 西周晚期	 貨系 378（三晉）  郭・尊・9  睡・法 11		 8.135	《說文》:「智，識詞也。从白，从亏，从知。[illegible]，古文智。」季旭昇認為「智」字殷商甲文、金文从大于口。戰國文字左上所从「大」形雖然有的寫得有點像「矢」，但絕大多數都很明顯是从「大」。秦漢以後「大」形才訛為「矢」形，「于」形也逐漸省略。〔註 72〕甲文、金文、〈貨系 378〉、小篆的「口」形皆置於「矢」、「于」形中間；〈郭・尊・9〉置於「矢」形之下；〈睡・法 11〉、簡 8.135 則置於「于」形之下。 
貲			 睡・效 14		 8.300	《說文》:「貲，小罰以財自贖也。从貝，此聲。漢律，民不繇貲錢二十二。」「此」字陳初生認為以腳趾與一側身人

〔註 71〕季旭昇：《說文新證》（福州：福建人民出版社，2010 年），頁 252。

〔註 72〕季旭昇：《說文新證》（福州：福建人民出版社，2010 年），頁 594。

			 璽印集粹			形，會腳步到此停止之意。〔註73〕簡8.300「止」形為正反互作，與〈郭店老甲〉相似。
此	 甲1496 合31189	 此鼎 集成2821 西周晚期	 郭·尊·17  郭·老甲·6			
遝	 前5·21·3 合9339	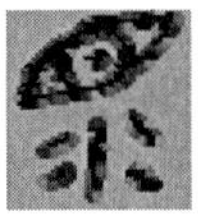 士上卣 西周早期	 睡·法143		 8.144	《說文》:「遝，迨也。从辵，眔聲。」馬叙倫認為行相及為逮，目相及為眔，言語相及為沓為譅為諮，語原然也。〔註74〕甲文、金文、小篆「目」形皆横躺;〈睡·法143〉、簡8.144則改横目之形為直立，翻轉90度，為正側互作。
獄		 六年召伯虎簋 集成4293 西周晚期	 包2·131  睡·法33		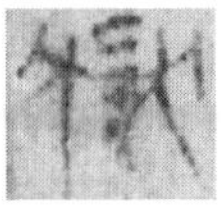 8.492	《說文》:「獄，确也。从㹜，从言。二犬，所以守也。」孫詒讓認為說文从㹜，而㹜訓兩犬相齧。此篆作兩犬反正相對之形，與今本說文微異，而於形尤精。〔註75〕簡8.492「㹜」的左部「犬」形方位正反互作，成對稱之形。

〔註73〕陳初生：《商周古文字學讀本》（北京：中華書局，1998年），頁315。

〔註74〕馬叙倫：《說文解字六書疏證·卷四》（臺北：鼎文書局，1975年），頁449。

〔註75〕孫詒讓：〈召伯虎敢〉，《古籀拾遺·卷中》（臺北：華文書局，1970年），頁33。

質		 井人妄鐘 集成 109 西周晚期	 睡・法 148		 8.522	《說文》:「質，以物相贅，从貝，从所。闕。」何琳儀認為从貝，从所，會以貝幣、斧斤為抵押之意。〔註 76〕金文、小篆「所」的二個「斤」形左右對齊排列；〈睡・法 148〉、簡 8.522 右部「斤」形，改為上下併列，為四周互作。
辤		 伯六辤方鼎 集成 2337 西周早期	 睡・雜 35  睡・為吏		 8.1008	《說文》:「辤，不受也。从辛，从受。受辛宜辤之。[籀文字形]，籀文辤。」季旭昇認為秦漢文字从受、从辛，用為辭別、文辭義。〔註 77〕「受」形、「辛」形位置多為受左辛右，〈睡・為吏〉、簡 8.1008 則左右互作。 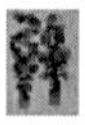
避			 郭・尊・17  睡・語 6  睡・語 6		 8.2256	《說文》:「避，回也。从辵，辟聲。」「避」字商承祚認為辛罪也，人有罪，思避法。〔註 78〕〈郭・尊・17〉、〈睡・語 6〉「辟」形位於「止」形上方；簡 8.2256「辟」形則位於「止」形的右側，且「止」形拉長最後一筆，為四周互作；小篆「辵」形、「辟」形則呈左右對齊排列
臨	 合 36418 黃組	 毛公鼎 集成 2841 西周晚期	 包 2・53		 8.695	《說文》:「臨，監臨也。从臥，品聲。」季旭昇認為三「口」形即「品」字，示品類眾物。口形連接三畫為指事符號，惟秦漢以後指事符號漸

〔註 76〕何琳儀：《戰國古文字字典》（北京：中華書局，1998 年），頁 1085。

〔註 77〕季旭昇：《說文新證》（福州：福建人民出版社，2010 年），頁 1007。

〔註 78〕商承祚：《甲骨文字研究・下編》（北京：科學出版社，1982 年），頁 248。

			睡·為 51 睡·日乙 136			省略。〔註 79〕金文、〈包 2·53〉三個「口」形位於「臥」形之下；〈睡·為 51〉、小篆位於「臣」之右，且「口」形上下排列，上部一個，下部二個；〈睡·日乙 136〉、簡 8.695 則上部二個，下部一個。簡 8.695 與金文、〈包 2·53〉相比，「臣」、「口」形上下排列改為左右排列，為四周互作。與〈睡·為 51〉、小篆相比，三「口」形組合，一或二個的上下排列，為上下互作。

綜上所述，方位調動的情形歸納如下：

1. 正反互作：「色」、「貞」、「貲」、「獄」。
2. 正側互作：「還」。
3. 左右互作：「辤」。
4. 上下互作：「臨」
5. 四周互作：「質」「避」、「臨」。
6. 位移：「智」。

里耶秦簡與睡虎地秦簡，字例位置移動皆有共通性，除了字例「避」例外，說明時代接近，文字寫法也容易互相影響同化。

二、訛　變

無法列入何琳儀的筆畫變異七類，則歸屬此。

表 4-2-2：訛變字例表

楷書	甲文	金文	戰國文字	小篆	簡字	說　明
死						《說文》：「死，澌也，人所離也。从歺，从人。……𣦸，古文死如此。」季旭昇認為「歺」象木杙裂

〔註 79〕季旭昇：《說文新證》（福州：福建人民出版社，2010 年），頁 110。

	甲 1165 合 17057 賓組  前 5.41.3 合 17060 𠂤賓間	卯簋蓋 集成 4327 西周中期	天卜  包 2・32  睡・為 44		5.4-	開之形，引申有裂解、殘敗等意義。〔註 80〕簡 5.4-右側毀損，由剩餘的筆畫仍能看出為「人」形。「歺」形甲文、金文、〈睡・為 44〉、小篆開口皆朝下；〈天卜〉、〈包 2・32〉、簡 5.4-下部則由「  」形訛為「  」。
其	 乙 7672 合 9810 賓組	 小克鼎 集成 2798 西周晚期	 郭・緇・37  睡・效 1	  籀文	8.1550-	《說文》:「箕，簸也。从竹；，象形；下其丌也。……，古文箕省。，亦古文箕。，亦古文箕。，籀文箕。，籀文箕。」「箕」字即「其」字，戴家祥認為金文象畚箕形，為匡郭，中象編織紋。〔註 81〕內部多為「乂」形，〈睡・效 1〉、簡 8.1550-改為「十」形。       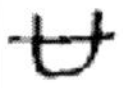
畀	 佚 519 合 63 賓組	 比盨 集成 4466 西周晚期	 圖錄 3・41・2 齊國  新甲 3・352		 8.313	《說文》:「畀，相付與之，約在閣上也。从丌，田聲。」「畀」字裘錫圭認為所象的矢鏃是扁平而長闊的一種，這種矢鏃古代叫做「匕」。〔註 82〕〈新甲 3・352〉、小篆「田」形中間豎畫延伸向上；簡 8.313 則向下，且「丌」形變異作，似為「廾」形。 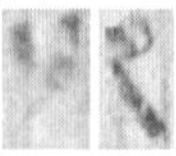

〔註 80〕李旭昇：《說文新證》（福州：福建人民出版社，2010 年），頁 340。

〔註 81〕戴家祥：《金文大字典》中冊（上海：學林出版社，1999 年），頁 3666。

〔註 82〕裘錫圭：《語言學論叢》（北京：商務印書館，1980 年），頁 141。

			 睡・法195			
卻			 睡・封66	 說文	 8.867	《說文》:「卻，節欲也。从卩，谷聲。」何琳儀認為「谷」字金文作〈九年衛鼎〉，从口从仌，會口的上部紋理交錯之意。〔註83〕〈睡・封66〉、簡8.867「谷」形上部為紋理交錯之形，與甲文、金文、小篆不同；小篆象二「人」形。
谷	 前2・5・4 合8395 賓組	 冠尊 集成6014 西周早期	  郭・老甲・5 睡・日乙189			
徑					 8.56	《說文》:「徑，步道也。从彳，巠聲。」林義光認為「巠」字即「經」之古文，織縱絲也，象縷。〔註84〕上部豎畫多為三筆；〈師克盨〉為四筆；簡8.56的左右豎畫則訛變為撇畫。 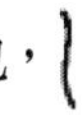
巠		 克鐘 集成208 西周晚期  師克盨蓋 集成4468 西周晚期	  郭・尊・13 郭・唐・19			

〔註83〕何琳儀：《戰國古文字字典》（北京：中華書局，1998年），頁498。

〔註84〕林義光：《文源・卷二》（上海：中西書局，2012年），頁122。

旁	 拾 5・10 合 33198 𠂤歷間  林 1・17・15 合 8623	 妸嫚每簋 集成 3845 西周晚期	 帛甲 5・19  睡秦 120		 8.1298	《說文》:「旁，溥也。从二，闕，方聲。」季旭昇認為甲文〈拾 5.10〉从⊢⊣从方，〈林 1.17.15〉、〈妸嫚每簋〉从凡，〈妸嫚每簋〉把方形和凡形結合，又在上部加一短橫。秦文字「凡」形訛為「用」形，小篆便是由這一寫法訛變而來。《說文》以為从二，方聲，原來「凡」形的部件，訛成無法辨識的「冂」形，只好說「闕」。〔註 85〕可知〈睡秦 120〉、簡 8.1298「凡」形訛為「用」形；小篆訛變更嚴重，致無法辨識。 
疵			 睡・日甲 72 背  璽印集粹 戰國		 8.2008	《說文》:「疵，病也。从疒，此聲。」何琳儀認為「此」字甲文从止，从人，會以足踏人之意。〔註 86〕簡 8.2008「此」形簡省過多筆畫，剩三筆，「止」形尚存，「人」形訛為「匕」，故歸為變異。
此	 拾 8・2 合 30789 何組	 此鼎 集成 2821 西周晚期	 郭・語 3・62  睡・日乙 139 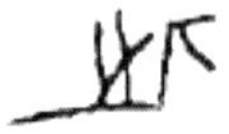 陶彙 6・20			

〔註 85〕季旭昇：《說文新證》（福州：福建人民出版社，2010 年），頁 44。

〔註 86〕何琳儀：《戰國古文字字典》（北京：中華書局，1998 年），頁 765。

發	後 2·6·7 合 26909 無名組	[illegible]叔之仲子平鐘 集成 179 春秋晚期	集成 1213 三晉 包 2·172 睡·秦 22		8.601	《說文》:「發，䠶發也。从弓，癹聲。」裘錫圭認為「𢎘」應該是「發」的初文，「𢎘」字加上「支」旁以後，就是不再畫出弓弦顫動之形，發射之意也已經能夠表明，因此出現了把「𢎘」旁簡化為「弓」旁的「𢼸」字。〔註 87〕金文、〈睡·秦 22〉、〈集成 1213〉、小篆的「弓」形皆為二筆；〈包 2·172〉、簡 8.601 將筆畫斷開為二筆以上，而後者已不似「弓」形。
稟		六年召伯虎簋 集成 4293 西周晚期 井人妄鐘 周代晚期	睡·效 48 璽彙 319 新蔡楚簡		8.1222	《說文》:「稟，賜穀也。从㐭，从禾。」何琳儀認為「稟」字金文从禾、从[illegible]，會倉廩藏穀禾之意。〔註 88〕「[illegible]」形內部多為橫畫與豎畫相交錯；簡 8.1222 為一撇畫，左右各一橫畫；小篆則為「口」形。

〔註 87〕裘錫圭：〈釋「勿」「發」〉，《裘錫圭學術文集》甲骨文卷（上海：復旦大學出版社，2012 年），頁 140～154。

〔註 88〕何琳儀：《戰國古文字字典》（北京：中華書局，1998 年），頁 1085。

錢			 包 2・265  睡・法 26		 8.597	《說文》：「錢，銚也，古田器。从金，戔聲。《詩》曰：『庤乃錢鎛。』」何琳儀認為「戔」字甲文从二戈相向，會傷殘之意。〔註 89〕簡 8.597 將二個「戈」形拆開為二個「止」形，一個「乂」形；〈睡・法 26〉拆開為「止」、「乂」、「戈」形各一個。
戔	 乙 3774 合 3825	 越王句踐之子劍 集成 11594 春秋晚期				

字例「旁」，不同部件相結合並增添筆畫，易與另一形體混淆。字例「卻」將對應的筆畫相交錯，有連筆的意味，何琳儀云：「連接筆畫，是把本來應該分開的筆畫連接起來……如果文字筆畫的位置靠近，或有對應之處，就有可能連接為一筆。」〔註 90〕里耶秦簡字的筆畫靠近且有相對應，但連接起來的筆畫，並未合為一筆，故非為連筆，而歸於「訛變」。

關於訛變的歸納問題，何氏云：

> 異化中涉及的訛變現象相當複雜。偶然性的、漫無規律的訛變不擬討論。本節只選擇規律性較強的部份訛變例證，作為異化的某種方式予以討論。大量帶有規律性的訛變種類，尚待進一步系統歸納。〔註 91〕

訛變現象可分規律性、非規律性兩種，即使有規律性，而例證的數量大猶需花時間做歸納，可見背後牽涉的問題相當複雜。因為，訛變意謂時代久遠，隨著書寫者的不同等因素，造成傳抄的錯誤，使寫法已非原始樣貌，表達的意思也更改。何氏將規律性強、規律性弱的字例皆認定為訛變，但里耶秦簡不同，在

〔註 89〕何琳儀：《戰國古文字字典》（北京：中華書局，1998 年），頁 1042。
〔註 90〕何琳儀：《戰國古文字字典》（北京：中華書局，1998 年），頁 242。
〔註 91〕何琳儀：《戰國文字通論（訂補）》（南京：江蘇教育出版社，2003 年），頁 226。

於字例「死」、「畀」、「卻」、「徑」、「旁」、「疵」、「發」、「稟」、「錢」僅九例，規律性較弱故歸於「訛變」。規律性高的則歸入「方位調動」一類，不屬「訛變」，但兩類皆為「變異」。

學者對變異字例的認定不同，或歸簡化、繁化，也有學者認為是筆畫形態的變化，如黃文杰云：

> 秦簡字形細小，用毛筆書寫實在難以把細小的筆畫寫清楚，所以往往把短畫連成長畫，如「非」作「土」、「白」作「⊟」、「罒」作「田」等，許多偏旁寫成了方正的「⊟」、「目」、「田」，使字形疏朗清晰，便於觀看。偏旁「罒」幾乎都寫作「目」，「⺍」多作「⊟」，都頗具時代特色。這些都是筆畫平直方正化的結果。〔註92〕

其認為偏旁「罒」作「目」是筆畫平直方正化的結果，但筆者認為此形是將橫躺字形轉為直立方向，筆畫仍保留圓筆筆勢，而非平直方正化，故本節將「遝」字歸類為「方位調動」一類。

第三節　繁　化

何琳儀將繁化分為一、增繁同形偏旁：重疊形體、重疊偏旁、重疊筆畫。二、增繁無義偏旁。三、增繁標義偏旁：象形標義、會意標義、形聲標義。四、增繁標音偏旁：象形標音、會意標音、形聲標音、雙重標音，四大類。〔註93〕其主要就重疊偏旁、無義偏旁、標義偏旁、標音偏旁四者來分類，並云：

> 與簡化截然相反，戰國文字之中也存在大量的繁化現象。所謂「繁化」，一般是指對文字形體的增繁。「繁化」所增加的形體、偏旁、筆畫等，對原來的文字是多餘的。因此有時「可有可無」。〔註94〕

說明增繁的形體、偏旁、筆畫等，往往是多加，表意功能不大，所以可有可無。由於里耶秦簡的繁化大部分在筆畫方面，少部分在形體，意義表現也不明顯，故本節分為一、繁化筆畫，二、增繁形體，兩大類。

〔註92〕黃文杰：〈睡虎地秦簡文字形體的特點〉，《中山大學學報（社會科學版）》1994 年第 2 期，頁 123～131。

〔註93〕何琳儀：《戰國文字通論（訂補）》（南京：江蘇教育出版社，2003 年），頁 213～226。

〔註94〕何琳儀：《戰國文字通論（訂補）》（南京：江蘇教育出版社，2003 年），頁 213。

「走」字有二例，字例依簡序由寡至多排列，故簡 8.133-排序在前，簡 8.756 在後，但兩例皆會詳細說明。表格整理方式同簡化一節，不再贅述。

一、繁化筆畫

意謂書寫時文字增繁部分的筆畫，陳盈如云：「相較於小篆字形而增繁某一筆畫，包括點畫、橫畫、豎畫、曲筆等，不只為單一的筆畫增繁，多筆的，不屬於構形部件的筆畫增繁皆列入此類。」〔註 95〕其增繁筆畫不只一筆，本節則沿用此分類。按里耶秦簡字例的整理，另加撇畫一分類，並去掉曲筆，可以細分為以下四類：

1. 增繁橫畫：指增添一筆以上的橫畫，長度不限。
2. 增繁豎畫：指增添一筆以上的豎畫，長度不限。
3. 增繁撇畫：指增添一筆以上的撇畫，長度不限。
4. 增繁點畫：指增添一筆以上的點畫，點畫的長度短小，方向不如橫畫、豎畫正。

表 4-3-1：增繁筆畫字例表

楷書	甲文	金文	戰國文字	小篆	簡字	說　明
下	甲 942 合 8493	長由盉 集成 9455 西周中期  哀成叔鼎 集成 2782 春秋晚期	 圖錄 3・275・3 齊國  包 2・182		 5.4	《說文》：「下，底也。指事。  ，篆文下。」季旭昇認為甲文以長畫代表中介，以短畫指示其部位。西周金文承襲甲骨字形，春秋晚期則加一豎畫，這就成為後世「下」字的標準字形。楚系文字則在字形上部加一短橫畫，繁文。〔註 96〕簡 5.4 則上部再加一豎畫，較小篆多二筆畫。

〔註 95〕陳盈如：《齊系璽印文字研究》（嘉義：國立中正大學，中國文學系碩士論文，2015 年），頁 109。

〔註 96〕季旭昇：《說文新證》（福州：福建人民出版社，2010 年），頁 45。

			 睡・秦 61			
內	 甲 3343 合 8592 賓組	 曶壺蓋 集成 9728 西周中期	 齊夻刀 貨系 242  包 2・228  睡・日乙 40  睡・秦 80	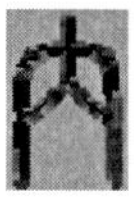	 8.105	《說文》:「內，入也。从冂，自外而入也。」何琳儀認為甲文从「宀」从「入」，會入室之意。戰國文字承襲商周文字，或加飾筆，或收縮筆畫。〔註 97〕簡 8.105 分割「宀」形，使上部豎畫獨立為一筆；〈曶壺蓋〉看似分割「宀」形為上下二部分，實為左右筆畫重疊於中間的表現，才出現上部的豎畫；〈齊夻刀〉、〈睡・日乙 40〉已分割上下的筆畫。
壬	 甲 2260  乙 222 合 20831 自組	 縣改簋 集成 4269 西周中期	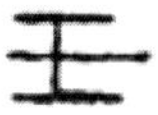 貨系 121 三晉  帛丙 1・3  睡・日乙 32	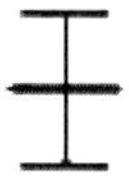	 8.196	《說文》:「壬，位北方也。陰極陽生，故《易》曰:『龍戰于野。』戰者，接也。象人褢妊之形。承亥壬以子，生之敘也。與巫同意。壬承辛，象人脛。脛，任體也。」季旭昇認為甲文中豎加圓點，其後變為短橫，橫隸變為長橫。〔註 98〕金文為二橫畫，中間一點；戰國文字、小篆為三橫畫，而〈貨系 121〉、小篆中間橫畫較上下為長；〈帛丙 1・3〉、〈睡・日乙 32〉中間橫畫則較短；簡 8.196 為三橫畫，並於首筆橫畫上部增一點。

〔註 97〕何琳儀：《戰國古文字字典》（北京：中華書局，1998 年），頁 1285。

〔註 98〕季旭昇：《說文新證》（福州：福建人民出版社，2010 年），頁 1009。

它	明藏 468	郳湯伯匜 集成 10208 春秋早期 魯大嗣徒 子仲伯匜 集成 10277 春 秋早期	郭・六・14 睡・秦 174		8.850	「它」字說解於之前章節已出現過，此處省略。〔註 99〕簡 8.850 融合〈郭・六・14〉、〈睡・秦 174〉兩者的增繁方式，像後者將中間長撇畫向右下角延伸，像前在長撇畫中段右側增二短撇。
巧			郭・老甲・1 睡・秦 113		8.1423	《說文》：「巧，技也。从工，丂聲。」馬叙倫認為匠人為器，必先制木，故即以工為工匠字。〔註 100〕簡 8.1423「丂」形的中間豎畫再增一橫畫。
主	甲 282 合 14885 後 1・1・5 合 24440 出組	幾父壺 西周中期	貨系 268 睡・語 3		8.480	《說文》：「主，鐙中火主也。，象形；从，亦聲。」〔註 101〕林義光認為象鐙形，象火形。〔註 102〕〈後 1・1・5〉、〈晉・貨系 268〉、〈睡・語 3〉鐙形為二橫畫；簡 8.480 拉直小篆上部曲筆，並增一橫畫，共四橫畫。

〔註 99〕詳見第四章第一節。

〔註 100〕馬叙倫：《說文解字六書疏證・卷九》（臺北：鼎文書局，1975 年），頁 1264。

〔註 101〕此處《說文》引段注本，因鐙形作，較接近小篆「主」字字形，而大徐本作。

〔註 102〕林義光：《文源・卷二》（上海：中西書局，2012 年），頁 123。

行	 甲 703 合 28320 無名組	 浮公之孫公父宅匜 集成 10278 春秋	 郭・語 4・7  睡・日乙 21		 8.523	《說文》:「行，人之步趨也。从彳，从亍。」羅振玉認為象四達之衢，人所行也。〔註 103〕簡 8.523「彳」形下部增添撇畫作，形似阿拉伯數字「3」，與所舉各古文字例皆不同。 
至	 乙 7795 合 6834 賓組	 大盂鼎 集成 2837 西周早期	 新甲 3・272  包 2・137 反  睡・日甲 129	  古文	 5.10	《說文》:「至，鳥飛从高下至地也。从一，一猶地也。象形。不，上去。而至，下來也。……，古文至。」朱歧祥認為，从倒矢，从一，象箭矢由此地射往彼地之形。〔註 104〕甲文、金文、〈睡・日甲 129〉、小篆中間有象箭桿之形的豎畫;〈包 2・137 反〉、簡 5.10 簡省豎畫，並於末筆象「土」形的橫畫下部再增一橫畫。  
走	 甲 2810 合 27939 何組	 大盂鼎 集成 2837 西周早期	 包 2・100  睡・日甲 13 背		 8.133-  8.756	《說文》:「走，趨也。从夭、止，夭止者，屈也。」季旭昇認為象人揮動兩手跑步之形。金文或加義符「止」、「辵」、「彳」，戰國以後漸漸凝固為从「止」。〔註 105〕簡 8.756 左部增一長撇畫;〈睡・日甲 13 背〉、簡 8.133-於上半部「人」形之左下側增一點。

〔註 103〕羅振玉：《殷虛書契考釋三種・增訂殷虛書契考釋・卷中》（北京：中華書局，2006 年），頁 398。

〔註 104〕朱歧祥：《甲骨學論叢》（臺北：學生書局，1992 年），頁 93。

〔註 105〕季旭昇：《說文新證》（福州：福建人民出版社，2010 年），頁 106。

見	 燕 202 合 21305 𠂤組	 史見卣 集成 5305 西周早期  九年衛鼎 集成 2831 西周中期	 郭・五・27  睡・秦 22		 8.518	《說文》:「見，視也。从儿，从目。」季旭昇認為甲文从「卩」，上作「目」形，強調「看」的作用。〔註 106〕簡 8.518「目」形上方增繁三豎畫，形似「首」字；〈郭・五・27〉「目」形上部為豎畫延伸，但並非獨立一筆。
來	 菁 5・1 合 137 賓組  甲 790 合 34178	 㫚鼎 集成 2838 西周中期	 九・56・4  睡・秦 185  睡・秦 46		 8.2354	《說文》:「來，周所受瑞麥來麰，一來二縫。象芒朿之形。天所來也，故為行來之來。」羅振玉認為卜辭中諸「來」字皆象形，其穗或垂或否者。麥之莖強，禾不同，或作、作，而假借為往來字。〔註 107〕簡 8.2354 上部橫畫左右兩端，各增繁一短豎畫；下部同〈睡・秦 46〉將象芒朿之形的「^」簡省為一個。一字兼含簡化、繁化，但仍能辨識為「來」字，故不歸於變異。 
金		 小臣宅簋 集成 4201 西周早期	 璽彙 363		 6.29	《說文》:「金，五色金也。黃為之長，久薶不生衣，百鍊不輕，从革不違。西方之行，生於土，从土，左右注象金在土中形，今聲。，古文金。」勞榦認為「金」字上部為一坩鍋 

〔註 106〕季旭昇：《說文新證》（福州：福建人民出版社，2010 年），頁 719。

〔註 107〕羅振玉：《殷虛書契考釋三種・增訂殷虛書契考釋・卷中》（北京：中華書局，2006 年），頁 452。

		 邕子良人 甗 集成 945 春秋早期  十四年陳 侯午敦 集成 4647 戰國中期	  包 2・272 睡・日乙 190			，下部為一器范，其旁長點則表示流注銅液。〔註 108〕銅液之形點畫數量不定，春秋後多為四點；〈睡・日乙 190〉將原本點畫連接為長短不一的橫畫，共四筆；簡 6.29 增一橫畫為五筆，長度較整齊。 小篆筆畫為一筆，簡 6.29 分為二筆；小篆筆畫，簡 6.29 連為一筆；總計小篆「金」字為八筆，簡 6.2 增繁一橫畫為九筆。
所		 宋公差戈 集成 11289 春秋晚期	  庚壺 集成 15・ 9733 齊國  上（2）・從 （甲）・10 睡・為 24	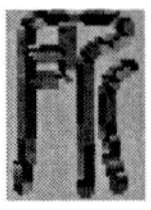	 8.1433	《說文》:「所，伐木聲也。从斤，戶聲。」戴家祥認為「戶」字象單門之形，引申為居處。「戶」字的讀音與伐木聲同，故被借來狀聲，並加斫木工具「斤」作為偏旁，寫作所。〔註 109〕古文字「斤」形多為二個「く」左右排列，簡 8.1433 兩個「く」形改為上下排列，且於第一個「く」形上部增一橫畫。
斤	 前 8・7・1 合 21954 子組	 仕斤徒戈 集成 11049 戰國早期	 睡・效 6			

〔註 108〕勞榦：〈古文字釋讀〉，《歷史語言研究所集刊》第 40 本上冊（臺北：中央研究院歷史語言研究所編輯出版，1991 年），頁 37～51。

〔註 109〕戴家祥：《金文大字典》中冊（上海：學林出版社，1999 年），頁 2073。

到		 [illegible]伯歸夆簋 集成 4331 西周中期	 楚·包 170 睡·秦 5		 8.1465	《說文》:「到，至也。从至，刀聲。」季旭昇認為「致」、「到」同字，金文从「人」、「至」。秦文字以後人旁聲化為刀旁，亦古文字常見之現象。〔註 110〕簡 8.1465「至」形上部筆畫分割出兩筆，並增一豎畫，共三筆。
事	乙 2766 合 5489	 天亡簋 集成 4261 西周早期  秦公鎛 集成 267 春秋早期	 包 2·161 包 2·188 睡·語 11		 5.5-	《說文》:「事，職也。从史，之省聲。，古文事。」羅振玉認為卜辭「事」字从「又」持簡書，執事之象也。與「史」同字同義。〔註 111〕中間豎畫多貫穿；〈秦公鎛〉、〈包 2·188〉未貫穿；〈包 2·161〉、簡 5.5-不但豎畫未貫穿「口」形，且於內部增一橫畫。 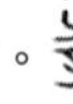
南	 鐵 240·1 合 2011	 㝬鐘 集成 260 西周晚期	 九·56·48		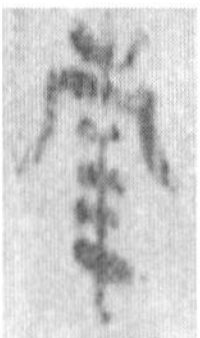 8.661	《說文》:「南，艸木至南方有枝任也。从，羊聲。，古文。」季旭昇認為「南」字下部象器體，上部象懸掛的繩子。戰國文字或省器體的兩旁。〔註 112〕「羊」形下部多為二橫 

〔註 110〕季旭昇：《說文新證》（福州：福建人民出版社，2010 年），頁 864。

〔註 111〕羅振玉：《殷虛書契考釋三種·增訂殷虛書契考釋·卷中》（北京：中華書局，2006 年），頁 503。

〔註 112〕季旭昇：《說文新證》（福州：福建人民出版社，2010 年），頁 520。

		散氏盤 集成 10176西 周晚期	睡・日甲 140背			畫，〈九・56・48〉、簡8.661 增一橫畫，共三筆；〈睡・日甲 140 背〉將上部二撇畫連接為一橫畫。
病			包2・218 睡・日乙 188 秦玉牘 璽彙0795		8.1221	《說文》：「病，疾加也。从疒，丙聲。」曾憲通認為「病」字簡文「爿」旁作或，旁作或，形體十分接近，故常寫混。〔註 113〕與〈睡・日乙188〉、〈秦玉牘〉相比、〈璽彙 0795〉，簡8.1221「疒」形上部增一點。
疒	乙738 合709 賓組 乙2141 合13771					

〔註 113〕曾憲通：〈包山卜筮簡考釋（七篇）〉，《第二屆國際中國文字學研討會論文集》（香港：中文大學，1993 年），頁 405～424。

恙	 乙 1706 合 21870 子組		 睡・日甲 59 背		 8.2088	《說文》:「恙，憂也。从心，羊聲。」王延壽〈夢賦〉:「轉禍無為福，永無恙兮。」于省吾認為「無恙」謂無憂，乃古人常語。周代金文無恙字，古璽文有「窯容」,「窯」字从「恙」作「」。〔註 114〕 
心	 甲 3510 合 6 賓組	 秦公鎛 集成 268 春秋早期	 郭・性・9  睡・日甲 36 背			「心」形多為對稱形，左右各二筆畫，共四筆;簡 8.2088 於中間長撇畫左右各畫二短筆，形成左右對稱，卻較〈睡·日甲 36 背〉「心」旁增繁一短筆。
陵	 前 6・55・5	 散氏盤 集成 10176 西周晚期  曾姬無卹壺 集成 9710 戰國早期	 帛甲 3・27  睡・為 15		 8.12	《說文》:「陵，大𨸏也。从𨸏，夌聲。」羅振玉認為甲文象人梯而升高，一足在地，一足已階而升。〔註 115〕簡 8.12「夌」形右下方增二點;〈散氏盤〉已有二點，但甲文、戰國文字、小篆沒有，故仍歸為繁化。

〔註 114〕于省吾:《甲骨文字釋林・釋心》(北京:中華書局，1979 年)，頁 365。

〔註 115〕羅振玉:《殷虛書契考釋三種・增訂殷虛書契考釋・卷中》(北京:中華書局，2006 年)，頁 515。

曼	 河 119 合 12859 賓組	 曼龏父盨蓋 集成 4431 西周晚期	 上（1）·性·28 睡·封 23		 8.1523-	《說文》:「曼，引也。从又，冒聲。」季旭昇認為甲文从「𠬪」、从「目」，象以兩手張目。〔註 116〕〈睡·封 23〉、簡 8.1523-「 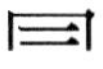　」形上部增一豎畫，前者猶省「目」形。
副 刀	 合 117 前 8·13·2 合 21623 子組	 副爵 商代 刀爵 商代晚期 子刀簋 集成 3079 商代晚期或西周早期	信 2·027 睡·日甲 26 背		 8.454	《說文》:「副，判也。从刀，畐聲。《周禮》曰:『副辜祭。』 　，籒文副。」「刀」字季旭昇認為兵也，一種割殺用的工具或兵器。〔註 117〕簡 8.454「刀」形上部增一橫畫。
惡			郭·語 2·25		 8.811	《說文》:「惡，過也。从心，亞聲。」「惡」字馬叙倫認為過也非本義，亦非本訓，蓋諲之異文。〔註 118〕古文字「亞形」內部或為一

〔註 116〕季旭昇：《說文新證》（福州：福建人民出版社，2010 年），頁 203。

〔註 117〕季旭昇：《說文新證》（福州：福建人民出版社，2010 年），頁 359。

〔註 118〕馬叙倫：《說文解字六書疏證·卷九》（臺北：鼎文書局，1975 年），頁 2698。

			 睡・日乙 194			橫畫，或為二點；簡 8.811 較二點為多，共三點。
亞	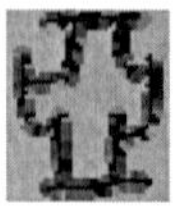 前 7・3・1 合 43 賓組	 南宮乎鐘 集成 181 西周晚期	 天卜			
傳	 佚 728 合 8383 賓組	 小臣傳簋 集成 4206 西周早期	 包 2・120  睡・秦 89		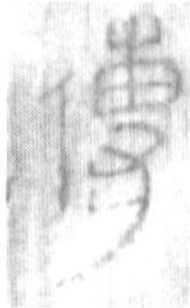 8.54	《說文》:「傳，遽也。从人，專聲。」簡 8.54 右下方「手」形左部二橫畫末端，各增一豎畫。
賈	 前 6・49・8 合 8877 賓組	 頌簋 集成 4339 西周晚期  中山王嚳鼎 集成 2840 戰國晚期	 璽彙 3004 三晉  包 2・190		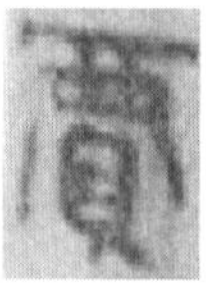 8.683	《說文》:「賈，賈市也。从貝，襾聲。曰坐賣售也。」〔註 119〕季旭昇認為甲文从「貝」、从「宁」，西周金文承襲甲骨文，但中豎或貫下，已開啟戰國中山王器的寫法。戰國齊陶上作「襾」形，秦漢文字承之，遂成今形。〔註 120〕〈璽彙 3004〉左右兩側豎畫向下延伸拉長；簡 8.683「襾」形左右的豎畫亦向下延伸，至「貝」形兩側，但左豎畫割裂斷開，此或可視為增繁現象，

〔註 119〕此處《說文》引用段注本，因聲符使用「襾」形與季旭昇《說文新證》一書同，而非大徐本的「西」形。

〔註 120〕季旭昇：《說文新證》（福州：福建人民出版社，2010 年），頁 540。

			 睡·法 184			或有可能為墨跡殘損，亦或為書手書寫不慎未連筆所致。
皙					 8.534	《說文》:「皙，人色白也。从白，析聲」馬叙倫認為從白與人無干。〔註 121〕「白」形內部多為一橫畫，甲骨文〈摭續 64〉內部為二筆畫；簡 8.534 亦為二筆，較常見字形增繁一筆。
白	 甲 456 合 3393  摭續 64 合 32330 歷組	 大盂鼎 集成 2837 西周早期	  信 2 · 07 睡 · 秦 34			
義	 後 2 · 13 · 5 合 27979 無名組	 癲鐘 集成 247 西周中期  義伯簋 集成 3619 西周	  璽彙 1115 三晉  包 2 · 249 睡 · 秦 27		 8.1007	《說文》:「義，己之威儀也。从我羊。，《墨翟書》義从弗。魏郡有羛陽鄉，讀若錡。今屬鄴，本內黄北二十里。」曾憲通認為「義」字是「我」字的本義，原應指鋸形或多戈戟一類的兵器，既是我，亦是戟。〔註 122〕「我」形左部多為三橫畫，〈睡·秦 27〉、簡 8.1007 增一橫畫，長短不一，共四筆。 

〔註 121〕馬叙倫：《說文解字六書疏證 · 卷十四》（臺北：鼎文書局，1975 年），頁 2008。
〔註 122〕曾憲通：《長沙楚帛書文字編》（北京：中華書局，1993 年），頁 85。

<table>
<tr><td>監</td><td> 摭續 190
合 27742
無名組</td><td> 頌鼎
集成 2829
西周晚期</td><td> 包 2·168
睡·法 151</td><td> </td><td> 8.917</td><td>《說文》:「監，臨下也。从臥，䘓省聲。，古文監从言。」甲文、金文象人俯首於皿而自監，其後「目」形與人身分離，遂成「臣」形。「皿」形中或有水，並非从「血」。〔註 123〕〈頌鼎〉、〈睡·法 151〉、小篆的「皿」形上部一橫畫象「水」形；簡 8.917「皿」形之上則有二短橫，增繁一筆。 </td></tr>
<tr><td>練</td><td></td><td></td><td> 郭·五·39 
陶九 092</td><td> </td><td> 8.34</td><td rowspan="2">《說文》:「練，湅繒也。从糸，柬聲。」馬叙倫認為「湅」字乃校者注以釋「練」字之音者也，或本是隸書複舉字傳寫譌為湅。〔註 124〕簡 8.34「柬」形右部增一點；〈郭·五·22〉下部豎畫上增一點畫；〈望 1·106〉點畫延伸為橫畫。</td></tr>
<tr><td>柬</td><td></td><td> 新邑鼎
集成 2682
西周早期</td><td> 望 1·106
郭·五·22</td><td></td><td></td></tr>
<tr><td>繭</td><td></td><td> 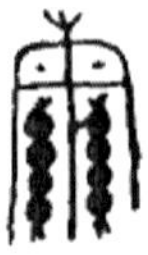繭父戊罍
周代早期</td><td> 包 2·277</td><td> </td><td> 8.889</td><td>《說文》:「繭，蠶衣也。从糸，从虫，省。，古文繭，从糸、見。」「繭」字林義光認為蠶衣也，从糸从虫。  </td></tr>
</table>

〔註 123〕季旭昇：《說文新證》（福州：福建人民出版社，2010 年），頁 682。

〔註 124〕馬叙倫：《說文解字六書疏證·卷二十五》（臺北：鼎文書局，1975 年），頁 3230。

		 ＊甗 集成 804 商代晚期	 睡・日甲 13 背			〔註 125〕簡 8.889「冂」形內部增一橫畫；金文內部已增橫畫，但〈睡・日甲 13 背〉、小篆則無橫畫，故仍將簡 8.889 歸為繁化。

綜上所述，省略形體的情形歸納如下：

1. 增繁橫畫：「巧」、「主」、「至」、「金」、「所」、「事」、「南」、「副」、「晢」、「賈」、「義」、「監」、「甗」。

此類大部分於豎畫上增繁更多橫筆，豎畫也必須跟著拉長，才能容納數量多的橫畫，但結果橫畫反而縮短，使字形呈現細長之形，如「主」、「金」、「南」、「義」四例。

2. 增繁豎畫：「下」、「內」、「見」、「來」、「到」、「病」、「恙」、「曼」、「傳」。

此類增繁豎畫大部分是一筆，也有二、三筆，位置主要於字的頂部，似為製造字形平衡協調感，如「下」、「內」、「來」、「到」、「曼」等例。

3. 增繁撇畫：「它」、「行」。

此類的字例「它」，增繁的二撇畫並列，且長短相當，保持字形的協調感。

4. 增繁點畫：「壬」、「走」、「陵」、「惡」、「練」。

此類增繁的點畫，大部分是左上向右下傾斜，如「陵」、「練」、「走」、「壬」四例，與右手書寫習慣關係較大。字例「惡」內部筆畫由於較短小，未如豎、橫畫的長度，故歸於點畫。

二、繁化形體

意謂書寫時文字增繁部分的形體，吳欣倫分為：（一）增添義符（二）增添贅旁、贅筆（三）增添同形（四）增添聲符。

其針對增添同形、增添義符解釋：「增添同形指文字在書寫時，將相同的部件重複書寫的情形。」〔註 126〕說明相同的形體，重複增繁的情形。又云：「增添義符指文字在書寫時，於原本的表意符號上再添加義符，使字義表達

〔註 125〕林義光：《文源・卷十》（上海：中西書局，2012 年），頁 350。

〔註 126〕吳欣倫：《吳越徐舒銘文研究》（嘉義：國立中正大學，中國文學系碩士論文，2011 年），頁 133。

更為完整。」〔註 127〕說明於表意符號上增繁義符，以彰顯字義。吳氏舉例：

> 小篆「得」字从「彳」，越金文增加「止」而成「辵」，「彳」與「辵」皆有行走的意思，是增加或更換義符。〔註 128〕

「得」字从「彳」，「彳」已有行走的意思，越金文又增加「止」而成「辵」，「辵」、「彳」表達意思相同，使行走之義更完整。符合里耶秦簡文字的整理情形，故本節分為以下二類：

1. 增繁同形：增添重複的部件。
2. 增添義符：在原有的表意符號基礎上增添一義符，具彰顯字義的功能。

表 4-3-2：繁化形體字例表

楷書	甲文	金文	戰國文字	小篆	簡字	說　明
官	 存下 484 合 37944	 頌鼎 集成 2829 西周晚期	 包 2・5  睡・日甲 146 背		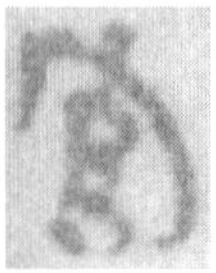 8.213	《說文》:「官，吏事君也。从宀，从𠂤。𠂤猶眾也，此與師同意。」袁庭棟認為「官」字從「宀」從「𠂤」，即屋下置有符令之處，正是所謂治事處也。〔註 129〕「𠂤」形的部件「コ」多為兩個，簡 8.213 中間增一個，共三部件連接一起。
建	 合 36908 黃組	 毛公鼎 周代晚期	 曾 1 正		 8.200-	《說文》:「建，立朝律也。从聿，从廴。」林義光認為  即廷省，从又持  在庭中，有所樹立之形。〔註 130〕〈睡・日甲 8〉、簡 8.200-

〔註 127〕吳欣倫：《吳越徐舒銘文研究》（嘉義：國立中正大學，中國文學系碩士論文，2011 年），頁 133。

〔註 128〕吳欣倫：《吳越徐舒銘文研究》（嘉義：國立中正大學，中國文學系碩士論文，2011 年），頁 136。

〔註 129〕袁庭棟：〈釋「𠂤」並兼論古代的契刻記事〉，《甲骨文獻集成》第 13 冊（成都：四川大學出版社，2001 年），頁 429～433。

〔註 130〕林義光：《文源・卷六》（上海：中西書局，2012 年），頁 237。

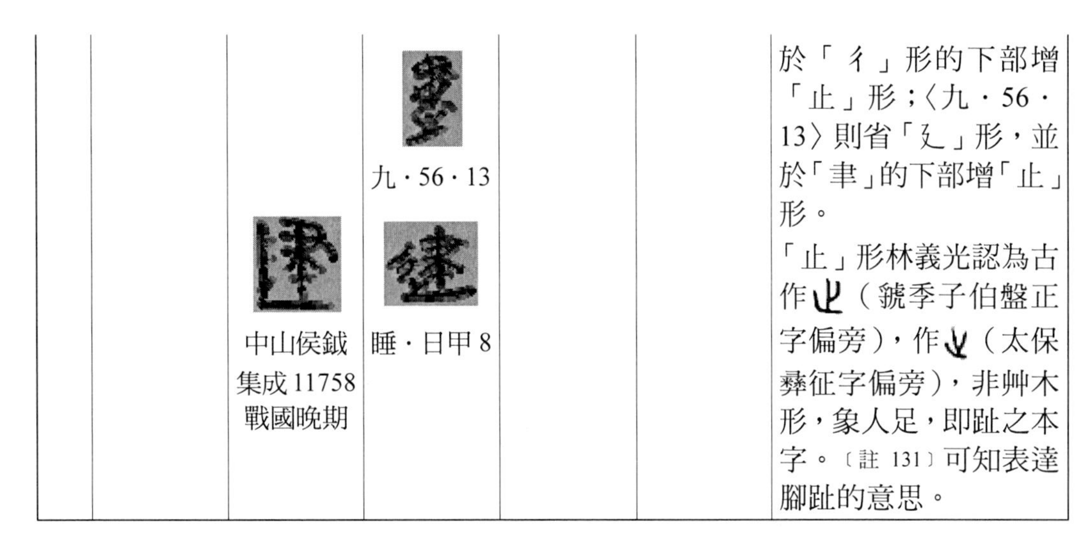

		中山侯鉞 集成 11758 戰國晚期	九・56・13 睡・日甲 8			於「彳」形的下部增「止」形；〈九・56・13〉則省「廴」形，並於「聿」的下部增「止」形。 「止」形林義光認為古作𣥂（虢季子伯盤正字偏旁），作𣥂（太保彝征字偏旁），非艸木形，象人足，即趾之本字。〔註 131〕可知表達腳趾的意思。

此類的字例「官」，增繁重複的部件「コ」，共三個「コ」形堆疊，似為連筆的表現。簡 8.200-字例「建」，原本从「彳」形，繁增「止」形，即成為楷書的部首「辵」。

本節繁化形體僅 2 例，其他皆為繁化筆畫，其中又以增繁橫畫的 13 例佔多數，可見里耶秦簡的繁化，以繁化筆畫為主。何琳儀云：

> 繁化，可分有義繁化和無義繁化兩大類。嚴格說來，二者都屬疊床架屋。有義繁化，通過分析尚可窺見繁化者的用意：或突出形符，或突出音符等等。至於，無義繁化，則很難捉摸繁化者的動機。即便可以解釋，或失之勉強。〔註 132〕

說明將原字再疊加有義或無義的筆畫、部件，皆屬多餘。有義繁化突出某個部件，為加強表意功能，猶合理。無義繁化，因為繁增的筆畫、部件無義，所以難以理解其背後用意，也無從解釋。里耶秦簡由於多數為繁化筆畫，想從幾筆筆畫中，解釋一套理論出來確實困難，故本節僅字例建的繁增部件「止」有詳細解釋。

針對字例「賈」的筆畫增繁，李晶有不同的解釋：

> 秦簡字形賈在篆體賈上側部件襾下增添一橫筆，今文字形在此基礎上將部件襾兩側縱向線條長度縮短，與所增添橫筆相接，形成閉合結構。〔註 133〕

〔註 131〕林義光：《文源・卷一》（上海：中西書局，2012 年），頁 62。

〔註 132〕何琳儀：《戰國文字通論（訂補）》（南京：江蘇教育出版社，2003 年），頁 213。

〔註 133〕李晶：《睡虎地秦簡字体風格研究》（石家莊：河北師範大學，漢語言文字學碩士論文，2010 年），頁 37。

說明秦簡「賈」字是在篆體的基礎上增添橫筆，今文則再縮短豎畫長度。篆體賈出自漢・許慎《說文解字》一書，因為與小篆字形同。小篆字形經過許慎整理，時代晚於秦簡，李氏言秦簡字形是在篆體部件增添筆畫，則出現時間倒反的觀念。又李氏僅將秦簡與小篆比較，未羅列同時代或秦代以前的文字，所以沒發現甲文、金文、楚文與小篆、秦簡的差異，非增添一橫筆而已。且「賈」字秦以前古文已有二橫畫，秦簡有三橫畫，增添的橫筆如其言，是位於下部而非上部，則有待考察。

第五章　里耶秦簡的文字比較研究

里耶秦簡出土多集中在第八層，同一層的文字筆勢、結體已有不同，而分屬不同層位的文字，或許也有一定的差異，本章第一節將比較第五、六、八層簡的文字，並分析其同異。此外秦簡文字特色是否與同時代其他秦文字有差異呢，這也是值得關注的焦點，故第二節將以里耶秦簡與其他秦文字比較。

第一節　第五、六、八層簡牘文字比較

里耶秦簡已公布的文字其筆勢、結體各具特點。可發現第五、六、八層簡牘，分屬不同的層位，代表各自時間的早晚不同，字形自然也有所區別。

> 地層堆積和出土器表明古城始建於戰國晚期的楚國時期，第五層出土的有楚國文字特點的竹簡上有「遷陵公」字樣，說明楚國晚期可能在此設有遷陵縣。〔註1〕

上文說明地層堆積和出土器的調查，可以瞭解里耶古城始建於戰國晚期的楚國，並由第五層有楚國文字特點的竹簡上「遷陵公」三字，推估楚國晚期此地已設有遷陵縣；也代表第五層竹簡與戰國晚期楚國的地層接近，故第五層簡牘可能應歸屬於楚國的物品。《里耶發掘報告》云：

〔註1〕湖南省文物考古研究所：《里耶秦簡（壹）》（北京：文物出版社，2012年），前言頁1。

> 簡牘出現自第 5 層始（深度 3.8 米），分布較集中的有：6B、8A、9C、10C、12、15、16A，為井口以下 5.8～13.7 米這一段。〔註 2〕

簡牘最先出土是第 5 層，再來是第 6、8、9、10、12、15、16 層，按地層堆積原理分析，堆積在上層物品，年代晚，愈下層的物品，年代則越早。所以按理第 5 層簡牘應該較第 6、8、9 等層年代晚，但是：

> 第 5 層的簡多為竹質，文字具有戰國時期楚國文字的書寫特徵，均殘斷，僅一枚是在不規則的方形木條上書寫。其他層位的均為木質簡牘，都是秦簡，明確記載為秦始皇二十五年至秦二世二年，即公元前 222 年至公元前 208 年。形式多樣，長度多數為 23 釐米，合秦時量制的一尺。〔註 3〕

由引文能知曉其他層位都是秦代簡牘，年代為公元前 222 年至公元前 208 年，秦始皇統一建國後至秦二世二年這段期間。如果第 5 層為戰國晚期楚國竹簡，時間較秦代早，則應在第 6、8、9 等層之下，而非最先出土的簡牘。可見第 5 層竹簡當是晚於秦代，但卻具有戰國時期楚國文字的書寫特點。又：

> 簡上文字具有戰國楚國文字特點，亦未敢遽定為楚國時物。秦簡中最晚的為二世二年，極可能秦政權在湘西的崩潰即在這一年，此時去楚未遠，仍有熟悉楚字書寫的人著意為之。〔註 4〕

秦簡記載年代為公元前 222 年至公元前 208 年，僅經過 15 年，與戰國楚國年代距離不算太遠，故第 5 層竹簡具有戰國楚國文字特點是可以理解的。但部分熟悉楚文字者，依舊認為第 5 層竹簡即為戰國時期楚國之物。

為釐清第五層年代問題，與各層文字特色，本節依《里耶秦簡（壹）》一書收錄簡牘，將第五、六、八層文字一同比較，並參照其他楚國、秦國簡牘文字，以表格方式詳細說明。若無相同的楚簡或秦簡文字，則選擇部件相同的字例比較分析。由於並非三層簡皆有同一字例，或皆筆跡清晰，故以下再分為三個項目比較：一、第五、八層簡文字比較；二、第六、八層簡文字比較；三、第五、六、八層簡文字比較，字例排序以筆畫由少至多遞增排序。

〔註 2〕湖南省文物考古研究所：《里耶發掘報告》（長沙：岳麓書社，2006 年），頁 179。
〔註 3〕湖南省文物考古研究所：《里耶發掘報告》（長沙：岳麓書社，2006 年），頁 179。
〔註 4〕湖南省文物考古研究所：《里耶發掘報告》（長沙：岳麓書社，2006 年），頁 180。

一、第五、八層簡文字比較

羅列第五、八層簡牘不同的字例，並與楚簡、秦簡文字比較。

表 5-1-1：第五、八層簡牘文字比較表

楷書	第五層	第八層	楚文字	秦文字	說　明
下	 5.4	8.127	 郭・老乙・18	 睡・效 22	「下」字說解於之前章節已出現過，此處省略。〔註 5〕簡 5.4、〈包 2・182〉上部皆加一短橫畫，為楚系文字特點；簡 8.127、〈郭・老乙・18〉、〈睡・效 22〉則無上部一短橫畫，故第八層簡「下」字兼具楚秦兩系特點。
			 包 2・182		
中	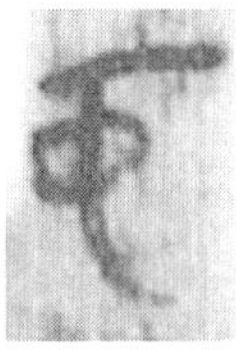 5.4	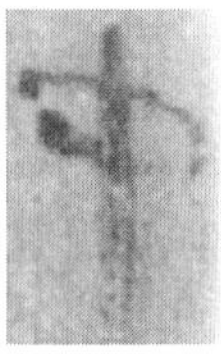 8.718	 天卜	 睡・日甲 98 背	《說文》:「中，內也。从口、丨，上下通。，古文中。，籀文中。」何琳儀認為「中」字戰國文字承襲商周文字。或省下部旗流，或旗流橫穿旗竿，或收縮豎筆，或彎曲豎筆。〔註 6〕簡 5.4、〈上（1）・孔・8〉旗流橫置於旗竿之上，且豎畫尾端向右延伸；簡 8.269、〈睡・日甲 98 背〉豎畫尾端向左延伸；簡 8.718、〈天卜〉中間豎畫呈直線形。第五層簡「中」字接近楚系文字；第八層簡「中」字則兼具兩系文字特色。 
		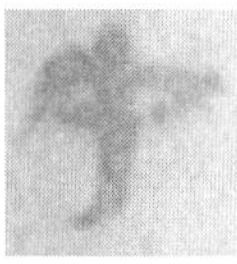 8.269	 上（1）・孔・8		
公	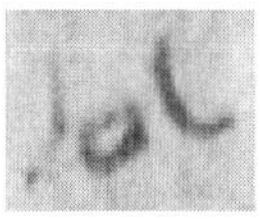 5.5	 8.60	 包 2・134	 睡・語 9	《說文》:「公，平分也。从八、从厶。八，猶背也。韓非曰：『背厶為公』。」高鴻縉認為「公」字甲文、金文俱不从厶，而韓非子竟有自環為厶背厶為公之

〔註 5〕詳見第四章第三節。

〔註 6〕何琳儀：《戰國古文字字典》（北京：中華書局，1998 年），頁 272。

		8.63	曾 195	睡·日乙 249	語。則此字形體之省變，必在戰國末期。〔註 7〕簡 5.5 與楚簡文字「八」形近，簡 8.60、簡 8.63 則與秦文字較近似。第五層簡「公」字接近楚系文字，第八層簡「公」字接近秦系文字。
			新乙 1 · 16		
斤	5.31	8.581		睡 · 封 82	《說文》:「斤，斫木也。象形。」季旭昇認為「斤」字甲骨文象斫木曲柄斧類工具，周金文以後分成兩體書寫，象形意味漸失。〔註 8〕簡 5.31、簡 8.581、〈睡 · 封 82〉右上部皆為一橫畫，微向右下角傾斜；楚系文字「斤」形皆為兩「」形並列，〈包 2 · 176〉右上部筆畫，甚至向左下角延伸；簡 8.1433-上部作，增一橫畫與豎畫，則與秦簡、楚簡文字不類。除了簡 8.1433-，第五、八層簡「斤」字接近秦系文字。
		8.1433-		睡 · 秦 91	
新			包 2 · 35		
			包 2 · 176		
田	5.1	8.595	包 2 · 77	睡 · 語 4	《說文》:「田，陳也，樹穀曰田。象四口，十，阡陌之制也。」季旭昇認為「田」字象田地阡陌縱橫之形。〔註 9〕簡 5.1 與楚文字形體圓潤；簡 8.595 與秦文字則較方正。第五層簡「田」字接近楚系文字；第八層簡「田」字接近秦系文字。
			包 2 · 151	睡 · 效 52	

〔註 7〕 高鴻縉：《中國字例》（臺北：三民書局，1976 年），頁 366。

〔註 8〕 季旭昇：《說文新證》（福州：福建人民出版社，2010 年），頁 971。

〔註 9〕 季旭昇：《說文新證》（福州：福建人民出版社，2010 年），頁 952。

申	 5.1	 8.1131	 新乙 4・144	 睡・日甲 3	《說文》:「申，神也。七月，陰气成，體自申束。从臼，自持也。吏臣餔時聽事，申旦政也。……，古文申。，籀文申。」季旭昇認為「申」字戰國文字兩旁電枝或訛為兩「口」、或訛為「臼」。〔註 10〕〈新乙 4・144〉、〈包 2・162〉中間筆畫為圓、弧筆，兩旁从「口」;簡 5.1、簡 8.1131 兩旁不是从「口」，且中間筆畫呈直線形。第五、八層簡「申」字接近秦系文字。  
			 包 2・162	 睡・日乙 35	
事	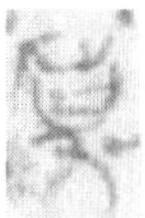 5.5-	 8.137	 包 2・161	 睡・日甲 136 背	「事」字說解於之前章節已出現過，此處即省略。〔註 11〕簡 5.5-與楚簡文字中間豎畫未貫穿，且部件「口」內部增一橫畫；簡 8.137、〈睡・日甲 136 背〉中間豎畫上下貫穿。第五層簡「事」字接近楚文字；第八層簡「事」字接近秦文字。
			 上（2）・從（甲）・4	 睡・語 11	
卒	 5.6	 8.397	 信 2・013	 睡・雜 5	《說文》:「卒，隸人給事者衣為卒。卒，衣有題識者。」季旭昇認為戰國文字「卒」下豎筆或加圓點飾符，後變為一橫畫。〔註 12〕簡 8.397、〈睡・雜 5〉下部橫畫向左下傾斜，成為撇畫；簡 5.6、〈信 2・013〉、〈仰 25・4〉橫畫呈水平直線，且中間豎畫皆向右下傾斜，〈睡・日甲 120 背〉豎畫則呈筆直形。第五層簡「卒」字接近楚系文字；第八層簡「卒」字接近秦系文字。
			 仰 25・4	 睡・日甲 120 背	

〔註 10〕季旭昇：《說文新證》（福州：福建人民出版社，2010 年），頁 1023。

〔註 11〕詳見第四章第一節。

〔註 12〕季旭昇：《說文新證》（福州：福建人民出版社，2010 年），頁 691。

所	 5.19	 8.1433	 包 2・171	 睡・秦 57	「所」字說解於之前章節已出現過，此處即省略。〔註 13〕簡 8.1564、〈睡・秦 57〉字形相近；簡 8.1433「戶」形與秦文字相似；簡 5.19、〈睡・法 146〉「斤」形上部筆畫皆拉直。第五、八層簡「所」字皆接近秦系文字。
		 8.1564	 郭・緇・33	 睡・法 146	
			 上（1）・紂・17		
得	 5.17	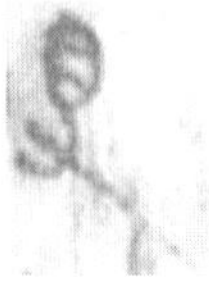 8.133	 郭・老甲・28	 睡・效 18	《說文》：「得，行有所得也。从彳，㝵聲。，古文省彳。」季旭昇認為「得」字春秋時代，「貝」形省為「目」，禮器碑進一步訛為「日」。〔註 14〕簡 5.17、〈睡・秦 115〉「貝」形下部兩點拉直為一橫畫；簡 8.133、〈郭・老甲・28〉則省下部兩點為「目」，且省「彳」形，與楚簡文字形構類似；簡 8.659 則與〈睡・效 18〉形體近似。故簡 5.17、簡 8.659 均接近秦系文字；簡 8.133 則接近楚系文字。 
		 8.659	 上（1）・孔・7	 睡・秦 115	
彭	 5.17	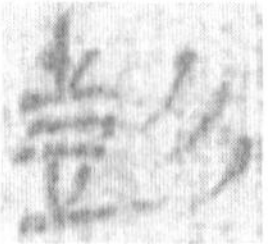 8.105	 新甲 3・172	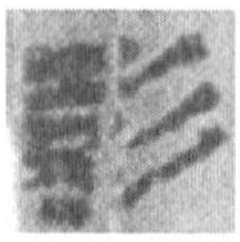 嶽（叁）・151（551）	《說文》：「彭，鼓聲也。从壴，彡聲。」何琳儀認為「彭」字戰國文字承襲金文，鼓之飾物或省作形，三斜筆或省作 

〔註 13〕詳見第四章第三節。

〔註 14〕季旭昇：《說文新證》（福州：福建人民出版社，2010 年），頁 129。

新甲 3・41

ㄣ。〔註 15〕簡 5.17、〈新甲 3‧41〉「彡」形靠近「壴」形的右下部；簡 8.105、〈嶽（叁）‧151（551）〉「彡」形則置於「壴」形的右方。第五層簡「彭」字較接近楚系文字；第八層簡「彭」字接近秦系文字。

第五層簡文字大部分具有楚文字特點，第八層簡文字則具有秦文字特點。但也有少數例外，如第五層簡之「大」、「斤」、「得」三例，接近秦系文字；而第八層簡之「中」、「申」、「得」三例，則接近楚系文字。

二、第六、八層牘文字比較

羅列第六、八層簡牘不同的字例，與楚簡、秦簡文字比較。

表 5-1-2：第六、八層簡牘文字比較表

楷書	第六層	第八層	楚文字	秦文字	說　明
勿	6.4	8.248	郭・老甲・37 郭・性・2 璽彙 295	睡・為 19 睡・日甲 100	《說文》:「勿，州里所建旗。象其柄，有三游。雜帛，幅半異。所以趣民，故遽稱勿勿。，勿或从㫃。」季旭昇認為「勿」字戰國楚璽字形訛變,《說文》誤以為象旗形者，即承此類字形。〔註 16〕簡 6.4、〈睡・為 19〉撇畫為四筆，長度一致且修長；簡 8.248 內部則為兩點畫，與楚、秦簡文字皆不類。其中以簡 6.4 近秦系文字。
卯	6.4	8.755	包 2・239	睡・日乙 67	《說文》:「卯，冒也。二月萬物冒地而出，象開門之形。故二月為天門。，古文卯。」葉玉森認為「卯」字象門有雙環

〔註 15〕何琳儀：《戰國古文字字典》（北京：中華書局，1998 年），頁 272。
〔註 16〕季旭昇：《說文新證》（福州：福建人民出版社，2010 年），頁 757。

		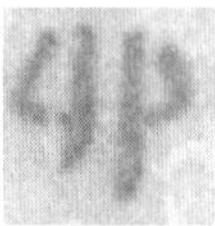 8.665	 天卜	 睡・日甲 72 背	，雙環外嚮，乃開門之形。〔註 17〕簡 6.4、簡 8.665、〈睡・日乙 67〉二豎畫呈直線形；簡 8.755、〈睡・日甲 72 背〉則呈弧線。第六、八層簡「卯」字接近秦系文字，與楚簡文字不類。
丙	 6.8	8.141	 望 1・9	 睡・日甲 101 背	《說文》:「丙，位南方，萬物成炳然。陰气初起，陽气將虧，从一入冂。一者，陽也。丙承乙，象人肩。」季旭昇認為「丙」字戰國文字或訛从火，楚系加飾符「口」。〔註 18〕簡 8.141、內部之「入」形作，與〈睡・日甲 101 背〉相似；簡 6.8 內部之形作，則兩筆畫分開，目前尚未見到近似的其他秦簡文字。簡 8.141 接近秦系文字 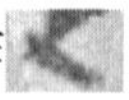 
				 睡・封 34	
而	 6.1	8.135	 郭・語 4・27	 睡・效 12	《說文》:「而，頰毛也。象毛之形。《周禮》曰:『作其鱗之而』。」季旭昇認為𣬉敖簋以下，「而」字變化多樣，然演變之迹明白可見。戰國文字易與「天」字混淆。〔註 19〕簡 6.1、〈睡・效 12〉內部為二短豎畫；簡 8.135、〈睡・日乙 134〉豎畫則拉長。第六、八層簡「而」字皆接近秦系文字，未見有楚簡相似之形。
			 上（1）・紂・22	 睡・日乙 134	
			 郭・成・10		

〔註 17〕葉玉森：《殷墟書契前編集釋・卷一》（台北：藝文印書館，1966 年），頁 38。

〔註 18〕季旭昇：《說文新證》（福州：福建人民出版社，2010 年），頁 1000。

〔註 19〕季旭昇：《說文新證》（福州：福建人民出版社，2010 年），頁 760。

字	第六層	第八層	楚	秦	說明
百	6.1	8.989	信 2・029	睡・為 38	《說文》：「百，十十也。从一、白。數，十百為一貫，相章也。，古文百从自。」何琳儀認為戰國文字分兩類。一類承襲兩周文字作，或再加橫筆為飾作、。另一類作、、，構形不明。〔註 20〕簡 6.1、〈睡・日甲 159 背〉內部同為一橫畫，且字形相似；簡 8.989、〈睡・為 38〉字形相似，有楷書意味。第六、八層簡「百」字接近秦系文字。
			郭・老甲・1	睡・日甲 159 背	
見	6.28	8.1593	信 2・013	睡・日乙 56	「見」字的《說文》說解於之前章節已出現過，此處即省略。〔註 21〕季旭昇認為春秋戰國時代，「見」與「視」的分別漸漸模糊，「視」字多改从「氏」、「氐」、「示」聲，於是「見」字下部也開始作立人形。〔註 22〕簡 6.28、簡 8.1593、〈睡・日乙 56〉「儿」形成直線形；簡 8.1236、〈睡・封 95〉右筆向右延伸；簡 8.1067、〈睡・日乙 21〉右筆轉彎二次。第六、八層簡「見」字皆接近秦系文字；楚簡中則未見到相似之形構。
		8.1236	上（2）・從（甲）・11	睡・封 95	
		8.1067	郭・五・27	睡・日乙 21	
受	6.8	8.242	包 2・37	睡・秦 184	《說文》：「受，相付也。从𠬪，舟省聲。」何琳儀認為戰國文字承襲商周文字，或作，爪與舟借用兩筆；或省爪作、，

〔註 20〕何琳儀：《戰國古文字字典》（北京：中華書局，1998 年），頁 626。

〔註 21〕詳見第四章第三節。

〔註 22〕季旭昇：《說文新證》（福州：福建人民出版社，2010 年），頁 719。

		 8.2117	 上（1）·孔·2	 睡·日乙 206	或省又作  。〔註 23〕簡 6.8、簡 8.242、〈睡·秦 184〉「爪」形相似，近於「日」形；簡 8.2117、〈睡·日乙 206〉皆省「舟」形。第六、八層簡「受」字皆接近秦系文字。
金	 6.29	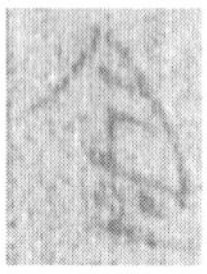 8.171-	 包 2·253	 睡·日甲 90 背	「金」字的《說文》說解於之前章節已出現過，此處即省略。〔註 24〕何琳儀認為戰國文字承襲兩周金文，楚系文字或作  、 、 、 、 、 ，多有聯筆。秦系文字或作  ，已有聲化从今之趨勢。〔註 25〕簡 6.29、〈睡·秦 89〉橫畫呈直線形，且較短；簡 8.171-、〈睡·日甲 90 背〉下部為二點畫。第六、八層簡「金」字皆接近秦系文字，與楚簡文字異。
			 包 2·272	 睡·秦 89	
			 曾 60		
須	 6.11	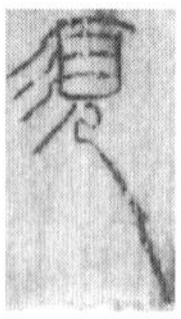 8.204-	 包 2·130 反	 睡·秦 87	「須」字說解於之前章節已出現過，此處即省略。〔註 26〕簡 6.11、簡 8.204-、〈睡·秦 87〉「彡」形，三撇畫皆靠近「頁」形的左側；楚簡三字例的撇畫，則皆靠近「頁」形的下部。第六、八層簡「須」字皆接近秦系文字。
			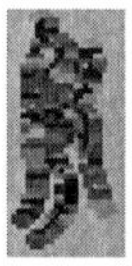 曾 68	 睡·日甲 71 背	
			 曾 6	 睡·日甲 44 背	

〔註 23〕何琳儀：《戰國古文字字典》（北京：中華書局，1998 年），頁 186。

〔註 24〕詳見第四章第三節。

〔註 25〕何琳儀：《戰國古文字字典》（北京：中華書局，1998 年），頁 1392。

〔註 26〕詳見第四章第一節。

貲	 6.32	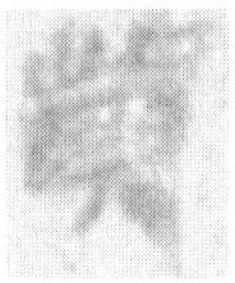 8.353		 睡・雜 25	「貲」字說解於之前章節已出現過，此處即省略。〔註 27〕簡 6.32、〈睡・效 14〉、〈睡・語 12〉、〈睡・日乙 139〉「匕」形最後一筆延伸向右下方；簡 8.353、〈睡・雜 25〉「止」與「匕」形左右並列；〈郭・六・26〉、〈郭・唐・29〉「止」形位置較「匕」形低，且楚簡三字例「匕」形最後一筆皆延伸向左下方。第六、八層簡「此」字皆接近秦系文字。
				 睡・效 14	
此			 郭・六・26	 睡・語 12	
			 郭・唐・29	 睡・日乙 139	
			 包 2・204		

第六、八層文字大部分具有秦文字特點。而簡 8.248 字例「勿」、簡 6.8 字例「丙」，因與楚、秦系文字皆不接近，故沒有歸屬於任何一系。

三、第五、六、八層簡文字比較

羅列第五、六、八層簡牘不同的字例，與楚簡、秦簡文字比較。

表 5-1-3：第五、六、八層簡牘文字比較表

楷書	第五層	第六層	第八層	楚文字	秦文字	說　明
上	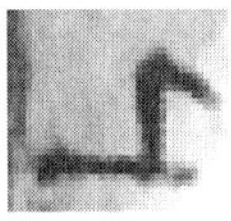 5.31	 6.31	8.154	 新甲 3・285	睡・語 9	《說文》:「上，高也。此古文上，指事也。……丄，篆文上。」何琳儀認為「上」字金文作二（牆盤），戰國文字作丄，短橫已演變為豎 

〔註 27〕詳見第四章第一節。

			8.256	新甲 3·411、415	睡·效 49	筆。或作上，在豎筆右側（或左側）加橫筆為飾。〔註 28〕簡 8.434、〈睡·效 49〉豎畫向上貫穿而出且彎曲；簡 8.154、〈新甲 3·411、415〉豎畫貫穿，但呈直線形；簡 5.31、簡 6.31、簡 8.256 與〈新甲 3·285〉、〈睡·語 9〉豎畫上端皆向右轉折。里耶秦簡「上」字之形構於楚文字及秦文字中均可得見，無法細辨。
			8.434			
凡	5.18	6.1	8.1221	九·56·13 下	睡·秦 137	《說文》：「凡，最括也。从二。二，偶也。从乃。乃，古文及。」何琳儀認為甲文作（前七·二八·四）。象盤之狀，盤之初文。或說，象船帆之形，帆之初文。金文作（曶鼎）、（散盤）。戰國文字承襲商周文字，或加飾筆作、、、。〔註 29〕簡 5.18、簡 8.1221、〈睡·秦 137〉中間為二橫畫；簡 6.1、〈九·56·13 下〉右撇畫上部向左延伸，則似增一橫畫，故共三橫畫。簡 6.1 仍較接近秦文字頎長之形，且右撇畫均有拉長筆畫之勢，與楚文字方正之形較不類；第五、八層簡「凡」字皆接近秦系文字。
					睡·效 30	
己	5.22	6.8	8.138-	包 2·157 反	睡·日甲 26	《說文》：「己，中宮也，象萬物辟藏詘形也。己承戊，象人腹。……，古文己。」高鴻縉認為「己」字象縱橫絲縷有紀之形，名詞。後借為天干第六名，後借為自己之己。〔註 30〕簡 5.22、〈包 2·157 反〉上、下部明顯筆畫不連接；簡 6.8、簡 8.665-、
			8.665-		睡·日乙 39	

〔註 28〕何琳儀：《戰國古文字字典》（北京：中華書局，1998 年），頁 656。

〔註 29〕何琳儀：《戰國古文字字典》（北京：中華書局，1998 年），頁 1422。

〔註 30〕高鴻縉：《中國字例》（臺北：三民書局，1976 年），頁 136。

						〈睡・日乙 39〉上部首筆皆呈圓潤之形，下部末筆呈弧線形；簡 8.138-、〈睡・日甲 26〉筆畫呈方折之形，且形體近似。第五層簡「己」字接近楚系文字；第六、八層簡「己」字接近秦系。
不	5.6	6.10	8.140	包 2・220	睡・秦 174	《說文》：「不，鳥飛上翔不下來也。从一，一猶天也。象形。」羅振玉認為「不」字象花不形，花不為不之本誼。許君訓為鳥飛不下來，失其旨矣。〔註31〕簡 5.6、簡 6.10 與〈包 2・220〉、〈睡・秦 174〉皆有「」形；簡 8.140 筆畫作，〈睡・封 92〉作，有明顯的轉折。第八層簡「不」字接近秦系文字；第五、六層簡「不」字則兩系兼具。
					睡・封 92	
五	5.1-	6.1	8.71	新乙 4・27	睡・日乙 1	《說文》：「五，五行也。从二。陰陽在天地間交午也。，古文五省。」林義光認為陰陽交午非五數。五本義為交午，假借為數名。象橫平，象相交。〔註32〕簡 5.1-、〈新乙 4・27〉、〈睡・日乙 1〉的「」形不對稱，且向右下傾斜的撇畫呈弧線形，或彎曲；簡 6.1、〈睡・編 32〉較對稱，且與「二」形不相連；簡 8.71 縮短右下傾斜的撇畫，與楚、秦簡文字皆不類。第六層簡「五」字接近秦系文字；第五層簡「五」字則兩系兼具。
					睡・編 32	
					睡・日甲 64	

〔註31〕羅振玉：《殷虛書契考釋三種・增訂殷虛書契考釋・卷中》（北京：中華書局，2006 年），頁 454。

〔註32〕林義光：《文源・卷三》（上海：中西書局，2012 年），頁 135。

<table>
<tr><td rowspan="2">以</td><td>5.9</td><td> 6.1-</td><td> 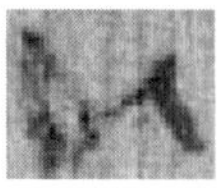8.802</td><td> 包 2・58</td><td> 睡・日甲 2</td><td rowspan="2">《說文》:「以，用也。从反巳。賈侍中說，己，意巳實也。象形。」〔註 33〕徐中舒認為從㠯即耜之本字，㠯為用具，故古文借為以字。〔註 34〕又說耜為農具，為個人日常使用的物件。〔註 35〕以，用也。簡 5.9、〈包 2・58〉象農具之形；簡 6.1-、簡 8.802、〈睡・日甲 2〉右部增「人」形；簡 8.461、〈睡・為 38〉「人」形筆畫彎曲。第五層簡「以」字接近楚系文字；第六、八層簡「以」字接近秦系文字。</td></tr>
<tr><td></td><td></td><td>8.461</td><td></td><td> 睡・為 38</td></tr>
<tr><td rowspan="2">四</td><td> 5.7</td><td> 6.8</td><td>8.60</td><td> 包 2・260</td><td> 睡・法 98</td><td rowspan="2">《說文》:「四，陰數也。象四分之形。，古文四。亖，籀文四。」季旭昇認為初文積四橫畫，春秋以後或作「四」形。〔註 36〕簡 5.7、〈包 2・260〉二豎畫貫穿部件「口」；簡 6.8、〈睡・日甲 63 背〉豎畫未貫穿，且部件「口」呈圓潤之形；簡 8.60、〈睡・法 98〉部件「口」左下部呈方折形，中間為二撇畫。第五層簡「四」字接近楚系文字；第六、八層簡「四」字接近秦系文字。 </td></tr>
<tr><td></td><td></td><td></td><td> 天策</td><td> 睡・日甲 63 背</td></tr>
<tr><td>它</td><td> 5.11</td><td> 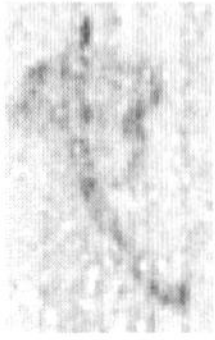6.14</td><td> 8.122</td><td> 包 2・164</td><td> 睡・效 52</td><td>《說文》:「它，虫也。从虫而長，象冤曲垂尾形。上古艸居患它，故相問無它乎。，它或从虫。」季旭昇認為「它」字甲文、金文蛇身均為複筆，戰國以後下筆 </td></tr>
</table>

〔註 33〕此處《說文》引用段注本，因所言「从反巳」較大徐本「从辰巳」合適。

〔註 34〕徐中舒：〈耒耜考〉，《徐中舒歷史論文選輯》上冊（北京：中華書局，1998 年），頁 72～127。

〔註 35〕徐中舒：〈耒耜考〉，《徐中舒歷史論文選輯》上冊（北京：中華書局，1998 年），頁 72～127。

〔註 36〕季旭昇：《說文新證》（福州：福建人民出版社，2010 年），頁 987。

			 8.850	 郭・忠・7	 睡・秦 174	引長。〔註 37〕簡 5.11、〈睡・效 52〉豎畫雖呈弧線形，但弧度不明顯；簡 6.14、〈睡・秦 174〉豎畫向右延伸，且右側作、，為曲筆；簡 8.122、〈包 2・164〉豎畫右側為一短撇；簡 8.850 則為二短撇，與〈郭・忠・7〉相似。第八層簡「它」字接近楚系文字；第五、六層簡「它」字接近秦系文字。 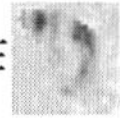
布	 5.7	 6.18	 8.155	 信 2・015	 睡・秦 67	《說文》:「布，枲織也。从巾，父聲。」簡 5.7、〈信 2・015〉「巾」形下同增一橫畫；簡 6.18、〈睡・法 184〉形近；簡 8.155、〈睡・秦 67〉「父」形橫畫呈平直形。第五層簡「布」字接近楚系文字；第六、八層簡「布」字接近秦系文字。
					 睡・法 184	
未	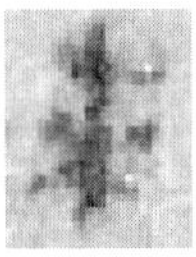 5.1	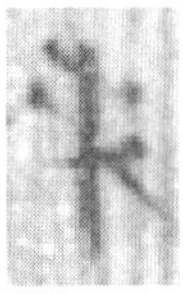 6.8	 8.1377	 包 2・84	 睡・雜 35	《說文》:「未，味也，六月滋味也。五行，木老於未，象木重枝葉也。」季旭昇認為「未」字即樹木枝葉茂盛成熟有滋味。〔註 38〕簡 6.8、簡 8.1377、〈睡・雜 35〉右部第二撇畫、、延伸向左，貫穿豎畫；簡 5.1 則似點畫，而非撇畫，與楚、秦簡文字皆不類。第六、八層簡「未」字接近秦系文字。 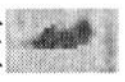 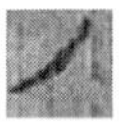 
				 新乙 4・45		
如	 5.11	 6.14	 8.143-	 郭・五・45	 睡・效 54	《說文》:「如，从隨也。从女，从口。」陽樹達認為「如」字从女口，謂女子言語善順隨人也。女為領名，口為屬

〔註 37〕季旭昇：《說文新證》（福州：福建人民出版社，2010 年），頁 938。
〔註 38〕季旭昇：《說文新證》（福州：福建人民出版社，2010 年），頁 1022。

				 信1・04	 睡・效52	名。〔註39〕簡5.11、簡6.14、〈睡・效52〉「女」形右豎畫呈弧形；簡8.143-、〈睡・效54〉則呈方折之形。第五、六、八層簡「如」字皆接近其他秦簡文字，與楚簡文字形構不類。
年	 5.13	 6.36	8.537	 郭・唐・18	 睡・編5	「年」字說解於之前章節已出現過，此處即省略。〔註40〕簡5.13、〈郭・唐・18〉豎畫貫穿而下且較短，中間呈圓點形；簡6.36、簡8.537、〈睡・編5〉下从「千」形，且「禾」、「千」形分開。第五層簡「千」字接近楚系文字；六、八層簡「千」字皆接近秦系文字。
				 包2・127		
告	 5.9	 6.4	8.657	 包2・15	 睡・日甲111背	「告」字的《說文》說解於之前章節已出現過，此處即省略。〔註41〕季旭昇認為「告」字本義為祝告，甲骨文、金文「告」字皆為祝，引申為告人。〔註42〕簡5.9、〈包2・15〉「牛」形二撇畫皆置於中間豎畫底部；簡6.4、8.657、〈睡・雜33〉撇畫則置於豎畫上半部。第五層簡「告」字接近楚系文字；六、八層簡「告」字皆接近秦系文字。
					 睡・雜33	
律	 5.17	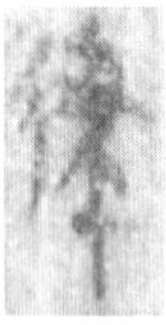 6.4	 8.803		 睡・法162	《說文》：「律，均布也。从彳，聿聲。」馬叙倫認為均布也，當作彴也布也。布也校語，彴也者，以律為法律字之義也。〔註43〕簡5.17、〈睡・語10〉「聿」形下部

〔註39〕楊樹達：《中國文字學概要・文字形義學》（上海：上海古籍出版社，2006年），頁176～177。

〔註40〕詳見第四章第一節。

〔註41〕詳見第四章第一節。

〔註42〕季旭昇：《說文新證》（福州：福建人民出版社，2010年），頁93。

〔註43〕林義光：《文源・卷六》（上海：中西書局，2012年），頁237。

					睡・語 10	均作；簡 6.4、〈睡・雜 2〉、〈曾 1 正〉、〈帛乙 9・9〉均作，但是「」形的中間橫畫，簡 6.4 與秦系文字呈直線形，楚系文字尾端向則下延伸；簡 8.803、〈睡・法 162〉為二橫畫。五、六、八層簡「律」字皆接近秦系文字。
					睡・雜 2	
建				曾 1 正		
				帛乙 9・9		

由上表歸納，五層簡文字具有楚文字特點，第六、八層簡文字有秦文字特點，有楷書字例「己」、「以」、「四」、「布」、「年」、「告」，所舉 15 個字例中佔 6 個，佔比例 40%。

四、里耶第五、六、八層與其他楚系、秦系簡文字比較

將上述三小節，里耶第五、六、八層與其他楚系、秦系簡文字的比較說明，做一表整理。字例兼具楚、秦兩系特點，則兩系皆羅列，而字例「上」的形構無法細辨，故不列入整理的範圍。

表 5-1-4：里耶第五、六、八層與其他楚系、秦系簡文字比較表

比較種類	簡牘層位	字　例	各層字例數量	總數量
接近楚系文字	第五層	下（）、中（）、公（）、田（）、事（）、卒（）、彭（）、己（）、不（）、五（）、以（）、四（）、布（）、年（）、告（）	15	23

	第六層	凡（ ）、不（ ）	2	
	第八層	下（ ）、中（ 、 ）、得（ ）、它（ 、 ）	6	
接近秦系文字	第五層	斤（ ）、申（ ）、所（ ）得（ ）、凡（ ）、不（ ）、五（ ）、它（ ）、如（ ）、律（ ）	10	71
	第六層	勿（ ）、卯（ ）、而（ ）、百（ ）、見（ ）、受（ ）、金（ ）、須（ ）、貲（ ）、己（ ）、不（ ）、五（ ）、以（ ）、四（ ）、它（ ）、布（ ）、未（ ）、如（ ）、年（ ）、告（ ）、律（ ）	21	
	第八層	下（ ）、中（ 、 ）、公（ 、 ）、斤（ ）、田（ ）、申（ ）、事（ ）、卒（ ）所（ 、 ）、得（ ）、彭（ ）、丙（ ）、卯（ 、 ）、而（ ）、百（ ）、見（ 、 、 ）、受（ 、 ）、金（ ）、須（ ）、貲（ ）、凡（ ）、	40	

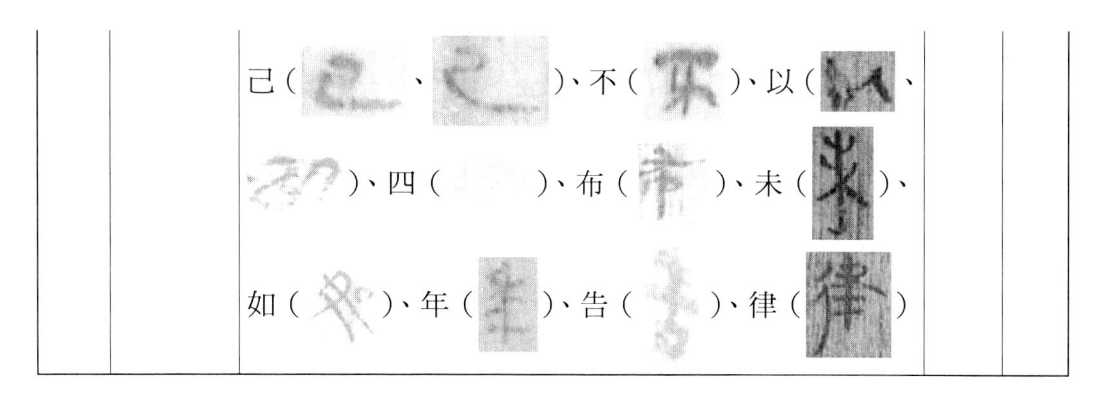

		己（ 、 ）、不（ ）、以（ 、 ）、四（ ）、布（ ）、未（ ）、如（ ）、年（ ）、告（ ）、律（ ）		

上引表格接近楚系文字共有 23 個字例，接近秦系文字共有 71 字例。接近楚文字的字例中，第五層簡有 15 個字例、第六層簡有 2 字例、第八層簡有 6 字例；接近秦文字的字例中，第五層簡有 10 例、第六層簡有 21 例、第八層簡有 40 例。

第五層簡接近楚文字的字例有 15 個，接近秦文字的字例有 10 個，楚字例數量略多，可判斷五層簡文字具有楚文字特點；第六、八層文字接近秦文字比楚文字的字例數量多，可知第六、八層文字具秦文字特點。

因為簡 5.1 字例「未」、簡 6.8 字例「丙」、簡 8.71 字例「五」、簡 8.248 字例「勿」、簡 8.1433-字例「斤」，因與楚、秦系文字不接近，故沒有歸屬於任何一系。

由歸納得知，第五層具有楚國文字的書寫特徵，猶有接近秦系的字例，第八層也有接近楚系的字例，反而第六層相對保留完整秦系文字特色。戰國楚系文字特點，駢宇騫《簡帛文獻概述》云：

> 到了戰國中、晚期以後，竹簡、帛書的手寫體文字佔了主導地位，並且直接影響著銅器銘文的風格，主要表現為這一時期的銘文普遍有扁平欹斜，筆勢圓轉流麗，橫畫多作昂起的弧形，一般落筆重而收筆輕，多有首粗尾細之感，有的波勢挑法已具後世隸書之雛形。〔註 44〕

說明楚簡帛的手寫文字，影響銅器銘文的風格，主要表現筆勢圓潤流轉，橫畫有昂起的弧形，且通常落筆重壓，收筆則輕提，造成筆畫首粗尾細之感。而里耶秦簡第五層文字同樣具楚簡帛的書寫風格，如簡 5.9「以」字作 ，豎畫

〔註 44〕駢宇騫：《簡帛文獻概述》（台北：萬卷樓出版社，2005 年），頁 179。

首粗至尾端轉彎處則漸細。與第六層文字相比，簡 6.1- 　，左部呈圓圈之形，筆畫則粗細平均。又如簡 5.9「告」字作 　，中間豎畫與兩旁撇畫，首粗尾端漸細；與第八層文字相比，簡 8.657 作　，二橫畫的首尾同粗，無明顯的變化。

但第五層並非全部文字皆筆畫首粗尾細，如簡 5.7「布」字作 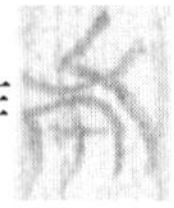　、簡 5.11「它」字作 　、簡 5.1-「五」字作 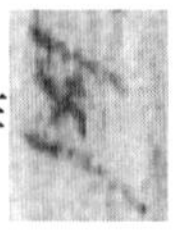　，簡 5.18「凡」字作　，字例所佔比例不少，與駢氏言文字大多具有首粗尾細之感，數量是有些落差。故目前僅能言第五層文字具有戰國楚國文字特點，而不能斷然認定屬於楚國時物。

第二節　與其他秦文字比較

由結體的簡化、變異、繁化分析，已知里耶秦簡與睡虎地秦簡文字演化相似度高，然猶存在少許差異。其實除簡牘之外，秦文字還包含其他材質的文物，所以里耶秦簡也可與其他秦文字一同比較，以探究里耶秦簡與其他秦文字在形構上有何種同異性，故本節將表格分秦簡與秦金文、陶文、刻石兩類，字例引自袁仲一《秦文字類編》一書，主要為作者根據文字摹寫。

秦簡類主要收錄自《睡虎地秦墓竹簡》、《雲夢睡虎地秦墓》發掘報告，以及天水放馬灘秦墓出土的《日書》、《墓主記》的簡文，與青川縣秦墓出土的《更修田律》的木牘，馬王堆出土的古醫書《五十二病方》、《足臂灸經》的簡文等。〔註 45〕

金文收錄自青銅器、兵器的銘文；陶文收錄自袁仲一《秦代陶文》書中的拓本摹寫；刻石類主要收錄石鼓文、詛楚文、泰山刻石、瑯琊刻石、繹山碑等，以及陝西鳳翔秦公一號墓的殘石磬上文字，與秦始皇陵園的石刻。〔註 46〕

〔註 45〕此處依原文簡化說明，全文詳見袁仲一：《秦文字類編》（陝西：陝西人民教育出版社，1993 年 11 月），前言頁 2。

〔註 46〕此處依原文簡化說明，全文詳見袁仲一：《秦文字類編》（陝西：陝西人民教育出版社，1993 年 11 月），前言頁 2。

所舉秦文字與里耶秦簡比較後，於表格中詳細說明，字例排序以筆畫由少至多遞增排序，表格如下：

表 5-2-1：里耶秦簡與其他秦文字比較表

楷書	里耶秦簡	秦簡	秦金文、陶文、刻石	說　明
山	 8.769	 秦簡一〇、四〔註47〕	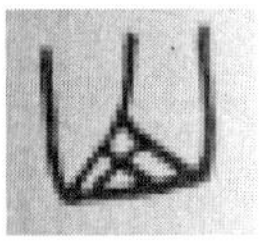 麗山園鐘	《說文》:「山，宣也。宣气散，生萬物，有石而高。象形。」何琳儀認為戰國文字承襲金文，或加飾筆作、、、。〔註48〕簡 8.769 中間豎畫下部為填滿實筆；〈放馬灘地圖〉則留空，當是由填滿的實筆演化而成；金文、陶文皆有增繁筆畫，如〈麗山園鐘〉作形；〈秦陶一四七六器片〉作，為二撇畫;〈秦陶一四六八〉作為向右二撇畫，與中間一左撇相連。簡 8.735「山」字為三筆畫，且無填滿的實筆，與〈秦簡一〇、四〉、〈放馬灘地圖〉相類。 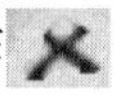  
	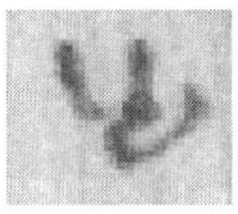 8.735	 放馬灘地圖	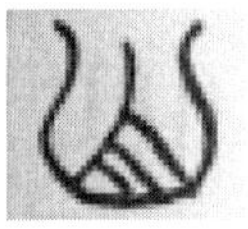 秦陶一四七六器片〔註49〕	
		 放馬灘地圖	 秦陶一四六八	
			 秦陶四三六俑	
			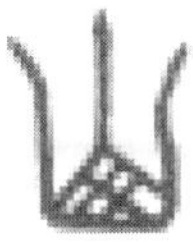 秦陶一四六六壺蓋	
下	 5.4	 秦簡一一、二〇	 秦公鎛	「下」字的《說文》說解於之前章節已出現過，此處即省略。〔註50〕季旭昇提及「下」字段注改《說文》

〔註48〕何琳儀：《戰國古文字字典》（北京：中華書局，1998年），頁1084。

〔註47〕本節字例出處簡稱「秦簡」引自《睡虎地秦墓竹簡》一書，簡稱「雲夢」則引自《雲夢睡虎地秦墓》一書，皆為睡虎地秦簡文字，惟收錄的書籍不同。

〔註49〕本節陶文字例簡稱「秦陶一四七六器片」，其中數字「一四七六」為《秦代陶文》一書中編號。

〔註50〕詳見第四章第三節。

	8.127	 青川木牘	 始皇詔橢量三	古文字頭為「二」，但是我們看不到戰國時代的六國古文有這種寫法。〔註 51〕〈秦公鎛〉寫作「二」，或許因為是春秋時代的樂器，故戰國時代看不到此種寫法。所舉秦文字皆未如簡 5.4，「丅」形上部增一橫畫與豎畫；簡 8.127、〈秦簡一一、二〇〉「下」字三筆畫皆呈直線形，未有彎曲線條，已展現出將彎曲線條平直化的現象。簡 8.127「下」字與〈秦簡一一、二〇〉相類。
		 放馬灘地圖	 高莊墓缶	
			 泰山刻石	
水	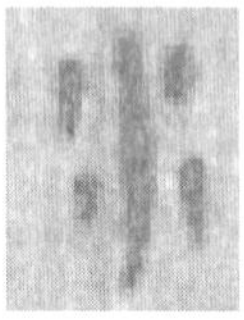 5.22	 秦簡二五、四六	 秦陶七〇一瓦	《說文》：「水，準也。北方之行。象眾水並流，中有微陽之气也。」季旭昇認為「水」字象流動的河水、泉水。〔註 52〕簡 5.22、〈秦簡二五、四六〉、〈石鼓吾水〉中間為一長畫，兩旁各二短畫；簡 8.608、〈秦陶七〇一瓦〉為六短畫，上述筆畫象水流動之形，故為豎畫或撇畫不一定；〈放馬灘地圖〉中間為一豎畫，右部為二撇畫，左部為一曲筆；〈秦陶八〇一瓦〉為一曲筆和二豎畫組成。
	 8.608	 放馬灘地圖	 秦陶八〇一瓦	
			 石鼓吾水	簡 5.22「水」字與〈秦簡二五、四六〉、〈石鼓吾水〉相類；簡 8.608「水」字與〈秦陶七〇一瓦〉相類。
犬	 8.461	 秦簡一〇六	 秦陶一三〇六瓦	《說文》：「犬，狗之有縣蹏者也。象形。孔子曰：『視犬之字如畫狗也。』」王國維認為「犬」字腹瘦尾拳者為犬，腹肥尾垂者為豕。〔註 53〕犬

〔註 51〕季旭昇：《說文新證》（福州：福建人民出版社，2010 年），頁 45。

〔註 52〕季旭昇：《說文新證》（福州：福建人民出版社，2010 年），頁 827。

〔註 53〕李孝定：《甲骨文字集釋．卷十》（臺北：中央研究院歷史語言研究所，1991 年），頁 3091。

	 8.950	 病方目錄		的尾巴多在右部，〈秦陶一三〇六瓦〉則在左部。簡 8.461 身體與尾巴連成一直線，無法區別二者的分界，線條亦較為平直化；簡 8.950 則尾部獨立不相連；〈秦簡一〇六〉身體與尾巴雖亦連成一線，但卻可區分出下垂部分為尾巴；〈病方目錄〉尾部為獨立線條。整體而論，里耶秦簡「犬」字已展現出將彎曲線條平直化的現象。 簡 8.950「犬」字可區分出獨立的尾巴部分，與〈秦簡一〇六〉、〈病方目錄〉相類。
出	 8.211	 雲夢日書乙一〇五一	 秦陶一六一〇	《說文》:「出，進也。象艸木益滋上出達也。」季旭昇認為西周晚期克鼎作  ，「凵」形移至右下側寫，此字形訛變之始;石鼓文「凵」形訛變益甚。〔註54〕表中所舉字例形體多少都有差異，為字形訛變的結果，然而里耶秦簡及其他秦簡字形均已較接近楷書形貌。 簡 8.1201「出」字為一豎畫，上有兩「凵」形，與〈秦簡二八、五〉、〈放馬灘日書甲一六〉相類。
	 8.500	 秦簡二八、五	 咸陽瓦	
	 8.1201	 放馬灘日書甲一六	 石鼓田車	
	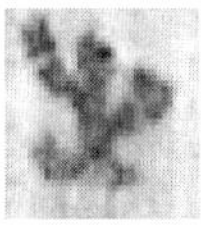 8.2246			
申	 8.1131	 雲夢日書乙八九九	 不嬰毀蓋	「申」字說解於之前章節已出現過，此處即省略。〔註55〕簡 8.1131、簡 8.141、〈雲夢日書乙八九九〉、〈放馬灘日書甲一〉中間豎畫呈直線形，兩旁各為

〔註54〕季旭昇：《說文新證》（福州：福建人民出版社，2010 年），頁 516。

〔註55〕詳見第五章第一節。

	 8.141	 放馬灘日書甲一	 三年相邦呂不韋矛	  「」、「」形；〈不嬰殷蓋〉、〈秦公一號墓磬〉為曲筆，兩旁各為半圓與捲圈；〈咸陽盆〉中間為弧筆，上部衍增一線條。 簡 8.1131、簡 8.141「申」字與〈雲夢日書乙八九九〉、〈放馬灘日書甲一〉相類。
			 四年相邦呂不韋矛	
			 咸陽盆	
			 秦公一號墓磬	
用	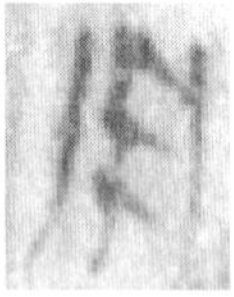 8.288	 雲夢十一號木牘	 秦子戈	《說文》：「用，可施行也。从卜，从中。衛宏說。，古文用。」何琳儀認為甲文作（京津三〇九二），象桶（甬）有把手之狀。〔註 56〕簡 8.288、簡 8.2006、〈雲夢十一號木牘〉、〈秦簡二五、五〇〉下部皆為二橫畫；〈秦子戈〉、〈元用戈〉則縮短為短畫或短撇；〈秦陶四八四墓志瓦文〉二橫畫縮短僅在右部，未向左貫穿中間豎畫。  簡 8.288、簡 8.2006「用」字與〈雲夢十一號木牘〉、〈秦簡二五、五〇〉相類。
	 8.2006	 秦簡二五、五〇	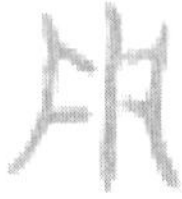 元用戈	
			 秦陶四八四墓志瓦文	
			 咸陽瓦	

〔註 56〕何琳儀：《戰國古文字字典》（北京：中華書局，1998 年），頁 422。

四	5.7	秦簡二三、六	秦公一號墓磬	「四」字說解於之前章節已出現過，此處即省略。〔註 57〕〈秦公一號墓磬〉為四橫畫，尚維持初文之形；〈秦陶二五俑〉為四豎畫。簡 5.7 中間撇畫貫穿部件「口」，簡 8.60 的撇畫朝左下，簡 8.685 則為二豎畫，里耶秦簡「四」字形體已與春秋以後形體近似。 簡 8.60、簡 8.685「四」字皆為「口」形，內有二豎畫或撇畫，與〈秦簡二三、六〉、〈青川木牘〉、〈四年相邦呂不韋戈〉相類。
	8.60	青川木牘	秦陶二六俑	
	8.685		秦陶二五	
			四年相邦呂不韋戈	
去	8.455	雲夢日書乙一〇九九	兩詔橢量二	《說文》：「去，人相違也。从大，凵聲。」戴家祥認為「去」字象有蓋的容器，後來借為來去之去。〔註 58〕簡 8.455「凵」形作，簡 8.1094 作，為兩點；〈放馬灘地圖〉作，為一橫畫；〈元年丞相斯戈〉作形；〈兩詔橢量三〉作形。簡 8.455「去」字下部作「U」形，與〈雲夢日書乙一〇九九〉、〈琅琊刻石〉相類。
	8.1094	放馬灘地圖	元年丞相斯戈	
			兩詔橢量三	
			秦陶四八三墓志瓦文	
			琅琊刻石	

〔註 57〕詳見第五章第一節。

〔註 58〕戴家祥：《金文大字典》上冊（上海：學林出版社，1999 年），頁 2850。

字				說明
以	5.9	 青川木牘	 寶雞秦公鎛	「以」字的《說文》說解於之前章節已出現過，此處即省略。〔註59〕季旭昇認為甲文字，从人，象提挈之形；省其「人」形，則作。秦文字又增「人」形，隸楷承之。〔註60〕簡8.461、〈秦簡五三、二一〉、〈秦陶一六一〇瓦書〉「人」形筆畫彎曲；簡8.883、〈放馬灘日書甲一四〉呈直線之形。簡5.9、〈秦公一號墓磬〉「㠯」形筆畫圓潤，單純做「㠯」形，或是再加「人」形，二種字體於里耶秦簡中均可得見。   簡5.9「以」字與〈秦公一號墓磬〉相類；簡8.461「以」字與〈秦簡五三、二一〉、〈秦陶一六一〇瓦書〉相類；簡8.883「以」字與〈放馬灘日書甲一四〉相類。
	8.461	 放馬灘日書甲一四	 秦陶一六一〇瓦書	
	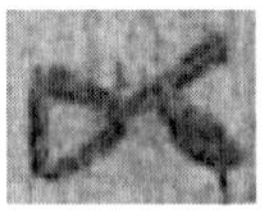 8.883	 秦簡五三、二一	 秦公一號墓磬	
地	 8.412	 雲夢日書甲七五八反面	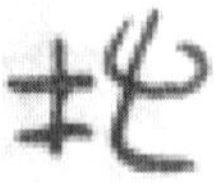 三年相邦呂不韋矛	《說文》:「地，元气初分，輕、清、陽為天；重、濁、陰為地。萬物所陳列也。从土，也聲。，籀文地从隊。」季旭昇認為「地」字是陸地，與天相對。〔註61〕簡8.412「也」形尾端沒向上鉤，〈四年相邦呂不韋矛〉則有鉤。〈三年相邦呂不韋矛〉「也」形上部作，筆畫朝上延伸，而非如簡8.412、〈雲夢日書甲七五八反面〉、〈雲夢六號木牘〉朝下。 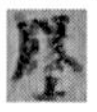  簡8.412「地」字的「也」形上部的開口朝下，且右側皆有「」形，與〈雲夢六號木牘〉相類。
		 雲夢六號木牘	 四年相邦呂不韋矛	

〔註59〕詳見第五章第一節。

〔註60〕季旭昇：《說文新證》（福州：福建人民出版社，2010年），頁1020。

〔註61〕季旭昇：《說文新證》（福州：福建人民出版社，2010年），頁613。

安	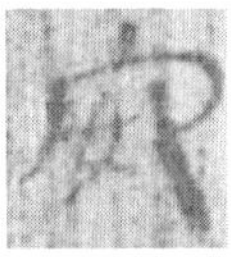 8.200-	 雲夢十一號木牘	 始皇詔橢量三	《說文》：「安，靜也。从女在宀下。」季旭昇認為「安」字，女子安坐於室，引申為一切平安。〔註62〕簡8.200-、簡8.918、簡8.1989、〈秦簡一三、五七〉、〈秦陶三六一俑〉「女」形右部皆有一撇或豎畫，〈雲夢十一號木牘〉則無。金文、陶文的「女」形皆訛變，不似女子安坐於室之形。 簡8.200-、簡8.918、簡8.1989「安」字與〈秦簡一三、五七〉相類。
	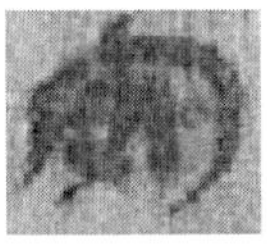 8.918	 秦簡一三、五七	 咸陽瓦	
	 8.1989		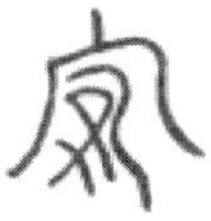 秦陶三六八俑	
			 秦陶三六一俑	
			 秦陶一一七六瓦	
作	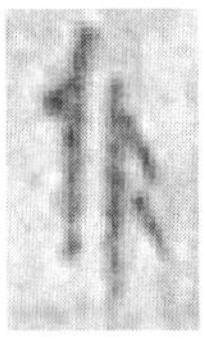 8.145	 秦簡一二、五〇	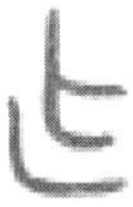 秦子戈	「作」字的《說文》說解於之前章節已出現過，此處即省略。〔註63〕簡8.145「乍」形，右部為二橫畫，簡8.1385、〈秦簡八、二〉為二個「人」形，與所舉字例皆不同。簡8.355作，〈繹山碑〉作，皆為四筆畫，且字形相似。 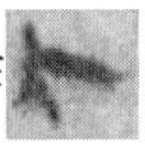  簡8.355「作」字與〈繹山碑〉相類；簡8.1385「作」字與〈秦簡八、二〉相類。
	 8.355	 放馬灘日書甲一六	 繹山碑	
	 8.1385	 秦簡一二、五二		

〔註62〕季旭昇：《說文新證》（福州：福建人民出版社，2010年），頁613。

〔註63〕詳見第四章第一節。

<table>
<tr><td></td><td></td><td>秦簡八、二</td><td></td><td></td></tr>
<tr><td rowspan="2">男</td><td>8.713</td><td>秦簡一三、五九</td><td>泰山刻石</td><td rowspan="2">《說文》:「男，丈夫也。从田，从力，言男用力於田也。」何琳儀認為「男」字从田，从力，會男子從事農田耕作之意。〔註 64〕簡8.713「力」形二筆畫末端，向左下角拉長，形體為「田」形的二倍；簡 8.406「力」、「田」形則筆畫未刻意拉長，大小相近;〈秦簡一三、五九〉、〈放馬灘日書甲一六〉將延伸之筆，獨立為一撇畫。秦文字「男」字多為上下排列，〈泰山刻石〉則為左右並排。
簡8.713、簡8.406「田」、「力」形上下排列，故「男」字與〈秦簡一三、五九〉、〈放馬灘日書甲一六〉相類。</td></tr>
<tr><td>8.406</td><td>放馬灘日書甲一六</td><td></td></tr>
<tr><td rowspan="3">命</td><td>8.537</td><td>秦簡二〇、一八四</td><td>不嬰𣪘蓋</td><td rowspan="3">《說文》:「命，使也。从口，从令。」馬叙倫認為使也，當作發號也，从口令聲。〔註65〕簡 8.537、簡 8.1235、〈秦簡二〇、一八四〉、〈雲夢日書乙一〇二〇〉「卩」形較平直，呈直或弧線形，未如金文、陶文轉彎角度大。
簡 8.537、簡 8.1235「命」字與〈秦簡二〇、一八四〉、〈雲夢日書乙一〇二〇〉相類。</td></tr>
<tr><td>8.1235</td><td>青川木牘</td><td>秦公鎛</td></tr>
<tr><td></td><td>雲夢日書乙一〇二〇</td><td>秦陶一六一〇瓦書</td></tr>
</table>

〔註64〕何琳儀：《戰國古文字字典》（北京：中華書局，1998 年），頁 1408。
〔註65〕馬叙倫：《說文解字六書疏證・卷三》（臺北：鼎文書局，1975 年），頁 343。

其	 6.4	 青川木牘	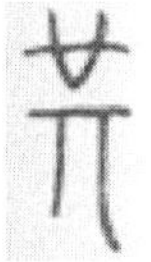 秦陶四一七俑	「其」字的《說文》說解於之前章節已出現過，此處即省略。〔註66〕季旭昇認為戰國以後加義符「竹」，但「其」形省略成「丌」形或「亓」形，變成从竹、丌聲的形聲字。〔註67〕簡6.4、8.1550-、〈秦簡二四、二二〉「[illegible]」形內部為「十」；〈青川木牘〉、〈放馬灘日書乙二二九〉為「一」；〈石鼓車工〉為「乂」。 簡6.4、8.1550-「其」字與〈秦簡二四、二二〉相類。
	 8.1550-	 雲夢日書乙一一〇八	 秦陶四一九俑	
		 放馬灘日書乙二二九	 石鼓車工	
		 秦簡二四、二二		
東	 8.161	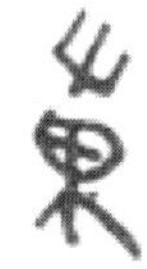 放馬灘地圖	 咸陽銅構件五	《說文》：「東，動也。从木。官溥說，从日在木中。」季旭昇認為「東」象束橐之形，因此「東」字或借「東」字、或借橐形。〔註68〕簡8.161「東」形上部豎畫兩旁為二點；〈秦陶一〇七二盆〉兩旁則為四撇畫；〈放馬灘地圖〉作[illegible]，〈秦陶四七九墓志瓦文〉作[illegible]。簡8.1741豎畫未向上貫穿，而改為點畫。  簡8.161「東」形上部豎畫兩旁二點若書寫快速成連筆，則「東」字與〈雲夢日書一〇六三〉、〈咸陽銅構件五〉愈相似。
	 8.1741	 雲夢日書一〇六三	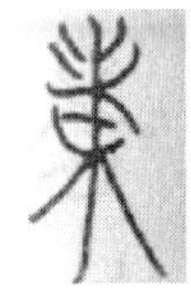 秦陶一〇七二盆	
			 秦陶四七九墓志瓦文	

〔註66〕詳見第四章第二節。

〔註67〕季旭昇：《說文新證》（福州：福建人民出版社，2010年），頁384。

〔註68〕季旭昇：《說文新證》（福州：福建人民出版社，2010年），頁507。

<table>
<tr><td rowspan="2">到</td><td> 8.41</td><td> 秦簡二三、三</td><td> 秦陶一六一〇瓦書</td><td rowspan="2">「到」字說解於之前章節已出現過，此處即省略。〔註 69〕〈秦簡二三、三〉「至」形上部作；〈放馬灘地圖〉作；陶文作、；簡 8.1465 則將筆畫分開，為三點與，簡 8.41 為二點與。     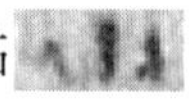  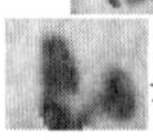 
簡 8.41、簡 8.1465「到」字與其他秦文字皆不類似。</td></tr>
<tr><td> 8.1465</td><td> 放馬灘地圖</td><td> 秦陶一六一〇瓦書</td></tr>
<tr><td rowspan="3">直</td><td>8.63</td><td> 雲夢日書甲七四〇反面</td><td> 秦陶一三九七盆</td><td rowspan="3">《說文》:「直，正見也。从𠃊，从亅，从目。……，古文直。」季旭昇認為「直」字金文以下或加「𠃊（表區域義）」，蓋建築須直。〔註 70〕簡 8.63、簡 8.70、簡 8.269、〈秦簡二三、八〉、〈雲夢十一號木牘〉、〈繹山碑〉「目」形內部為二橫畫；〈雲夢日書甲七四〇反面〉為一橫畫；〈秦陶一三九七盆〉簡省上部一橫畫，並與「」形借筆畫。 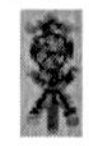 
簡 8.63、簡 8.70「直」字與〈秦簡二三、八〉、〈繹山碑〉下部作「𠃊」故相類。簡 8.269、〈雲夢十一號木牘〉，下部為一橫畫故相類。</td></tr>
<tr><td>8.70</td><td> 秦簡二三、八</td><td> 繹山碑</td></tr>
<tr><td> 8.269</td><td> 雲夢十一號木牘</td><td></td></tr>
<tr><td>宜</td><td> 8.142</td><td> 秦簡二〇、一八六</td><td> 秦子戈</td><td>《說文》:「宜，所安也。从宀之下，一之上，多省聲。，古文宜。，亦古文宜。」季旭昇認為「宜」字戰國以後，訛形益滋，變化多端，「俎」形或訛从 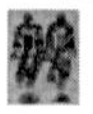 </td></tr>
</table>

〔註 69〕詳見第四章第三節。

〔註 70〕季旭昇：《說文新證》（福州：福建人民出版社，2010 年），頁 908。

	 8.2246	 雲夢日書甲八七三反面	 秦陶一二三二瓦	「宀」。〔註71〕簡8.142「宀」形中間有開口；簡8.2246、〈秦簡二〇、一八六〉、〈雲夢日書甲八七三反面〉筆畫圓潤且相似。
			 泰山刻石	
定	 8.55	 放馬灘日書甲六	 上郡戈	「定」字的《說文》說解於之前章節已出現過，此處即省略。〔註72〕「宀」形上部多為一豎畫，〈咸陽瓦〉第二個字例為二豎畫，且「冖」形右部的筆畫縮短，形成左右不對稱，為較特殊形體；〈咸陽瓦〉第一個字例的「冖」形，左、右部筆畫則皆縮短。此外，「定」字从「正」旁，「正」字本應為四畫，〈上郡戈〉「正」旁為五畫，已見隸書之體；簡8.66、〈放馬灘日書甲六〉「正」旁為三畫，簡8.1769、〈雲夢十一號木牘〉「正」旁為二畫，則可見草書之體。 簡8.66「定」字與〈放馬灘日書甲六〉相類；簡8.1769「定」字與〈雲夢十一號木牘〉相類。
	 8.66	 雲夢十一號木牘	 咸陽瓦	
	 8.1769		 咸陽瓦	
韭	 8.1664	 秦簡一九、一八〇		《說文》：「韭，菜名。一穜而久者，故謂之韭。象形，在一之上。一，地也。此與耑同意。」何琳儀認為「韭」字象地上生長韭菜之形。〔註73〕簡8.1664豎畫兩旁各二橫畫；〈放馬灘地圖〉右部僅一橫畫。
		 放馬灘地圖		

〔註71〕季旭昇：《說文新證》（福州：福建人民出版社，2010年），頁617。

〔註72〕詳見第四章第一節。

〔註73〕何琳儀：《戰國古文字字典》（北京：中華書局，1998年），頁168。

		 病方二四〇		
南	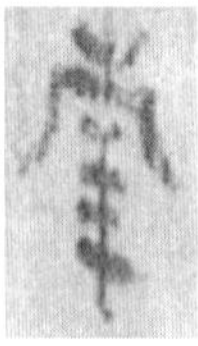 8.661	 放馬灘地圖	 秦陶一二五一瓦	「南」字的《說文》說解於之前章節已出現過，此處即省略。〔註74〕何琳儀認為戰國文字承襲金文，或收縮兩側豎筆作、，或其下演變為「羊」形作。〔註75〕簡8.661、簡8.1182、〈雲夢日書乙一〇一七〉、〈秦陶一二五一瓦〉上部的豎畫兩旁皆為二短撇；簡8.772作，豎畫旁則是一曲筆；〈放馬灘地圖〉作，橫畫呈平直形；〈雲夢十一號木牘〉作形。秦簡、陶文「羊」形下部多為兩橫畫，唯簡8.661為三橫畫。    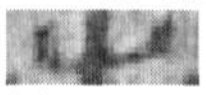   簡8.661、簡8.1182「南」字與〈雲夢日書乙一〇一七〉、〈秦陶一二五一瓦〉相類。
	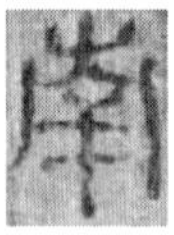 8.772	 雲夢日書乙一〇一七		
	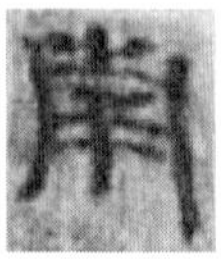 8.1182	 雲夢十一號木牘		
津	 8.651	 秦簡五二、一四		《說文》：「津，水渡也。从水，𦘔聲。，古文津从舟，从淮。」董楚平認為「津」字即把水隔開的兩地聯繫起來，有引渡、連續之意。〔註76〕簡8.651「水」形作，中間為一長豎畫，兩旁四短豎；〈秦簡五二、一四〉作，上部為三橫畫，下部為三撇畫；〈青川木牘〉作，為三橫畫，已見隸書之體。 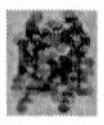 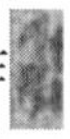  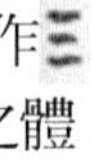
		 青川木牘		

〔註74〕詳見第四章第三節。

〔註75〕何琳儀：《戰國古文字字典》（北京：中華書局，1998年），頁1411。

〔註76〕董楚平：〈徐器湯鼎銘文考釋中的一些問題〉，《杭州大學學報》1987年第1期，頁123～124。

帶	 8.1677	 雲夢日書乙九二〇	 七年上郡守間戈	《說文》:「帶，紳也。男子鞶帶，婦人帶絲，象繫佩之形。佩必有巾，从巾。」季旭昇認為戰國文字或作複體，或加義符「糸」，「帶」形下端或類化為从巾，秦漢以後遂以从「巾」為定型。〔註77〕簡 8.1677「巾」形豎畫呈直線形；〈雲夢日書乙九二〇〉、〈雲夢日書乙九一〇〉豎畫尾端向上鉤；〈秦陶一一七一瓦〉豎畫則縮短。 簡 8.1677「帶」字與其他秦文字皆不類。
		 雲夢日書乙九一〇	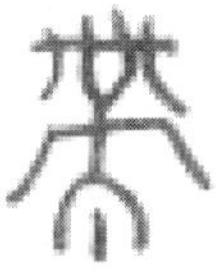 秦陶一一七一瓦	
陰	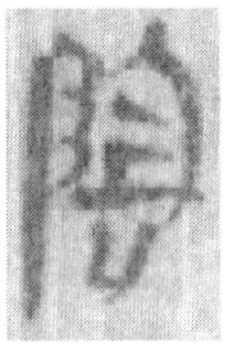 8.307	 雲夢日書乙九五九	 始皇陵印陰嬡	《說文》:「陰，闇也。水之南，山之北也。从𨸏，侌聲。」戴家祥認為「陰」字，山之北，水之南，陽光向背之地，稱陰。〔註78〕簡 8.307「𨸏」形右部作、簡 8.1545 作，皆為三個曲筆；〈雲夢日書乙九〇一〉作，為二個曲筆；〈秦陶四八八墓志瓦文〉作，筆畫較方直；〈石鼓霝雨〉作，雖也為三個曲筆，但筆畫不如里耶秦簡字例圓潤，轉折處較尖銳。     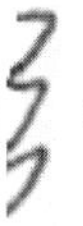 簡 8.307、簡 8.1545「陰」字與其他秦文字皆不類。
	 8.1545	 雲夢日書乙九〇一	 秦陶四八八墓志瓦文	
			 石鼓霝雨	

〔註77〕季旭昇：《說文新證》（福州：福建人民出版社，2010年），頁1023。

〔註78〕戴家祥：《金文大字典》上冊（上海：學林出版社，1999年），頁5042。

<table>
<tr><td rowspan="2">盜</td><td> 8.573</td><td> 秦簡二〇、一九三</td><td> 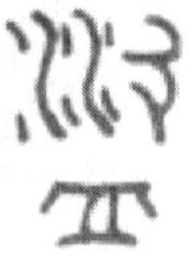寶雞秦公鎛</td><td rowspan="2">《說文》:「盜，私利物也。从次，次欲皿者。」何琳儀認為「盜」字春秋金文，从皿，从次，會對皿中食物流涎之意。〔註 79〕簡 8.573「水」形作，與〈秦簡二〇、一九三〉、〈雲夢日書乙一一四九〉相同，皆為三撇畫，已見隸書之體；簡 8.1049 作，〈寶雞秦公鎛〉、〈寶雞秦公鐘〉則增兩「水」形個，左右並排。  
簡 8.573「盜」字與〈秦簡二〇、一九三〉、〈雲夢日書乙一一四九〉相類。</td></tr>
<tr><td> 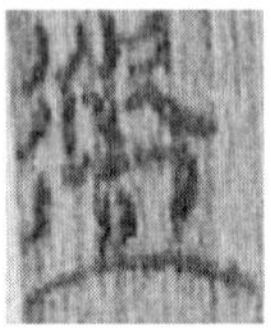8.1049</td><td> 雲夢日書乙一一四九</td><td> 寶雞秦公鐘</td></tr>
<tr><td>富</td><td> 8.56</td><td> 秦簡五四、四五</td><td> 秦陶四八六墓志瓦文</td><td>《說文》:「富，備也。一曰厚也。从宀，畐聲。」高田忠周認為上作，其下作、、、諸形以象所滿之物。〔註 80〕簡 8.56，上部作，〈秦簡五四、四五〉上部作，但下部皆作；〈秦陶四八六墓志瓦文〉下部則作。       
簡 8.56「富」字與其他秦文字皆不類。</td></tr>
<tr><td>發</td><td> 8.104</td><td> 青川木牘</td><td></td><td>「發」字的《說文》說解於之前章節已出現過，此處即省略。〔註 81〕季旭昇認為「發」字春秋以後或加「癶」聲，楚系文字从弓、癹聲。〔註 82〕〈青川木牘〉簡省 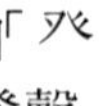</td></tr>
</table>

〔註 79〕何琳儀：《戰國古文字字典》（北京：中華書局，1998 年），頁 311。

〔註 80〕高田忠周：《古籀篇．卷七十一》（臺北：大通書局，1982 年），頁 1709。

〔註 81〕詳見第四章第一節。

〔註 82〕季旭昇：《說文新證》（福州：福建人民出版社，2010 年），頁 919。

	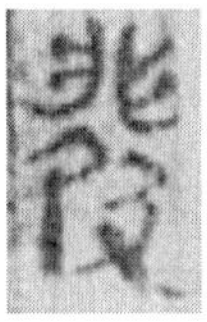 8.197	 雲夢日書乙九四〇		「弓」形；簡 8.104「癶」形作，兩旁各為二橫畫，簡 8.197 作，右部為二撇畫；〈雲夢日書乙九四〇〉作，像雙手形；〈雲夢日書甲七五四反面〉作，兩旁各剩一筆畫。    
		 雲夢日書甲七五四反面		
敢	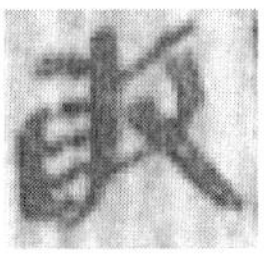 8.60	 放馬灘墓主記墓一	 杜虎符	《說文》:「敢，進取也。从㸒，古聲。，籀文敢；，古文敢。」季旭昇認為戰國文字「敢」字字形變化甚多。「口」形與其上的筆畫結合，成為「古」形。〔註 83〕簡 8.60、簡 8.62、簡 8.623、〈秦簡一〇、四〉「口」形內部、上部為一至二橫畫；簡 8.570 上部則無橫畫，皆與所舉的秦文字不同。   簡 8.60、簡 8.62、簡 8.623「敢」字與〈秦簡一〇、四〉相類。
	 8.62	 秦簡一〇、四	 新郪虎符	
	 8.623		 詛楚巫咸	
	 8.570			
陽	 5.22	 放馬灘地圖	 廣衍矛	《說文》:「陽，高明也。从𨸏，昜聲。」簡 5.22「𨸏」形右部作，為一橫畫與二點；簡 8.105、〈秦陶三一 

〔註 83〕季旭昇：《說文新證》（福州：福建人民出版社，2010 年），頁 338。

	 8.105	 秦簡二五、三八	 秦陶一二三〇	七俑〉作  為三個曲筆;〈放馬灘地圖〉、〈秦簡二五、三八〉作  為二個曲筆；〈廣衍矛〉作  ，為一個曲筆；〈秦陶一二三〇〉作  ，為三個方筆;〈秦陶一二三〇〉 為四橫畫；〈咸陽盆〉作  ，有二個轉折。簡 8.105「陽」字與〈秦陶三一七俑〉相類。
			 秦陶三一七俑	
			 咸陽亭權	
			 咸陽盆	
畜	 8.508	 秦簡二三、二		「畜」字的《說文》說解於之前章節已出現過，此處即省略。[註84]季旭昇認為戰國以後，「畜」形訛變多端，來形也趨於簡化。[註85]但〈秦簡二三、二〉作  ，為四個「人」形，與所舉其他秦字例相比，是繁化的表現。簡 8.508「田」形內部為「十」；簡 8.568 為「卄」；〈放馬灘日書甲一四〉為「乂」。
	 8.568	 秦簡二九、三〇		
		 放馬灘日書甲一三		
		 放馬灘日書甲一四		

〔註84〕詳見第四章第一節。

〔註85〕季旭昇：《說文新證》（福州：福建人民出版社，2010 年），頁 475。

道	8.665	青川木牘	秦陵銅馬車當盧	《說文》:「道，所行道也。从辵，从𩠐。一達謂之道。，古文道从𩠐、寸。」高鴻縉認為「道」字初意為引導，从𢓊，與从辵同。〔註86〕簡8.665、簡8.547「」形上部為左右二短撇，與所舉其它秦字例皆不同；簡8.573作，〈青川木牘〉作，筆畫相似，「辵」形前者為二筆，後者為五筆，則不相同。簡8.56「道」字與其他秦文字皆不類。
	8.547	病方二五二	秦陶一三九八罐	
	8.573		詛楚巫咸	
			繹山碑	
鼠	8.1242	秦簡一二、四二		《說文》:「鼠，穴蟲之總名也，象形。」簡8.1242「臼」形內部為一橫畫；〈秦簡一二、四二〉、〈病方二三七〉為「人」形；〈雲夢日書甲八二七反面〉則為二短橫畫。
		病方二三七		
		雲夢日書甲八二七反面		

由歸納得知，即使同為秦簡，里耶秦簡與青川木牘、放馬灘秦簡字形也是有些微差異的。秦文字字形、筆畫變異甚多，為訛變嚴重的情形，如「敢」、「嗇」、

〔註86〕高鴻縉：《散盤集釋》（臺北：臺灣師範大學，1957年），頁17。

「申」、「出」、「宜」等例即是。

一、里耶秦簡與其他秦文字異同比較

將上述里耶秦簡與其他秦文字類似的字例，整理為一比較表。「韭」、「津」、「發」、「嗇」、「鼠」五字，因缺少秦金文、陶文、刻石的字例，難以比較，則不納入整理範圍內。

表 5-2-2：里耶秦簡與其他秦文字形近字例一覽表

比較	字　例	數目
同秦簡	山( )、下( )、水( )、犬( )、出( )、申（ 、 ）、用（ 、 ）、四（ 、 ）、去（ ）、以（ 、 ）、地（ ）、安(、 、)、作( )、男(、)、命(、)、其(、)、東( )、直(、 、)、宜( )、定(、)、南( )、盜（ ）、敢（ 、 、 ）、陽（ ）	38
同秦金文、陶文、刻石	水(、)、四(、)、去( )、以(、)、作（ ）、東（ ）、直（ 、 ）、南（ ）	12

由歸納得知，里耶秦簡與其他秦簡相類字例有 38 個，與秦金文、陶文、刻石相

類字例只有 12 個，證明里耶秦簡與其他秦簡字形較相近，與其他非簡牘秦文字差異較大，也可知造成字形相似度高的情況，書寫於同樣簡牘材質上是其中原因之一。里耶秦簡與其他秦文字差異較大的字例分析，駢宇騫《簡帛文獻概述》云：

> 1979 年四川省青川郝家坪秦墓出土的木牘，雄辯地證明，早在戰國晚期已出現了隸書，它是迄今所見最早的古隸，其形體結構介於篆隸之間，雖然筆畫排比勻稱，但用方折的筆法改變了篆文圓轉的筆道。〔註 87〕

說明青川木牘將秦篆圓轉的筆法改為方折，如「其」字〈青川木牘〉作  ，〈放馬灘日書乙二二九〉作  ，簡 6.4 作  ，筆畫各為  、  、  ，使用方折的筆法。相較於刻石，〈石鼓車工〉作  ，筆畫 則較圓潤，顯見簡牘文字的隸書意味，又針對青川木牘云：

> 有些字形保存了篆體的結構和筆法，但也有不少字形具有濃厚的隸書意味。整體結構有所鬆開，有的筆畫向左右撇出，有時放出長筆以見空間的多變性。〔註 88〕

如〈青川木牘〉「命」字作  、簡 8.537 作  、簡 8.1235  ，筆畫各為  、 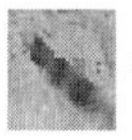 、  ，皆向右撇出，第三例甚至放出長筆；相較於金文，〈不嬰 蓋〉作  ，筆畫  向下延伸被束縛住，結構均勻並未鬆開，顯見簡牘文字的多變性。

簡牘文字已有隸書的意味，仍有部分秦文字保留篆書的特點，黃文杰《秦至漢初簡帛文字研究》云：

> 秦系篆書的載體不是銅器，就是石頭，非鑄即刻，與簡帛文字用毛筆直接書寫風格不同。…從筆畫線條來看，秦系篆文仍保留著西周

〔註 87〕駢宇騫：《簡帛文獻概述》（臺北：萬卷樓出版社，2005 年），頁 189。
〔註 88〕駢宇騫：《簡帛文獻概述》（臺北：萬卷樓出版社，2005 年），頁 189。

> 金文圓轉彎曲之形態，如「九」之作（《不嬰簋》）、「人」之作（《石鼓文．吳人》）、「于」之作（《秦公鎛》）等。〔註89〕

說明簡帛文字使用毛筆書寫，秦系篆書則是鑄或刻於銅器、石頭上，所以風格也不相同。秦系篆文保留西周金文筆畫的圓轉彎曲，如「命」字〈秦公鎛〉作，筆畫，以及「陰」字〈石鼓霝雨〉作，筆畫，兩例皆保留圓轉彎曲之形態。可見秦簡牘文字筆畫呈方折之形，趨向隸書的風格，秦金文、刻石、陶文，則保留篆書的意味。

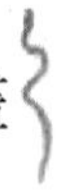

秦簡文字除了隸書風格，猶有草書的趨向，如啓功《古代字體論稿》對草書字體名稱探討：

> 「草」，本是草創、草率、草稿之義，含有初步、非正式、不成熟的意思。在字體方面，又有廣狹二義：廣義的，不論時代，凡寫得潦草的字都可以算。但狹義的、或說是當作一種專門的字體名稱，則是漢代才有的。〔註90〕

他認為字體的「草」字，包含廣、狹二層意義，廣義的，凡是字跡書寫潦草，皆可稱作「草書」，而狹義指則指漢代的專門字體名稱。張佩慧《周家臺三〇號秦簡論考》針對上文言：

> 在秦文字演變為隸書的過程裡，出現一些類似或相同於草書的寫法，有的經過改造之後，融入了隸書的書寫中，而隸書形成之後，這些草率寫法作為隸書繼續使用，並出現了新的草率寫法，草書就是在這些新舊草率寫法的基礎上形成的。……吾人可以推斷草書興起的時代，至少可能推至秦代，甚至可能在隸變的過程中，已經預見其端倪。〔註91〕

說明秦文字的演變過程，出現草率寫法，經過改造後融入隸書繼續使用，並出現新的草率寫法，張氏以周家臺三〇號秦簡文字，出現簡省筆畫與草率寫法為例，推測草書興起時代，至遲在秦代，最早則可上推至戰國晚期文字的隸變時

〔註89〕黃文杰：《秦至漢初簡帛文字研究》（北京：商務印書館，2005年），頁44。

〔註90〕啓功：《古代字體論稿》（北京：文物出版社，1964年），頁34。

〔註91〕張佩慧：《周家臺三〇號秦簡論考》（臺北：國立政治大學，中國文學系碩士論文，2005年），第二章第一節頁19。

期。從里耶秦簡也可預見草書的寫法，如〈繹山碑〉「道」字作，「止」形原本為三筆畫；〈青川木牘〉作，濃縮為二筆；又簡 8.547 作，則為連筆剩下一筆畫，顯出草率的寫法。〈咸陽瓦〉「定」字作，「正」形原本為四筆畫；簡 8.1769 作，下部形體為一連筆，「正」形剩下二筆，頗具草書連筆意味，可知秦簡中尤其是里耶秦簡已可見到草書的風格。

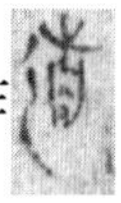

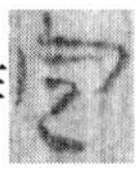

綜上所述，證明了秦文字不全然只發展小篆，同時亦往隸書及草書的方向發展，顯示秦文字正處於古文字演變為今文字的過渡期。